U0636785

魅丽文化　花火工作室

小男友

Xiao Nan You

胖白米
著

PANGBAIMI
WORKS

广东旅游出版社
GUANGDONG TRAVEL & TOURISM PRESS

中国·广州

图书在版编目（CIP）数据

小男友 / 胖白米著 . — 广州 : 广东旅游出版社，
2018.12
ISBN 978-7-5570-1388-2

Ⅰ . ①小··· Ⅱ . ①胖··· Ⅲ . ①长篇小说－中国－当代
Ⅳ . ① I247.5

中国版本图书馆 CIP 数据核字 (2018) 第 148476 号

出　版　人：刘志松
总　策　划：邹立勋
责　任　编　辑：梅哲坤

广东旅游出版社出版发行
（广东省广州市环市东路 338 号银政大厦西楼 12 楼）
邮编：510060
邮购电话：020-87348243
广东旅游出版社图书网
www.tourpress.cn
湖南凌宇纸品有限公司印刷
（湖南省长沙县黄花镇黄垅新村工业园区财富大道 16 号　电话 0731-82756999）
880 毫米 ×1230 毫米　32 开
10.5 印张　275 千字
2018 年 12 月第 1 版第 1 次印刷
定价：38.00 元

目 录

CONTENTS

C O N T E N T S

▶ 第一章
　你要让她从了我

　　韩梅赶到大礼堂时，观众席的灯光照明已经灭了，从门口望过去，只见黑压压已坐满了一片人，唯独舞台上灯光璀璨，背景板上"S大学校庆典礼"的大字赫然在目。

　　节目还没开始，暖场的音乐、闲聊和嬉笑声，交织成一片嗡嗡的轰鸣，将会场笼罩在一片经久不散的雾里。

　　她正站在礼堂的最后面，扫视全场确认纪律还好，却忽然被人从身后撞了一下。

　　她扭过头，对方跟她打了个照面，脱口而出："呀，李莫愁！"

　　韩梅愣住了，好一阵才回过神来她是在说自己。

　　大概是这届学生给起的新绰号。

　　她压低声音说："卢蓓蓓，迟到了还不赶紧坐下？"

　　女学生没想到韩梅没带过自己，却能张嘴叫出她的名字，赶紧灰溜溜地坐下了。

　　司仪亮相前台，宣布活动正式开始。吵闹渐渐止息，可在前头坐下的卢蓓蓓仍旧不安分，悄悄跟身边人说话。

　　韩梅想上前去提醒她，却听那女同学卢蓓蓓："为什么叫她李莫愁啊？"

"嘿嘿，古墓剩姑呗。"

年轻女人的嘴巴是利刀子，唇起刀落，杀人不见血，还带着一种不谙世事的天真。

卢蓓蓓压低了声音，把听来的秘闻当成炫耀自己耳目聪明的筹码："我也是听来的，据说她之前被男人始乱终弃了。"

是这样吗？韩梅脚步一顿，面上浮出一丝迷茫：那些甜蜜爱恨交缠，到了旁人嘴里，就只剩了这四个字。

她还沉浸在思绪中，突然听见喇叭里响起自己的名字，主持人用清脆响亮的嗓音宣布："本年度优秀辅导员获得者……法学院辅导员韩梅，有请杰出校友代表为他们颁发奖状。"

韩梅立定，深吸了一口气。

她跟自己说，无论过去怎么狼狈，这一页总是要翻过去的。

只要跨过了这道坎儿，迎接她的就是天高云淡的艳阳天。

在各色目光中，她昂首挺胸向前走，却在看见舞台上的身影时，整个人僵住了。

从礼仪小姐半拉半扯地将她弄上台，到校领导循例发表贺词，再到从杰出校友手里接过奖状，韩梅的脑中都是一片空白。

舞台上强光刺眼，把一切映照得朦胧虚幻。

眼前仿佛是高速运转的一盘录像带，播到了尽头，突然快速倒带，回到了那个她以为已被自己遗忘的时刻。

七年前，她还是英语系的硕士生，导师知道她有留校意向，把她推荐到法学院给本科生当兼职辅导员。

同宿舍的几个女孩子早就想领略夜店的风采了，借着要给她庆祝的名头，去了附近新开的酒吧，她一不会跳舞二不懂唱歌，一晚下来光被人灌黄汤了。

韩梅实在受不了，摆手说要上洗手间，在回卡座的路上，被吧台旁的高脚凳碰了一下，顺势就坐了上去，趴在吧台上眯着了。

半梦半醒间，顺着吧台面传来一阵"哐哐"的敲击声。

她烦躁地掀起一侧眼皮。

灯光变幻中，她见到一只漂亮的男人的手，虽然色白如瓷，形状修长，却又带着一种骨节分明的性感。

那人将食指稍稍屈起，戒指上的黑曜石敲在桌面上，用英语对外籍酒保说："马丁尼，摇匀，不要搅拌。"

这不是007的台词吗？韩梅忍不住翻白眼，在心里嘟囔了一句："做作。"

那人轻笑，问："你说我？"

她没想自己居然把心里话说出来了，万分艰难地把脸又从胳膊上扭开了几度，在灯影迷离中对上了一双黑白分明的眼。

高耸的眉峰下，一双含蓄的内双眼皮眼睛，似笑非笑，迷离不羁，仿佛含了无边的江南春烟。

她还以为自己在做梦。

她甩甩头，勉强地撑起身子："陈晨？你怎么在这儿！"

"你认得我？"他眨了眨眼，忽然显得兴致盎然。

韩梅指着自己的鼻子反问："你不记得我？"

陈晨抿唇一笑，很真诚地摇摇头："要不……你提示我一下？"

韩梅感觉头皮在跳，但还是正色道："我是韩梅。"

"哦，那个总说'我也好二'的？"

那句是"我也很好"好吗？

韩梅感觉整个人都不好了。

陈晨还在乐此不疲地玩猜谜游戏："嗯……不如你直接说说我们在哪儿碰见的！"

"当然是学校！"

"学校？"

"年级大会上。"她开始掩饰不住语气里的烦躁。

"哦！"他的眼睛瞬间焕发出一种迷人的光彩，也切换成深情的腔调。

他声线低沉，像有一股春风，擦过她的耳朵："你当时就坐在阶梯教室倒数第四排的窗边。"

陈晨笃定地看着她，眼中泛满柔情蜜意，轻柔的语气中带着一种追忆的美好情愫："窗外的梅花盛放，偏偏学校总是要逼人来听一些催人入睡的说教。你不是个听话的人。你一手托腮装成认真听讲的样子，另一只手却收在抽屉里面，专心翻看着新借来的言情小说，不知看到了什么值得高兴的内容，面上笑盈盈。突然间，你像是注意到我的目光，转过头来，对我嫣然一笑。"

他露出迷人的笑容，轻轻捧住韩梅的脸，拇指轻抚她嘴角那颗不显眼的小痣："至此，你就住进我的心间，从来都没有离开过。"

他毫不犹豫地捧起她的脸，亲了下去。

韩梅整个人愣住了，直到双唇分开，才后知后觉地任由血色蔓延到了耳根上。

她猛地一推。

陈晨始料未及，被推倒在了地上。

韩梅气不打一处来，使劲擦着唇边的口水痕迹："我是你的辅导员！"

"韩辅导员，韩老师！"韩梅回过神，才发现杰出校友代表陈晨已经把锦旗递到她面前很久了。

在主持人的视线威压下，韩梅不得不伸手接过。

陈晨朝她伸出手来。

韩梅犹豫了一下，才慢慢握了上去。谁知一股大力直接把她拉到了怀中。

掌声雷动中，陈晨扶着她的手臂，附耳低语，轻柔的语气和当年别无二致："亲爱的，我回来了。"

谁是你亲爱的！

韩梅一整晚食不甘味，目光频频盯向不远处的陈晨。

觥筹交错间，只见他一身千鸟格子的修身西服，仗着身高，站在已是半大老头子的院领导中间，端的是风流倜傥，鹤立鸡群。

那漂亮的额头，也将大背头，梳出了张国荣全盛时期的帅气。

她从来都知道他是好看的，像六月里盛放的罂粟花，有一种坏到骨子里的张狂漂亮。

这次再见到，他的锋芒倒是稍稍收敛了，却像花果酿成了酒，散发出让人不知不觉就能上头的醇香。

面对别人的碰杯邀请，陈晨接受得不卑不亢，只在嘴边轻轻一抿。

她撇撇嘴，拉住光顾胡吃海塞的老辅导员老彭问："咱们系里吃饭，他来干什么？"

老彭慢条斯理地在碟子上吐齐了一整个鹅掌的骨头，才开口："系主任正想开几门新课呢，这不要广纳贤才嘛。"

韩梅突然觉得自己脑子转不动了，问道："他这个学渣也好意思来教书？那不是误人子弟吗？"

老彭一副"你有所不知"的模样，说道："英雄莫问出处，人家现在可是常春藤大学的硕士，手里攥着两国律师牌，还是大律所的合伙人。"

韩梅半信半疑，难道踏足过大洋彼岸，真能过了海就成仙？

她不知不觉盯了陈晨很久，却冷不丁被对方截获了视线。

她暗叫不好，果然下一刻，陈晨斟满手中酒，欲要去敬敬当年培育自己的法学院老师们。

她下意识地抓起手机想跑，却被老彭拦住了。

他长长地打了个满是油味的饱嗝："去哪儿呢？大菜还没上呢！"

韩梅急着要走，随口胡诌道："我好像有点喝高了。"

老彭伸长了脖子去瞧她的杯子："你醉茶？"

谎言被揭穿了，她才不得不坐了回来。

是啊，她检讨自己，要是真的心如止水，任陈晨是哪路妖精鬼怪，又怎能动摇得了她半分？

说到底，还是她立场不坚定的错！

何况陈晨现在是什么人啊？指不定还后悔自己当年年少无知呢，

她有什么好担心的？

那头陈晨已经端着杯子过来了。一桌人通通站起来，与他逐一碰杯交谈。

韩梅下意识拉了拉连衣裙子，趁机看了一眼脚下的羊皮小高跟。

今早出门时，她原本穿的是那双专卖店打折售价九十九块钱的仿皮圆头鞋，舒服、耐磨，虽然美丽欠奉。可也不知道自己是哪根筋抽了，都走到宿舍区门口了，居然又倒回去把鞋架上的鞋子都试了一遍，最后换成了现在这双新买的高跟鞋，还弄得差点迟到。

直到此刻，她才终于找到了种种怪异举动的缘由。

原来这都是为了再遇见他时，她不至因为一双旧鞋而自惭形秽。

她默默倒数陈晨的走近，如同倒数着达摩克利斯之剑的落下。

陈晨完成了和老彭的寒暄，将酒杯倒满了，才转向她。

千钧一发间，她脑中转过无数个念头，想着该对他哭，对他笑，破口大骂，可一切还没来得及发生，就被他兜里的手机铃声打断了。

陈晨掏出手机，接通了放在耳侧。

两人离得近，足够让韩梅听见话筒里面的声音。

那人得悉陈晨身在中国，居然不可思议地大叫起来："Oh my god, you went back for your Ms. Liu？（天呀！你回国了？为了刘女士？）"

韩梅猛地抬头觑向他，正好也对上了陈晨略显尴尬的视线。

陈晨清了清嗓子，捂住话筒，对韩梅做出"稍等一下"的口型，就转身到外面接电话去了。

等回过神来，她才发觉自己刚刚和在座的不少花痴女同事一样，正定定地望着他远去的背影发呆。

简直就跟个傻瓜一样！

别人只看见了他的金玉其外，只有她，明明吃过了他的亏，竟还有所期待。

之前的心焦如焚，原来不过是剃头的挑子一头热。

结果，陈晨也没让她等到他回来。

他说所里有急事，接完电话，直接把单先结了就离开了。

其实认识他的时候，陈晨不就是这样的？一颗心好像可以分成三百六十五瓣，每瓣用来爱不同的人。万水千山，哪里都有他的情儿。

对着山珍海味，她只觉食欲全无，百无聊赖地掏出手机，居然在通信簿里翻出了陈晨的旧号码。

这么多年过去了，还把这个号留着，难不成，下意识里她还在幻想，总有一日能与他如戏曲里一般，花好月圆，修成正果？

可惜，姹紫嫣红开遍，似这般都付与断井颓垣。

一切都过去了，韩梅跟自己讲，还被过去束缚着的只有你自己。

到这一刻，她才终于狠下了心，在"确认删除"上狠狠按下，将那臭不要脸的从记忆卡上永远删除！

以前每到考试，她就恨自己记性不好，总盼自己有特异功能，能一目十行，过目不忘。

长大了，她才知道，东西记不住，多读几遍便记住了，可有些东西，记住了，要花一辈子才能忘掉。

那天一整晚，她都昏昏沉沉没睡好。和陈晨的过往，开心的，伤心的，颠来倒去，在她梦中纷纷扰扰。

认识陈晨那会儿，韩梅自己也不过是在读的研究生，比本科学生们大不了几岁，扮演了这个半是过来人半是监护人的角色。

她平常上课还在本部，没课了就坐班车到几十公里外的本科部上班。

2010 年的大学城不比现在。

它所在的云间区，作为申市新开发的卫星城，刚从粮油大县转型过来，各种生活配套设施还没来得及建起，学生们要到大卖场采购日用品，坐公交加上等车，得花上大半个钟头。

新生们被"发配"到这鸟不拉屎的地方读书，还要多给一倍的建校费，怨声载道。

韩梅却不这么想。她喜欢这里远离喧嚣，方便她专心治学。

可真干上了她才知道，这高校辅导员，听着挺风光，做的都是些营营役役、琐琐碎碎的活儿。好不容易得着点空闲时间，她打算坐下来看会儿书，十几个甚至几十个电话就纷至沓来。

大到每月的团日活动，校里院里举办各种比赛，小至动员学生参加讲座，宿舍检查卫生，好像就没有什么不该辅导员管的事儿。

她能在酒吧一眼认出陈晨，完全得益于这货是有名的缺勤专业户。

说起来，那时候她也嫩。才进学校没两天，连学生都没认全，收到校学生处给院里发的通知，要抓学风建设，整肃缺勤情况，她就真的逐一去做学生的思想工作。

偏偏陈晨是个极品，院里碰不到人，发短信也不回。

她一个号码从上班打到中午，好不容易接通了，电话那头声音里居然还带着刚睡醒的重鼻音："你是哪里？"

"喂，我是韩老师。"

陈晨居然来了一句"不认识"就把电话挂掉了。

韩梅难以置信，再拨过去，一接通就忍不住自报家门："你好！我是韩老师，你们大三的兼职辅导员。"

谁知对方冷笑一声，甩下一句"辅导员也算老师"，便再次挂了她的电话。

韩梅被惹毛了，再次打过去，那头一个女声跟她讲："您好，110报警服务台。"吓得她一下子挂了电话。

这小子，居然真敢把电话转到110去！

再之后，就是酒吧里的碰面了。

当她再次打开学生档案，看着里头那张小一寸的黑白照，还是止不住心潮起伏。

谁能想到，那张纯良的脸，那双大眼里泛起的安静笑意，不过是南美食人花如兰的香味，为的是掩盖那吃人的本性和险恶的用心。

韩梅下了班，在饭堂吃完晚饭，在宿舍也没事，就回办公室先把明天的六级考试报名通知单准备出来，又看了一会儿专业书，看表，快十点了。

她伸了个懒腰，收拾东西，打道回府。

大冷天的，学生们都缩在宿舍里不出去，教学区一片萧索。

天地间，唯一精力充沛的，似乎只剩下这呼呼的北风。它穿过建筑物间的缝隙，发出野生动物一样的长啸。

下弦月像是天空被吹得眯缝起来的独眼，漏出一线阴森的光。

韩梅抽了抽鼻子，把快冻僵的手凑到嘴边，赶紧快步走到车棚。

她刚蹲下准备开锁，不知从哪儿突然传来一声长长的异响，吓得她连手里的锁头也掉在了地上。

待她凝神再听，声音却又没了。

难道是疲劳过度导致的幻听？

这想法才生出来，那声音又来了，这次她听得清清楚楚，来自小卖部的方向。

韩梅壮着胆过去，悄悄将耳朵贴近木门，细听，里头还有噼里啪啦的闷响。

难道是遭贼了？

她机警地转身，没过几分钟，就把楼管阿姨和巡逻的校警召集到了现场。

此时隔着大门，已经听不见里头的声响了。

三人商量着，还是得开门看看。小校警充当护法，阿姨站在中间开锁，韩梅随手抓了根拖把站旁边。

门开了。

小卖部里头乌漆抹黑的，货架歪斜，零食散落一地。他们的目光顺着地上的糖果、巧克力和薯片游移到了房间尽头的大窗前。

白色窗帘被劲风撩起，像舞台幕布被徐徐拉开，终于现出了演员的身影。

借着从窗外漏进来的街灯残影，韩梅首先看见的是赤裸的男子背部。

即便在那样的光线下，她依然能辨出那是一张立着的长弓，光滑的，呈流线型，充满张力。骶骨处微微凹陷下去，这两处医学上称为麦凯斯菱的小窝，像是美人的眼珠，活色生香地点缀其间，让人心中生出从后面拥抱的欲望。

等她好不容易理智回归，才发觉男子怀里原来还抱了个女孩，他的手摩挲在对方的腰上，像是在把玩着古玩瓷器，豆腐吃得津津有味。

还以为是出警匪片，到头来是宗风化案。严阵以待的小校警被这香艳的男色吓蒙了，连着"呵"了几声。

裸背的主人此时才转过头来，双眼被手电的强光晃得稍稍眯起。

韩梅吃惊地看着光束下那张一闪而过的脸，只觉得难以置信："陈晨？怎么又是你！"

小校警一手把几排灯管都按亮了，警棍抡圆了朝墙上敲敲打打："立正！还有点祖国花朵的样子没有？听口令，十秒时间，整理仪容仪表着装！"

他说到一半，发现没词儿了，又从香港警匪片上抄袭了几句："男的左边，女的右边，学生证掏出来。"

陈晨吊儿郎当地扣着衣服扣子，嘴里还嘟嘟囔囔："又不是殡仪馆，整什么仪容仪表？"

赶来处理的值班老师正好听见了这句话，火气顺着话引子就爆发了："反了你们！"她一手扯过陈晨正要往身上披的外套，"不爱穿就光着。"

来人姓杨，五十来岁，因为脾气暴躁，被学生暗地里称为"二踢脚"。

女孩被吓得一跳，整个人都缩到了陈晨身后。这更让杨老师看得怒火中烧。

她红着老脸，激动得声音都有些变调了："当着老师的面呢，你们还敢拉拉扯扯！什么大学生！连小学教的礼义廉耻都不晓得。我多少次反映，要把学院的风气整整，这不，就出了你们这种影响校风的脏事！"

陈晨嘴里还嚼着口香糖，任由衬衫像两片门帘敞着，说道："饮食男女，人之大欲。你们不过性生活哦？只准州官放火，不许学生点灯。"

杨老师面红耳赤，大掌猛拍在桌上："毫无廉耻！校园是公共场所！"

陈晨懒洋洋地道："我明明关了灯锁了门的，是你们非要闯进来的。"

杨老师快要一口气喘不过来，一巴掌要下去，被韩梅眼疾手快地上去抓住了。

杨老师瞪向韩梅："看看你的好学生！"

韩梅看着女孩发白的脸色，心有不忍。

天那么冷，她的围巾匆忙间还没来得及围上，被团在手里无措地拉扯着，仿佛那是她无地自容的心。

她认得，那女孩是低一级的学生，似乎姓顾，平常不多说话。她家境不好，院里照顾她，安排她在小卖部勤工俭学，收个钱，锁下门什么的。不知怎么的，她竟招惹了这么个一天不找事就皮痒痒的花花公子。

陈晨虽是一脸无所畏惧的样子，可也禁不住只穿着一件单衣，手臂上都起了鸡皮疙瘩。

杨老师气得不行，抬手指派韩梅："你来说！"

韩梅手里被塞了教训的大棒，一时不知道该如何落下。

她叹了一口气，转向二人道："你们都是成年人了，做什么事情不考虑影响吗？"

女生终于找着了开口的机会，急忙认错。

"你呢？"韩梅问陈晨。

陈晨的眼睛还是没看人，可还是敷衍着点了一下头。

韩梅沉默半晌，咬了咬牙，说道："既然知道错了，那就小惩大诫，回去抄二十遍校规，和检讨书一起明天交上来。"

"就这样？"杨老师立马就不乐意了，"这样影响校风的严重事件，就算不开除，也起码是要记大过的。"

韩梅赶紧解释："知错能改善莫大焉嘛，爱因斯坦说过，谅解也是教育。既然他们认识到错误了，我觉得不妨先这样。"

杨老师语调转冷："我说韩老师，你这是要包庇学生吗？"

韩梅一愣，说道："我没有这个意思……"

"那是什么意思？你看这人是教得好的吗？"

杨老师指着陈晨，开始绘声绘色地控诉他的斑斑劣迹，比如他刚入学那会儿，大半夜里，领了一大帮人在黑漆漆的教学楼里玩野战游戏。他们十几个小兔崽子配了彩弹枪、夜视镜和迷彩服，把巡逻的人吓得以为碰见了恐怖分子。

韩梅垂头听着。

杨老师都等着她悔悟了，谁知她默默听完，开口却陈晨："之前的事情，还有这一次的，你能保证以后都不再犯吗？"

陈晨看着原本的批判大会变成了两虎相争，脸上有笑意了，顺着韩梅的话就说："当然了！我都认识到错误了。"

韩梅再次转向杨老师道："我知道他素行不良，可是他既然答应了，咱们就再信他一回吧。"

杨老师冷哼一声："你想当好人，随你！只要你担得起后果。"

韩梅当然知道出头要吃亏，可她沉默良久，再抬头，面上还是带上了杀身成仁的毅然："好，我的学生，我来负责！"

韩梅让校警送女生回宿舍，却唯独留下了陈晨："你，跟我到办公室来一下！"

他毫无惧色，一路笑眯眯地盯着韩梅的后背瞧。

他早就被"二踢脚"老唐僧一样的唠叨弄得昏昏欲睡，是韩梅那句出人意料的辩护，让他忽然来了精神。

他这么怀疑着，便直接问出来了："你为什么要替我说情呢？"

韩梅开门的手一顿。

她当然也是有过青春年少的。

在被高中班主任叫到办公室前，她也从没想到那份收藏在眼角眉梢间，只敢在书声琅琅的课堂上，从高竖的书本上方偷露出来，对着某人后脑勺发呆的那份倾慕，会最终曝光于人前。

她永远不会忘掉，在年级组办公室十几双眼睛的注视下，遭受训斥质问的那种难堪，她觉得自己像是一只被绑在耻辱柱上的羔羊，被开膛破肚，任人围观。

喜欢是那么纯粹美好的一件事，为什么要因此被责难呢？

无论怎样，自己经历过的不快，她不愿看着它重演。

不过她能怎么说？说老师也算过来人？

她有些局促，好像很不习惯被学生这样审视，涨红了脸，欲言又止。

后来每当有人问陈晨为什么会看上韩梅，他脑中都会浮现这一幕。

她让他想起一本封面朴实的线装书，前一页风平浪静，翻过一页，就是狂风大作，一双欲说还休的眼睛，自有一种不自知的勾人摄魄的魔力。

韩梅自然不知陈晨所思所想，但有些话，作为前辈，作为辅导员，是就算舍了这张老脸，也必须给他点明的。

她坐在办公桌前，开始跟他谈校园环境，谈公德意识，说来说去都说不到点子上。

陈晨听得没了耐心，笑道："您是想说，学校不是我家厕所，想脱裤子就脱，让我往后找乐子滚远点？"

他还真明白。可她不敢直接说是，只嗫嗫嚅嚅地道："反正你往后谈恋爱，不能影响到别人的生活和学习。"

"那要怎么操作？去小树林，还是去小旅馆？"

韩梅被问得噎住了。

"这俩地方我都没去过呢，老师您试过吗？要不给我推荐一下哪个比较好？"

这时候还听不出他在故意耍弄人，那她就是傻子了。

想起自己刚刚居然帮这样的人说了话，她看向他的眼神，活像是东郭先生见了狼。

陈晨也变得严肃起来，说道："怎么，突然后悔帮我说话了？"不等她回答，他又自己笑开了，"可惜后悔也来不及了。"

韩梅不服输："我为什么后悔？你不都答应不再犯了吗？"

说老实话，韩梅自然是后悔的。

特别是第二天院里开会，面对杨老师的严厉控诉时，那股热血和冲动，又被懊恼和担忧盖过了。

她写了份报告，将陈晨的事和处理的经过正式报到了院里，战战兢兢地等了几天，却奇怪地没听见要重新处理，仿佛风过无痕。

她问老彭。

老彭摸了摸下巴说，事关陈晨嘛，这大棒十有八九又是要高高举起，最后却轻轻落下的。

"又是？"她敏感地抓住了关键字。

老彭看一眼周围，小声地凑到她耳边："我也是听八卦听来的……你猜，当年咱们法学院体育特长生的分数线，是按着谁的高考成绩划的？"

韩梅大吃一惊！

她下午还有课，等吃过午饭，便又匆匆回本部了。

教室里回荡着老教授毫无起伏的声音，同学李丽都无聊得要给她秀新涂的脚指甲了。韩梅放在桌面上的手机忽然一抖。

两人都一顿。

韩梅赶紧翻开盖子，她一眼就认出了发信栏是陈晨的号码，内容是一串意味不明的阿拉伯数字："56463710350985775。"

"乱码了？"韩梅自言自语。

李丽凑过脑袋来看了一眼，问："哟，谁给你发的求爱短信呀？"

韩梅吓了一跳："什么求爱短信，你别乱说！"

"谁乱说了。这不是'无聊死了，想起了你，想我你就抱我亲亲我'

吗？"李丽一脸八卦表情，"哪个追求者啊？"

韩梅赶紧合上手机翻盖："肯定是发错了。"

"发错了你赶紧提醒一下人家呀，免得正主儿反而收不到呢。"李丽巴不得有点什么事让她开心呢。

韩梅不肯，李丽就直接夺过了手机，编辑完短信直接发送出去："知道这是谁手机吗？别不是发错人了吧？"

那头居然很快就回过来了："有这个可能，要不你把那句话原样给我发回来？"

李丽哈哈大笑，高高兴兴地继续回过去："那台词都老得要入土了吧？你存着是要哄奶奶吗？"

对方好久才回复："这不是你们年代流行的爱情密码？"

李丽扭头看了韩梅一眼："咦，这人知道你是 80 后哦？"

韩梅再也不肯任她乱搞，赶紧把手机夺回来，塞进了包包最底下。

等坐班车回到大学城宿舍，洗漱好准备休息，她才又把这事想起来。

她掏出手机一看，才惊觉内存条都要被陈晨的短信撑爆了。

她收件夹里还夹着一些重要通知，不能一下子清空了收件夹，无奈只好逐条去删。

她删一条旧的，就进一条新的，手机丁零零响了半天。

她终于忍不住了，回复过去："陈晨！你整天短信轰炸，不觉得累得慌？"

陈晨好不容易等到一点反应，说道："我看你一整天在我脑袋里跑，也没见你喊累啊！"

这话……把她牙都要酸掉了好吗？

陈晨并不满足于短信，很快，他便提出要跟她咨询面谈。

韩梅用脚指头都猜到他没安好心。她推说最近要忙着准备教学检查会，等安排好再通知他。

谁知没过两天院里开会，说有学生趁领导下去调研的时候，指名道姓反映她和大家接触少。

韩梅简直惊呆了！他居心不良，竟还敢在背后告她黑状？

韩梅一肚子委屈不知道怎么说，老彭也道她平常两头跑，压力大，不过还是劝："这风口浪尖上，你抽时间去做做工作，让学生们消消气。"

人在屋檐下，哪能不低头？她特意抽了个午休时间出来。

比预定时间晚了十分钟，咨询室的门才被敲响了。

韩梅从书里抬头，见陈晨戴了副大墨镜，双手交叉在胸前，微笑着倚在门边，怎么看都是一副小人得志的嘚瑟样。

韩梅看看墙上的时钟，公事公办地宣布："你还剩十八，哦不，现在是十七分钟了。"

陈晨走进来，反手准备关上门，被韩梅叫住了："等等，门开着。"

陈晨扭过头，莞尔："看韩老师的态度，似乎对这次会面很不满？"

韩梅皮笑肉不笑："怎么会？毕竟这次见到你，你还是穿上了衣服的嘛。"

陈晨笑得直不起腰来，好久才擦着眼角的泪花说："有人生我的气了，怪我打她小报告。"

韩梅朝他翻了个"明知故问"的白眼。

他继续恬不知耻地道："这事儿不怪我，谁让你不肯见我呢？我没办法，只好围魏救赵了。"

韩梅想马上赶人了："你到底还要不要说事儿了？"

陈晨回头看一眼洞开的大门："你确定咱不要关起门来说？"

"我为什么要不确定？"

"行，只要你不害羞。"

陈晨清了清喉咙，一脸神秘地凑过来："鉴于我半夜起来洗内裤的次数增多，所谓解铃还须系铃人，我想了想，觉得还是得来找我的幻想对象商讨一下解决方法。"

见他牢牢地盯着自己，韩梅一时简直不敢相信自己的耳朵，头顶似有一阵天雷滚过，让她有喉头泛腥的冲动！

她以为这人好歹把衣服穿上了，谁知道裤子拉链还没拉上。

韩梅站起来，揪过他的衣领，便直接将人轰了出去："下边有毛病就去看泌尿科，脑子有毛病就找精神科，哪儿有病就滚哪儿去瞧！"

陈晨不死心，"砰砰"地捶门大喊："喂！你错过我，敲锣打鼓也找不着第二个了！"

还找第二个？她一个都嫌多！

被自己学生性骚扰，这事儿说出去她都嫌丢人。可韩梅不声张，不代表她不记仇。

等陈晨确信自己被拉黑了，已经是三天后的事了。

他身上的十八般武艺，通通施展不出来，一时陷入了苦闷之中。

同学兼死党乔尼硬拉着他去游泳。

他明明人已经出来了，泳裤也换上了，却仍旧坐在沙滩椅上，对着手机唉声叹气。

乔尼看他一时眉头微蹙，一时啃咬指甲，忍不住说："还不下水，一晚上抱着个破手机干吗？装石膏像呢？"

陈晨当没听见。他想了想，说不定韩梅只是手机欠费，于是又充了几百块过去。

等乔尼游完一圈回来，远远看见陈晨还保持着同一个姿势，看手机没有反应，居然还使劲将它往地上磕了几下。

乔尼忍不住在心里念了一声：神经病！

陈晨却似有所感，忽然抬头对上了他的视线，手已经摸到乔尼的外套上："你手机借我用一下。"

乔尼"哇"的一声，急匆匆游到岸边，连扶梯都来不及用，双手在池边一撑，便扑倒在沙滩椅边上，两手捂住外套口袋，斩钉截铁地说："不行！"

陈晨没当回事，躲开他的手掌继续翻。

乔尼摆出一副宁死不屈的模样："我还没骂你上次乱改我通讯

录呢，害我张冠李戴，把给前任的分手短信发到候任的号上了。"

陈晨撇撇嘴。谁让他的勾搭短信这么不管用？他短信转发过去，见韩梅好久也没个回复，闲着也是闲着，就随便给自己找了点乐子。

陈晨退一步："我这次保证不动你通讯录还不行？"

"不行！一次不忠百次不容！"

"那你来拨号，辅导员电话你存了吧？现在就打过去。"

乔尼下巴都要惊掉了，说道："你还在跟那个辅导员死磕呢？野战抓包那篇就翻不过去了怎么的？男子汉大丈夫，心眼就丁点大？净干些小学生掀女老师裙子一类的无聊事儿。"

"谁无聊呢？！"陈晨叉着腰就站起来了。

还说不是？马上就发飙了。乔尼暗自嘟囔了两声，可兄弟的面子还是得给。他依言拨了号，没响两声，那边传来一道温柔的女声："喂，哪位？"

乔尼紧张地捂住话筒："通了通了，说什么？"

陈晨脸一拉，大吼："挂掉！"

他突然觉得没劲透了，拿起东西说要回家。

往外走的当口，哥们儿陆臻搂着个十八线小明星进来了，一下拽住了陈晨："怎么我一来你就走，不是说游完就上楼搓麻将吗？不会是输怕了吧？"

陈晨心里正窝着火呢，逮着人就开炮："凭你？学会洗牌了吗？"

陆臻不想在女孩面前失威，头一昂就骂回去了。

等乔尼赶过来打圆场，两人都快要开打了。

偏偏陈晨跟吃枪药了似的，一句都不肯让，乔尼赶紧将陈晨推出了门外。

乔尼跟着陈晨往更衣室走，他好话说尽，陈晨却一声不吭。

眼看他锁上柜子，马上就要出去了，乔尼衣冠不整，也不好往外跟，便捶了他肩膀一下："你到底怎么了？"

"没怎么，这次记在我的账上吧。"陈晨叹了口气，他晓得是自己心情不好，可再烦，也不该伤了兄弟的脸面。

"哥们儿之间讲的是这个吗？"乔尼双手交叉在胸前，以探究的眼神盯了陈晨很久，"陈晨，你最近很可疑啊！症状除了心烦易怒，是不是还有失眠盗汗等症状？"

陈晨已经拉开门了，听了这话，湿毛巾直接扔在乔尼脸上，把他的一句"你真的很可疑"也闷回了喉咙。

陈晨当然没觉得自己病了。

他说服自己，心烦意乱是正常的，气闷憋屈也很寻常。追女孩嘛，暂时求而不得，不过是通关路上的小障碍，为的是能让他在通关时获得大满足。

女人，从来只有他想要的，没有要不到的。

韩梅还没意乱情迷，只是因为他还没来得及放大招！

才到宿舍的韩梅对此一无所知。

她一天下来累死累活，一开门，发现室友已经睡下了。

辅导员人数不算多，学校便只在女生宿舍区划出来两层楼安置她们。学生的四人间，她们可以两人合住。

韩梅怕吵醒同事，也不敢东搞西搞，抓紧时间刷完牙漱了口，便匆匆上床。

南方的冬夜，即便温度到不了零下，依旧潮湿得让人有要结冰的错觉。

她蜷缩在学校统一发的那床薄薄的空调被下，感觉寒气像会自己找到空隙，钻进骨缝里头。

她睡得并不安稳，一直到半夜都手脚冰凉。

半梦半醒间，她突然听见一阵熟悉的铃声。

室友被吵醒了，语气不满地嚷了声："韩梅！"

瞌睡虫立马都跑了，她摸出手机，挣扎着睁眼一瞧，几乎没气出内伤。

她深深呼气，然后吸气，反复数十次，跟自己说要忍，可一开口，依然杀气腾腾："陈晨，你最好找我有正经事儿。"

手机那头传来一片刺耳的杂音，她正疑心是不是拨错了，突然传来一段吉他伴奏。

那人指法不算熟练，有些地方弹得过快，有些地方又弹得慢了，间或几个错音。

一段小过门之后，一个低沉的男声用英语轻快地唱起："我绝不，绝不再犹豫，一刻也不能等，我是你的……"

韩梅摁住脑门上暴起的青筋，也不知哪里来的勇气，大声朝他吼过去："陈晨你有病啊，半夜三更扰人清梦！"

她说完了，便一把挂断电话，顺便还关了机。

她迅速地躺回床上，扯被子蒙头。

世界清静不过两秒。她转了个身，刚要再次入睡，模模糊糊地又听见歌声。

韩梅从枕头下摸出手机一看，它无辜地黑着一张脸看她。

把手机塞回去，她想，难道是太累了导致幻听？

谁知宿舍门"砰砰砰"地被人砸响了。

楼下阿姨隔着门大喊："哎哟，韩老师，你们院男生在楼底下唱歌，整个楼的女生都在起哄呢，你还管不管了？"

真要命！

韩梅抓着一头乱发，简直想大声尖叫！

她读本科的时候，也听说过这样的事情。比如某宅男临毕业喝高了在女生宿舍楼下大声表白，又比如哪个系的学长用蜡烛拼成心形，在学妹回宿舍的必经之路上给她庆生。

哪个女孩没有点公主梦呢？韩梅当年也不无艳羡，那么热闹的事儿，怎么偏没让她赶上呢？

没想到这么多年过去，好不容易让她碰上一次，竟被安排了个棒打鸳鸯的角色。

她披衣而起，打开房门，昏暗的走廊里一片喧闹。她一路朝外走，只觉得自己是误闯魔境的梦游人，每一扇门后都是彻夜狂欢的精怪，尖叫呼喊，整幢楼几乎要共振起来。

走到楼底，她才发现外头飘起了小雪，零星、暧昧，却绵密地铺了一地。

雪花落在水泥路上，绿化带上，薄薄的，像把周遭的一切都通通放到棉花糖机上裹了层糖，将单调的景物都打扮得浪漫起来。

那帮不怕死的仍旧在楼前的空地上闹腾，阵仗拉得很大。

陈晨冒雪把敞篷车顶打开了，高高坐在车后盖上，跷起二郎腿，怀里抱了把吉他，身旁还放了俩大喇叭。

除此以外，他还拉了一圈名车聚拢在四周给他压阵，十几道高开的车头大灯灯光聚焦在他身上，给他照出些不真实的梦幻感。

不得不说，为了耍帅，陈晨也是挺拼的！

他拨完了最后一个音符，抬头朝韩梅所在的方向挥了挥手。

身后暴起的欢呼，把韩梅吓了一跳。

她回头一看，宿舍楼阳台上站满了人。

女生们被迷得如痴如醉，手里不知道挥着的是不是手机，以不输于看演唱会的热情，"安可""好帅"地乱叫一通。

陈晨的一帮损友也配合地将车喇叭按得此起彼伏，将整个现场闹得如菜市场一般。

她气得将手掌圈在嘴边大喊："别吵了！都给我回去睡觉！"

可恨她才长了一张嘴，哪里敌得过这热情澎湃的大合奏。

她当机立断，擒贼先擒王！

韩梅避开地上的积水，小心地朝陈晨的方向挪过去，好不容易才在陈晨弹下一个音符前及时抓住了他的手。

韩梅被手触到的冰凉冻得一抖。

因为要拨弦，他没戴手套，红通通的手指被融雪打湿，好似刚从冰箱里拿出来的甘笋条。

靠近了她才发现陈晨鼻头发红，双唇发青，上下牙齿磕碰着，张开嘴都看不见白烟了。

偏偏那双陡然望向她的眼睛，又像冰原上灼灼地烧着的两把火，仿佛下一刻就要蔓延到她身上。

她愣住了，想缩手，却发现拉不回来。

他的手指暖昧地在她手心里划过一道道冰凉，傻兮兮地抽着通红的鼻子："你真暖！"

韩梅被那尖锐的美色一刺，连挣扎也虚弱起来。

她观察他的同时，他歪头打量她。

她身上那件及膝的白色羽绒服还算修身，可惜遮不住下端的花睡裤和棉毛拖鞋。为免冻到脖子，她把拉链拉到下巴处，连衣帽紧紧扣到脑袋上，边上一圈绒毛在脸上围成一个圆，露出睡意犹存的五官，像个能任人搓揉的汤团子。

"汤团子"指着身后欢呼的群众，厉声质问他："你越来越过分了。这次又是为了哪一个，大晚上不睡觉，来这儿扰人清梦？"

他嬉皮笑脸地说："怎么，我说出来，你打算让她从了我？"

她咬牙切齿回应他："我两个人一起罚！"

他笑眯眯地说："你这是在暗示愿意要和我一同受罚？"

愣怔之间，她手里被塞了一大捧花。

韩梅气呼呼地抬头看他："我是认真的，你别乱开玩笑！"

"我哪儿像开玩笑？不早就告诉过你，你是我的幻想对象？"他说的话这么离谱，偏偏又搭配着一张认真的脸。

慌乱之下，韩梅把变成烫手山芋的捧花扔回给他。

陈晨跟玩击鼓传花一样，又把花往她怀里扔过去。颤动的花朵，抖出一股清新的馥郁，一下子充盈在她的鼻端。

她忍不住低头细看，怀里的蓝色妖姬，粗略一看起码有三十枝，接近零度的大冬天里，花瓣上还缀着春露一般的水滴，带着种反差的鲜嫩感。

她忽然被一股荒谬感笼罩。

下雪的夜晚，当众的表白，加上美丽的玫瑰。原来少女梦实现，并不等于能得到幸福。

如果陈晨没有开玩笑，那一定是上帝在开玩笑。

她不知道该露出怎样的表情，那么多种情绪，在脑中一一过滤，能说出口的，好像也只有"真的可惜了"和"我很谢谢你"。

她摇摇头，眼里有笑，却不是陈晨见惯的那种意乱情迷和欣喜若狂。

　　"谢谢吧，虽然提前了点，这教师节礼物我很喜欢。"

　　陈晨一脸惊疑地看了她很久，才皱着眉头说："韩导，吊人胃口也是有极限的。"

　　这次轮到韩梅不说话了。

　　她脸上满满都是大人看小孩子胡闹时的苦笑，让他觉得十分刺眼。

　　他准备得那么认真，一晚上挨冷受冻，她却想把他当无知小儿一样打发了？

　　他胸口起伏，眼中怒意汹涌，隐含着一种莫测的意味。

　　乌合之众虽然听不见对话，却远远地觉得气氛不妙，都不再喧哗。

　　原本热闹的空地上，只剩了汽车尾气管不耐烦的轰鸣声，像是聚拢的雨云在酝酿着电闪雷鸣。

　　"真败兴。"趁着话还没说穿，他狠狈地扯了一下嘴角，笑意未到眼底便已消失。

　　他坐回车里，打火，踩离合，挂挡，打方向盘，踩油门，动作连贯而迅速。直到他一声不响地把车开走，众人还都还没反应过来。等发觉群龙无首，众人也只好跟着遁逃了。

　　要不是韩梅后退及时，指不定还要被他的倒车镜蹭到。

　　她手里的捧花却没那么幸运，被碰落在地后，又被车轮狠狠地碾碎了一大半。

　　闹剧倏然落幕。

　　现场安静下来，恰如烟花过后的天空，吵嚷一轮后，就什么都没留下。

　　韩梅蹲下，慢慢把花捡了起来，抱在怀中，任由它惴惴地压上心头。

　　这花后来被韩梅带回宿舍，她把残枝扔掉，把花插到了大塑料瓶做成的花瓶里，又扔了颗阿司匹林进去，还真撑了两个星期才完全谢掉。

不知道陈晨的热情能不能持续这么久？她看见花，摇头一笑。

被人喜欢，这本是件值得高兴的事，可那人是他，又着实叫人苦恼。

可无论如何，这是小王子的第一束玫瑰呢，她心想。

在他热情冷却，认清现实之前，这短暂的喜欢，毕竟也在她的生活里留下过芬芳。

▶ 第二章
怪她痴心妄想

Xiao Nan You

韩梅也说不清和陈晨的关系是怎么变成最后那个样子的。

或许一切都源于这夜的花香，让那颗祈祷陈晨赶快别再纠缠的心，慢慢地掺杂一些不舍。

那些甜言蜜语，她本来是不相信的，是他让她信以为真了。

可等她相信了，他又毁了诺言。

韩梅睁开眼。

挂在墙上的日历让她的意识回到了二〇一七年。

她坐起来，擦擦额头上的汗。

梦里的时光让她怅然又不安。

陈晨仿佛是笼罩在心头的黑暗。她好不容易走到了阳光下，可一低头，发现阴影还在脚下。

她工作，学习，生活，学着鸵鸟把头埋进沙子里，选择性地避开关于陈晨的新闻。

两三周的平静日子"嗖"的一声就过去，早几日就在酝酿着变天的申市，终于借了一场细雨，让温度降下来了。

韩梅临睡前就想着要把厚被子拿出来，结果因忙着写博士论文忘了。

果然她第二天一早起床，就感觉两边鼻孔都不通气了，喉咙里火烧火燎的。一摸脑门，还有点发热。

她知道自己是着凉了，不过想着约了学生面谈，又只好勉强爬起来。

起床时间有点晚了，她来不及吃早饭，匆匆赶到办公室，冲了杯浓咖啡振奋精神。

咨询室里，她面前坐了个十六七岁的女孩子，刚入学没几天，她尚未被现实雕琢磨砺的面孔上，带着一种无知无畏的嚣张。

"画重点，死背书，做真题，本以为高考过后再也碰不见形而上学、方法论了，上了大学以后他们的祖宗十八代我全遇上了！什么素质教育，几十年来都是一句空话！我们每年交学费，难道就是让学校像罐头机一样给我们每个人肚子里都装上一模一样的料，然后'砰砰砰'地封口盖戳，印上出产地，扔到超市货架上好让我们自生自灭？反正我是受够填鸭式教育了！我决定了，我要退学，到外国深造去……"

韩梅听着她滔滔不绝地声讨，脑仁好像更痛了。

小年轻才读几天大学？对中国的高等教育又了解多少？这就开始唾弃整个体制了？

怪不得张爱玲说教书难，真是又要做戏，又要做人。

韩梅端起杯子又喝了口咖啡，老练地将烦躁掩饰起来，对女生露出标准的八颗牙齿："不是不让你去，只是时机未到。外国的研究氛围当然更自由，可中国的基础教育也是有优势的。何况你披荆斩棘才杀过独木桥，这么一放弃，之前的努力不就都白费了？要我说，你可以趁这四年把英语关过了再留学，正好两不耽误嘛。"

女生一点不领情，下巴抬得高高的，说道："比尔·盖茨和乔布斯也中途辍学啊，这事儿跟恋爱一个道理，明知不合适，还硬要互相折磨，就是浪费光阴，就是虚度生命，就是慢性自杀！"

韩梅被那一串排比说蒙了，心想这00后小女生才吃了几年饭，怎么说起爱情来一套一套的？

她动了一下嘴唇还想劝说，女生害羞地一低头："远的不说，咱们陈老师，当年也是大四上就毅然决定出国的。"

韩梅眉头一跳，突然有不好的预感，问："哪个陈老师？"

"就是新来的讲英美法律导论的陈晨老师嘛。"

她故意不闻不问的，没想到还是碰上了。

她回过神："你不要道听途说，即使凭上学期的成绩拿到了conditional offer（条件性录取通知书），也是要补交完学位材料，才能被正式录取的。"

当然，他有没有使什么手段买分改成绩，她就不敢猜了。

"不过嘛，有志气毕竟不是坏事，老师也很欣赏你这么年轻就有自己的想法，但是一口气吃不成胖子呀。这样吧，要是你期末考试成绩突出，我就同你的父母商量，让你参加出国的交流项目，这样好吗？"学生还想说话，被韩梅截住了，"陈老师应该教过你，为了梦想首先要付出常人难以想象的努力吧？"

学生嘟嘟嘴，提不出明确的反对意见，只好灰溜溜地走了。

韩梅送走了学生，门一关上，火气腾地就上来了。

怪不得最近咨询出国的学生一堆接一堆，合着都是他带的。

她借了别的年级的时间表，见恰好有陈晨的课，还特意绕到大教室去看一眼。

阶梯教室里热热闹闹的，连走道上都坐满了人，不知道的还以为天桥说书呢。

陈晨站在人群中央，将枯燥的法律人操守，讲出了五分钟一阵的笑声来。

他讲了个故事。

从前一对兄弟被困在热气球上，看见下面有一人骑马经过，就大声问："你知道这儿是哪里吗？"

对方回答"你们在热气球上"就走了。

兄弟俩语重心长地总结："那人一定是个律师，说的话都对，可惜都没什么用。"

在座的众人窃笑。

他接着往下讲。

气球继续飞，他们碰见第二个人，赶紧追问："下面的人，请教一下，我们该怎么降落？"

对方说："割断连接气球的绳子不就下来了吗。"

兄弟俩一脸愕然，心说那样命也别要了。他们气呼呼地总结："那一定是个法官，说的话虽然能解决问题，可是从来不管你的死活。"

学生们哄堂大笑。

他继续讲。

气球继续飞行，来到草原上，下面来了第三个人，举枪警告他们误入了禁飞区，要挟要把他们射下来。那人对同在此时飘过来的热气球上的总统，态度却是一百八十度的不同，不仅立刻收起武器，还恭敬地协助对方回到地面上。

这次用不着弟弟说话，哥哥就习惯性地评论道："那一定是个检察官，什么时候和风细雨，什么时候疾言厉色，完全取决于对方的身份。"

学生们听得无不捧腹。

故事里那个气球的燃料已尽，眼看要摔下悬崖。

哥哥眼疾手快地跃回地面，弟弟却险险地抓住了悬崖边的一根树枝。

哥哥紧张地向路过的第四个人求救，那人不疾不徐地教了他几个爬上来的方法，他没说完，弟弟就用第一个方法爬上来了。这个人一看，生气地一脚又把他踹了下去："我还没说完，第二个方法才是最多人用的方法，你赶紧给我重来。"

哥哥看着对方的背影："那人肯定是法律教授，虽然方法都能用，可是你不用他的方法就该死！"

这下连"笑点"高的，也忍俊不禁了。

陈晨在笑声中讲道："这个故事来自一本书，叫《法律人，你为什么不争气》。我说这个故事，是想让大家记住，要是有幸坚持在法律道路上走，请千万不能成为这样思维僵硬固化的法律人。当然，我也借是这个故事顺便提醒一下，上次随堂小测验，有人把Invitation of offer（要约邀请）给我写成了勾引约会。毕竟我还是法律教授，碰见不按我教的来的，我还是要一脚把人踹下去的。"

韩梅在心里哼了一声：这人真以为自己在说海派清口呢？！

等她回去上校园 BBS 一查，发现还有人专门开了个帖子，给外院的同学分享陈晨的课表。

出于防微杜渐的想法，韩梅等吃完了午饭，就回办公室给领导发了封邮件，反映最近的盲目出国热问题。

她没提陈晨，只是谈了一下自己的隐忧。

等发完邮件，她看看表，见离开党支部会议还有小半个钟头，想着反正也来不及回宿舍了，便取下椅背上常备的外套，叠成小块状，当枕头趴在桌面上小憩。

经历一上午的战斗，她的太阳穴一跳一跳地，比起床时更痛了。

她强令自己闭目休息。

门把手却在这时响了起来。

办公室是院里几个辅导员共用的，有时还会充当学生干部们的临时机房，经常人来人往。想是同事吃完饭回来了，她就没管，仍旧趴回桌上休息。

直到脚步声停在了身旁，接着便有一阵温热的呼吸喷洒在她的后脖子上。仿佛被猫的尾巴擦过，带来一阵从头皮延伸到指尖的痒。

她汗毛倒竖，猛地睁开眼，只见一只修长的男人的手撑在桌面上。

那手色白如瓷，甲盘圆润，手指修长又泛着光泽。中指上白光一闪，刺入她的心中。

她原本想动，却又立刻顿住了身形。

她知道，陈晨就停在离自己两寸的地方，一转头，她就会碰到他的唇。

而他一动不动，仿佛张好网的猎人，悠闲地等她自投罗网。

韩梅闹不清他是什么意思，贼心不死地想要来撩拨她死灰复燃的心，还是到处测试自己的孔雀魅力？

赌气之下，她又趴了回去，把后脑勺留给他，眼睛也紧紧闭上。

她听见他从鼻腔里发出极轻的一声笑。仿佛小宠物闹别扭时，主人对它的纵容。

那种被当成所有物的亲昵感让她顿时如鲠在喉，要不是现在"睡着了"，她肯定要气得跳起来。

她就这样趴着，好久听不见动静，正被晾得心里发毛，却突然听见了笔和笔筒碰撞的声响。

她眉头一皱，当即就紧张起来。

从以前开始，陈晨那些气死人不偿命的小伎俩就多不胜数。

她还记得有次午休，她在办公室睡得昏昏沉沉，突然感觉手臂发痒，还以为是蚊子在飞，手胡乱挥过去，却"啪"的一声打在了什么东西上。

她惺忪着睡眼抬头，居然见手臂上被人写了斗大的"陈晨"两个字。

恶作剧者坐在她办公桌旁的凳子上，一只手拿笔，面无愧色地对她笑。

韩梅都傻眼了，问："你干什么？！"

趁着墨迹未干，她想赶紧擦掉。

陈晨一脸嘚瑟样："别费这个劲儿了，这是油性笔。"他又说，"我给自己的东西做个标记呀，作业本还要写名呢。"

谁是他的呀？

而且，只有小学生才会在抢到的苹果上立马咬一口，小猫小狗才会在新占来的地盘撒上泡尿吧！

她被害得在四十摄氏度的大热天里，穿了件长袖外套，室内室外都不敢脱。

都说是一朝被蛇咬，十年怕井绳。

韩梅悄悄把袖子又往手背上拉了拉，却没料到面颊上忽然一凉。

韩梅这下连装睡都忘了，猛地从椅子上跳起来，紧张之下，连木凳带翻在地都不晓得。

陈晨站在一旁，还故作惊讶状，手里两指夹着张便条纸，说道："不好意思，不巧碰见你在午休，怕打扰到你，就想留张便条。"

韩梅惊魂未定，气呼呼地在脸颊上猛搓几下，确认没有墨水，才恼怒地瞪向陈晨。

他嘴角带笑，低头点开手机："教学主任给我转了你的电邮，让我来跟你商量商量学生出国的事儿。"他稍稍停顿，又若有所思地道，"原来韩老师这么反对学生出国呀？"

韩梅没想到领导立刻就找他了。

她摆出公事公办的面孔来："出国当然不是坏事，可那必须基于学生的独立判断，而非盲目跟风。"

"所以你就怪到我头上了？"陈晨面上似笑非笑，"我倒愿意跟你解释一下，可惜下午的课马上要开始了，这样吧，"他把便条纸上递过去，"这是我的号码，有什么问题，你随时可以给我来电话。"

韩梅不情不愿地接过来。

她一眼便认出了，这个就是被她从通讯录删掉的老号码。

当年他一声不响地出了国，她怎么都找不到人，直到后来才听说他已经在家长的安排下到外国继续学业。

回想她每天无望地重复去拨那个号码，等来的从来都是"你拨打的电话已关机"和"你拨打的号码是空号"。

她以为那就是尽头了。

她没想到，电话会有被人重新接起的一天。

她欣喜若狂，迎来的是电话那头的当头棒喝。

一个陌生的男声问她："你是谁？"

她反问："你是谁？"

"我是机主啊！"那人说这是他新开的电话，并生气地责怪，"怎么一开号就接到骚扰电话！"

那一刻，她问自己：连中国移动都宣判这段关系死刑了，你还不放弃吗？

她也说不清自己怎么还在通讯录里一直留着那个号码，本以为删掉就能一了百了，他却不知道有意还是无意，又把这个号码从别人手上拿了回来。

他是她的痴心妄想。

所以她眼里是他，梦里是他，还要为他的一举一动而感到紧张。

甚至，他只用一个小小的电话号码，便能让她胡思乱想，魂不守舍！

幸亏接下去又是个急急忙忙的下午，让她没空再审视自己内心的波澜。

可惜身体总是有极限的。

才从会议室出来，她就觉得头越来越重，扁桃体下边也如有两把文火在烧，下巴一低，鼻水止不住就稀里哗啦地往下掉。

她摸一摸额头，比上午更烫了。

韩梅戴上口罩，跟老彭说了一声，请了病假，收拾东西早点打道回府。

下楼出大门，她才发现天灰沉沉的，不疾不徐地落着雨夹雪，地上湿漉漉的。

韩梅有些后悔没带伞。

这学院距离宿舍也不算太近，少说也得走二十分钟，她这么冲回去，到宿舍肯定都湿透了。

申市的雪，是茅盾笔下那雪花模样的冻雨，看在天上白花花，落下来便成了湿漉漉。

她站在大门口，被冷风吹得又打了个喷嚏。

正在冲回去和等等间犹豫不决，男人的声音随同靠近的脚步声在她身后响起："韩老师，你不舒服了？"

她转头，果然又是陈晨。

她退后一步，像被踩了尾巴的猫，全身都戒备起来。

她不安地拉了拉面上的口罩，才轻描淡写地说："没事，喉咙有一点痛。"

他好像没听见一样，扔下一句"你在这儿等着，我开车送你回宿舍"，就竖起了大衣的领子，迈步走进雨中。

韩梅急得不知如何是好，眼看一辆黑色特斯拉正朝这边开过来，刚好有个男生，拿着伞从教学楼里出来了。

韩梅如获救星般拽住了对方的胳膊。

那车已经开到了阶梯前，降下的车窗后露出了陈晨神色不明的脸："韩老师，上车吧！"

韩梅兴高采烈地婉拒他："不用麻烦陈老师了，我刚好碰见有个学生也要回宿舍区。"

男生不知道发生了什么，一句"我和女朋友约了在食堂，不到宿舍"才出口，就被韩梅匆匆拽走了。

韩梅紧张地扳回男生想要回望的脑袋："赶紧走呀，李达你一个男生，怎么那么八卦？"

"我都是为你好。"李达本来就是好奇的性子，因为待过几年学生会，和韩梅挺熟的，"我新交的女朋友知道吧？管院出名的醋坛子。早两天被她碰见我帮学妹搬宿舍，发了顿脾气，给我立规矩，禁止我靠近任何异性的一尺范围之内。这次要是再让她碰见我跟您雪中漫步，她哪管什么敬老不敬老？说不定上来就给人一巴掌。"

韩梅听得气急："说谁老呢？你都大四的人了，还把自己当小年轻？"

"三岁就一小沟了，您算算？"

两人边走边聊，有车忽然从身边飞驰而过，经过水洼也不减速，溅了两人一身。

两人惊得站住了。

肇事的 SUV 在前头停下，又倒了回来。

陈晨推门下车，一脸不知真假的"不好意思"："我都没注意到路边有水洼。快上车吧，我带你们一程。"

他强势地将韩梅拉了上车。

轮到李达时，李达识相地摆摆手："我走走就行，食堂挺近的，我女友还等我吃饭呢。"

陈晨看他一眼，高兴地说了句"那好"，关上车门，转身就往驾驶室走。

韩梅从副驾驶座的窗口伸出头来，还试图垂死挣扎："李达你也坐嘛，湿衣服要快点回去换啊。"

李达擦着脸上的雨水，低头凑过去道："我就算了吧，这不，三人行，必有我'湿'。"

"乱说什么呢？"

"韩导，我看他这是对你有意思呀。你想想你都单身多久了，既然年纪一大把了，就别故作矜持了。难得有男人对你献殷勤，女人的好日子就这么几年，小心以后倒贴都没人要了。我这可是为你好！"

韩梅被打趣得又羞又恼，刚想说点什么，陈晨就把车子开走了。

他没走校园，掉了个头，舍近求远地经法学院边上别墅区的小路绕到了学校的侧门出去。

韩梅只顾着拿纸巾擦脸，抬头看见路不对，张了张嘴，不想当主动开口那个，遂又闭上了。

绕远道也好，人少点，避嫌。

她扭头盯着车玻璃看。

一室沉闷的安静里，只有雨水打在玻璃上的噼啪声，和雨刷器摆动时那规律的声音。

陈晨瞟过去一眼，说道："这玻璃挺好看的？"

当然没什么好看的，她只是跟他没什么好说的。

身侧的人，让韩梅觉得既熟悉又陌生，她闹不清他在打什么算盘，所以战战兢兢，心绪不宁。

陈晨皮笑肉不笑地道："韩老师没怎么变嘛，总是能跟男学生

034

把关系搞得那么好。"

恰巧车子经过大门前的减速带，连抖了两下，晃得韩梅差点一口气上不来：这说的是人话吗？她是怎么个"总"法了？

她瞥见迎面开来一辆白色马自达，从外面公路打了个急弯，在侧门处和他们对上了。

狭路相逢，两边都堵在了出口处。

韩梅下意识看了一眼车牌，犹豫道："好像是副校长的车。"

陈晨双手扶在方向盘上，脚下却丝毫不动，说道："交通法规定副校长的车转弯不用避让直行？"

他任对方把喇叭摁得震天响，就是不挪地，逼得对方往马路上倒出好几米，把他的车先让出去才算完。

她还以为他换了辆低调的车，人也该收敛了。

可现在看来，那些成熟稳重根本就是装出来的，幼稚霸道的劣根性还留着。

"看来你也没怎么变！"

陈晨反应过来她是在接续两人前面的对话，不禁微笑："只在你面前。"

韩梅不尴不尬地转开脸："咱们以后就不能当不认识吗？"

车子在红绿灯前停下，陈晨转过头，把手放到了韩梅身后的椅背上，仔细打量她："不知道是不是我的错觉，好像从再见开始，你就很怕我？"

他身子已经斜倾过来，将她整个人都笼罩在自己清新的须后水的味道里。

他语调微扬，对她轻声细语："还是因为上次吃饭我没跟你说上话，你生气了？"

韩梅强撑出平静的表情："你现在在干什么？想拿你那张过期船票登我这艘旧船？"

陈晨丝毫没有被激怒的样子，说道："作为你们区当年的高考文科状元，我比较喜欢你用破镜重圆、重拾旧欢、鸳梦重温，或者

小男友

旧情复燃这类好词。"

"什么词能掩盖你的险恶用心？"

"挽救大龄剩女于水火之中，我以为这算是见义勇为。"

韩梅冷笑："省省吧，陈晨，你以为我会接受？"

猛地戳破了虚伪的窗户纸，她的恶气如出笼的猛虎，凌厉地撕咬过去："我是笨，可你不至于觉得我会重蹈覆辙吧？我就不懂了，我这个旧游戏你不是通关了吗，再来一次有什么刺激的？是因为暂时没找到新目标，所以打算玩下旧游戏来填补空虚？别以为你愿意陪我玩，我就会感恩戴德立马回去烧高香！"

陈晨把头贴在方向盘上，突然间大笑起来。

韩梅被他的举动弄得不知所措，愣愣地问："你笑什么？"

"我高兴你这么直接。"陈晨转过头来盯着她，目光灼灼，"起码，你对刚才那男生客气多了。"

韩梅躲开注视，目光落到他中指的铂金戒指上。

被套住的手指，被定下的人，他到底有什么脸来对她说这样的话？

他有什么资格这样小看她？！

她心中一时翻江倒海，这车上简直一刻也待不住了，声音又沉又冷："我就是再可怜，再掉价，就算往后都一直这么剩着，也不会沦落到给你当小三！"

趁着黄灯闪烁，她打开车门，一下子冲进雨幕之中。

韩梅以为车外的冷空气会让她清醒，可当走入雨中，砸落的冰雨只能让她面部发麻。

望着愈来愈大的雨，她越发觉得远方路长。

呼呼的风声，让她听不清周围的情况。模模糊糊中，似乎有人在唤她，似乎又没有。

她下意识地加快了步子，直到手被人猛地拉住，一回头，就被尖声咋呼劈头盖脸地砸下来："韩梅你属狗的呀，越叫越跑，哎呀妈呀，喘死我了。”

韩梅一愣，呆呆地看着室友黄宝儿：“刚才是你叫我？”

黄宝儿手抵腰部喘粗气，眉头蹙成了个“川”字，狐疑地看她：“不是我还会有谁？”

黄宝儿也没比韩梅少些狼狈，她也没伞，就拿个塑料袋套在头上，一路招摇过市，要多滑稽有多滑稽。远远瞧见韩梅一副落汤鸡的样子在路上走，她赶紧让韩梅坐到单车后座上。

韩梅搂着黄宝儿的腰，看她在前面哼哧哼哧地卖力骑着，只能感叹人与人之间缘分的奇妙。

刚认识的时候，她和黄宝儿互相都不喜欢对方。

黄宝儿刚进到 S 大当财务，碰上了韩梅的前室友生孩子去了，就被分进了她的宿舍。

黄宝儿有点大小姐脾气，不管几点，总爱占着宿舍座机给男友打电话，严重影响了韩梅的学习和休息。

韩梅委婉提醒过几次，反被觉得是倚老卖老，叫她不软不硬地堵了回去。

韩梅忍着一口气，却听着电话的内容从撒娇变成了吵架。没想到两人都扯证了，却因为酒席问题冷战。

没过几天，黄宝儿的对象居然找到宿舍来了，让黄宝儿把彩礼退回去。

黄宝儿气得全身发抖：“我被你家害得以后连填表都要写离异了，难道不该拿点精神损失费吗？”

男人低着头，只等她停下来，才弱弱地说了一句：“又不是我说不过的，我妈说咱又没那个过，东西你拿着，也不合适。”

黄宝儿心都凉了，这才算是看清了对方是个怎样的窝囊废。

她“唰”的一声开了衣服柜子，宁愿把金器扔下楼也不愿还他。

韩梅上去拦了，她让男方先回去，另找个时间地点，再和黄宝儿慢慢商量。

等前夫灰溜溜一走，黄宝儿抱住韩梅就哭了：“韩梅，之前我老在背后说你是剩女，现在是不是遭报应了？"

自此之后，俩剩女才生出了几分同病相怜的情谊来。

不同于韩梅任由自己单着，黄宝儿同学心里面有一笔账，清清楚楚地把自己几岁初恋，几岁结婚，几岁生产，早早都计划妥当了。

失婚是个意外，虽然让她悲伤难过，却不妨碍她把恋爱当必修课一样完成了。

迅速复原后，黄宝儿只要逮着空余时间，就满世界去相亲，把百合网、珍爱网都注册了一遍。日程排得比大公司老板还要密。

因为相亲的人多，以防记不住，她还拿出平常做财务报表的劲头，给每个人都弄了 Excel 柱状图，把见面日期、认识途径、职业收入、家庭情况，如此种种都记下来，再做出综合评分，方便比较。

韩梅旁观着她为"脱光"大业玩命忙活，心里也七上八下的。

像快考试了，周围的人都在拼命复习，只有自己，心中没底却又完全不想翻书。

可那么多年，她始终下不了决心去找别人。

她坐在黄宝儿的自行车上，忍不住回望刚才下车的十字路口。

因堵塞路口而引起的鸣笛声已经停下，马路上恢复了车水马龙。

雁过那痕，她压下了心头那淡淡的失落感。

求仁得仁，韩梅，你还想怎么样？

回到宿舍，韩梅冲了包姜糖水喝下，便再也忍不住了，趴倒在床上。

她渐渐觉得呼吸困难，喉咙刺痛，往身上盖了两床被子，却还是觉得冷。

趁着虚弱，梦里那些被理智压制住的旖旎过往又涌现出来了。

朦胧间，她好像看见陈晨站到了她的面前。

她心口不一地推开他："谁让你追来的！"

陈晨又成了学生模样，嬉皮笑脸地逗她："不是烈女怕缠郎吗？你再难搞，我就不信连这招也不管用。"

▶ 第三章

怎么可能不爱我

韩梅以为，被情歌表白事件狠扇了脸的陈晨，会自此沉寂下去。

谁料没过两天，她便又接到了他的"午夜凶铃"。自从干了辅导员，韩梅才知道什么叫"两眼一睁，忙到熄灯；两眼一闭，还得提高警惕"。

可她看着屏幕上不停闪烁的陈晨的名字，想着宿舍楼下他那张灰败的脸，心软之下，还是将电话接了起来。

"韩梅！"他的大声嚷嚷夹杂在一阵吵闹的音乐声中，隔着电话，她都能闻到他嘴里没蒸发完的酒味。

"叫老师！"她忍不住更正。

他怨念地喊："咱们上次的话没说完，你过来，咱们继续掰扯！"

韩梅面上窘迫："喝多了早点睡！"

他说道："你上次害我多丢脸你知道不？他们问我是不是瞎了眼，看上一老娘们儿，还在背地里说我是五行缺妈。你再不来，信不信我……"

他的连番控诉，换来的只是韩梅的严正拒绝。

刚好空姐也注意到这边的动静，过来提醒韩梅："对不起小姐，飞机马上要起飞了，请配合关掉手机。"

声音不大，却触动了电话那头陈晨敏感的神经，他问："你要去哪儿？！"

"回家。"她说完又补充一句，"所以你别再打来了。"

陈晨紧张地喝止："我话还没说完呢，你不许挂电话！"

管他呢。

她才掐断，他的短信立马就追过来了："不许关机听到没！"

韩梅冷笑，果断长按在红键上，给小屏幕熄了光。

她长长地吐出一口气，终于理解《大话西游》里悟空把唐僧杀掉后是什么感觉，那一定是种世界在一瞬间安静下来的解脱感。

那头陈晨死盯着屏幕上"通话中断"四个大字，简直难以置信。

他什么时候被女人挂过电话！

他再打，就是重复而机械的"您拨打的电话无法接通"，怕他听不明白似的，还中英文互换着在他耳边回放。

震惊之后，就是怎么也扑不灭的焦躁。

明明身处喧闹中，他听见的声音却像是被一层透明的膜隔在了外面，变得模糊而扭曲。

他舞也不跳了，酒也不喝了，把当装饰贴在脑门上的黑卡撕下来，推开舞池里摩肩接踵的人，脚步虚浮地摔倒在沙发里。

乔尼不放心地跟过去，一眼看见的，就是他这一副偏执又拧巴的模样。

陈晨半躺半坐在一片暗影中，举起的手机把蓝光斜打在侧脸上，照出郁闷迷离的双眼和紧咬的后槽牙。

乔尼坐到旁边一手拍到他肩上："怎么了？"

其他几个哥们儿也跳累了，搂着女伴凑了过来。

陆臻先起哄："那女的呢？咋又吃闭门羹了？"

还有人也跟着煽风点火："你不是号称一呼百应吗？真是阴沟里翻了船，千古英明一朝丧。"

还有人直接去翻手机通讯录，说道："为着这个也好生气？哥哥别的没有，美人儿可多得是，这就叫三五个过来给你找回自信。"

陈晨一言不发，"咣当"一声就将电话摔在茶几上了。

众人面面相觑：他是真生气了？

乔尼开口打圆场："何必管这种不识趣的人，真要来个辅导员谁还玩得开啊？不是烂膏药贴在好肉上——自找麻烦吗？"

乔尼台阶都给他铺好了，陈晨偏不赏脸，气呼呼地一脚踹在茶几的桌腿上："来什么来？她都回老家了。"

偏陆臻是个没眼色的，还添油加醋："那有什么奇怪的？我表叔说他厂子里那些小小年纪就出来打工的，一回家就被安排结婚生娃，很多年前回去，年后就不来了，效率高得不得了。"

几人听了都笑了起来。一旁还有人不知死活地附和，说自家小保姆也这样。

陈晨"嗖"的一声站了起来，直直朝外边走去。

在座的讶异地喊住他："喂！不是你攒的局吗？突然去哪儿？"

陈晨觉得胸口溢满了火气，让他觉得再不干点什么，马上就要爆炸了："我叫她跑得那么开心！"

韩梅的飞机到达山城，已是下半夜了。

她哈欠连天地取了托运的行李，刚打开手机，短信就不停地涌进来，发件人不出意外都是陈晨。

韩梅有点发愣，呆呆地盯了一会儿，摇头笑了一下，又将翻盖合上了。

机场大巴把她丢在清晨的山城。

此时乳白色的雾气还没散尽，在阳光的驱赶下不紧不慢地消退，现出山脚下重叠拥挤的楼群。

她低下头，深深地吸了一口气，紧了紧手中的行李箱，沿着长长的十八梯，朝家的方向走。

青石路，灰瓦房，每一个往下的脚步，都是沉重的回归。

这儿是山城有名的生活区。

人小时候不懂贫富，老师也疼爱她这个优等生，她没觉得自家跟别人有什么不一样。直到一次老师家访，妈妈明明听见铃声，却捂了她的嘴，不许她应门，小韩梅这才知道，妈妈怕人看见他们家住这样的地方！

原来自己家这样的，就叫穷。

她的整个青春期，都笼罩在这种因贫穷而产生的自卑中，考个好大学找份好工作则是她被灌输的能改变命运的唯一办法。

可笑的是，读了这么多书，她回的还是这个地方。

她看着路两旁脏兮兮的平房，墙上剥落的油漆摇摇欲坠，忽然想起被烧完的蜂窝煤。

整个城市在大兴土木，只有这里，十年如一日。活水沉沙，人来人去，留在这儿的依旧是草根人群。

幸亏生活再艰难，她始终被父母关怀着。

她循着回忆的路线走去，直到路边一个消瘦的背影，让她顿住了脚步。

那人发髻半白，身上套了一件花棉背心，正缩着肩膀坐在小板凳上择豆芽菜。

那背心是奶奶辈儿的款式，洗得多了，面子发黄，里子发硬，像块铁板，挡不住一点风。

韩梅心头忽地一酸，喊了一声："妈！"

高玉兰转身抬头，看见突然出现的闺女，吓了一跳，手腕抬了抬老花镜腿，嘴张开老大，连牙龈都能看见："没头没脑的，你回来干啥子哟？"

韩梅吸了吸鼻子，蹲下身帮她收拾，含糊地道："一老同学结婚，回来喝喜酒。"

"啥子事啊你就回来，飞机票不要钱啦？"

她激动起来一甩手，忘了手里还抓了把豆芽菜，洒了韩梅一身凉水。等理智回笼，又急忙拿脏兮兮的袖套去揩她身上的水珠，问她："哪个旧同学呀？"

韩梅一下就被问住了。

她哪敢说是周彦要结婚。

有句话说得好，初恋都是用来怀念的。

而周彦就是让韩梅对陈晨心软的那段过去。

高考生涯里，他是掉落在她模拟试题上的那枚红叶书签，是她从书海中抬头呼吸的新鲜空气。

若不是和闺密"笔聊"的纸被夹在作业本里交了上去，这原本应该是她自己一个人的暗恋。

她还记得班主任当着周彦的面，质问她本子上写的是不是真的。

"老师，您误会了。"周彦的声音毫无起伏，然后，一只属于大男生的略带骨感的手拉上了韩梅的，"韩梅没有单恋我，事实上，我也喜欢她。"

韩梅一时不能相信自己的耳朵。

面对突如其来的爱情，她满心都是欣喜和感激。

高玉兰担心她学业受影响，急得把家里新装的电话线都扯了。

可韩梅不松口，她也没有办法，眼瞅着韩梅又要出门，就去把收音机音量拧大了，和隔壁的王奶奶聊正在放的《三击掌》："恁个王宝钏也，年纪轻轻的，主意还多正。好好听妈的话多好，非要跟薛平贵搞到一起。还以为在挡她的路。"

韩梅装作没听见，蹲在铁门前穿鞋。

高玉兰盯着她的背影说："她现在还没吃过现实的亏，没撞过社会的板，不晓得要听老人言，往后嘛……我倒要看她到哪里哭！"

没承想最后竟一语成谶！

人家王宝钏死前还过了几天欢心日子，而她跟周彦的纯爱维持不到两个月，男主角就扔下她出国了。

她到现在都搞不清那段自以为的爱情，究竟是不是来自周彦的一场无后顾之忧的对师权的反抗。

周彦说："你不懂一个人在外的日子，我屈服于现实的温暖。"

所以和周彦吹了之后，韩梅再没在高玉兰面前提过他。羞愧有之，记恨有之，更重要的是，她不愿意承认高玉兰的先见之明。

万一得来的不是安慰，而是高玉兰沾沾自喜的一句"该，看我说的嘛"，她该怎么自处？

韩梅帮着高玉兰把东西拿上楼，又抬头看了看墙上的钟，说道："爸呢，这么早就出摊了？"

高玉兰理所当然地道："现在这个钟点，能碰到些早起买菜的。"

韩梅话里有点埋怨："我都已经上班了，你们没必要还那么辛苦，爸肯定连早饭都没吃吧。你们一天才吃两顿，哪里够营养嘛！"

高玉兰斜了韩梅一眼："就你那破工作，申市物价又那么高，养你一个人都恼火！还想管我们哦？"

见韩梅住了嘴，高玉兰一边弄食物，一边又唠叨开了："照我说，女娃儿生得好，不如嫁得好。楼下卢娘娘那个女娃，从小哪儿比得过你？可人家找老公就是厉害，钓了个金龟婿，年底就能让他们搬新家去。"

这话韩梅不是第一遍听，长辈们总是读书防早恋，毕业催结婚。妈妈为自己愁嫁，韩梅平素仗着将在外军令有所不受，此时只觉压力顿生，扔下一句"我去帮爸爸开摊"就急急忙忙地离了家。

这天舟车劳顿，她还以为第二天好不容易能睡个懒觉，谁知老早就被高玉兰叫醒了："太阳都晒到钩子上了，你不是要去喝喜酒？快起来！"

她呻吟着从被子里钻出半个头来："这不是还早吗？我好不容易睡次懒觉。"

高玉兰哪管这么多，把衣服扔在她身上，说："给你十分钟！"

韩梅睡眼惺忪地就被拉到了商场，高玉兰拿了衣服在她身上逐一比着，好不容易二人都看准了一款乳白色的宽领毛线裙，一翻标牌，竟然快四位数！

韩梅没说话就把衣服挂回架子上。

有多大的头就戴多大的帽子，韩梅从来都知道怎样的消费最适合自己。

高玉兰不死心，不理会韩梅的阻拦，硬要跟售货小姐磨嘴皮子："我说，你这个也太贵了，料子也不怎么好，有打折没得？"

售货小姐懒懒地走过去，从高玉兰手上接过衣服，拍打着上面根本不存在的灰尘："喜欢砍价就去朝天门儿，那里多得是几十块一件的。"

韩梅二话不说，拉着高玉兰就走出店门："这个人太扯了！话都说不来，朝天门儿咋了吗？地下商场小摊摊儿又不丢脸。"她说完了，又忍不住对母后大人埋怨，"买这种干吗？我一年都穿不上两次。"

高玉兰一脸不认同："你大学里头T恤牛仔裤就算了，难道婚宴你也要邋邋遢遢的？这衣服贵是贵了点，总得买上一两件备着呀，指不定婚宴上就会碰上青年才俊。还不赶紧收拾漂亮，都二十好几了，你还想一直剩下去？"

韩梅低了头，内心几经交战，终于敌不过对母亲的愧疚和感怀，声音低低地道："那个……"她一闭眼，还是忍不住坦白了，"其实，今天是周彦的婚宴。"

她没想到高玉兰会丢给她一个"那又怎么样"的眼神。

韩梅整个人愣在原地，好久才跟上："你都晓得了……花这个冤枉钱干啥子嘛。"

"哪里冤枉了？"高玉兰径直走进一家高级品牌店，边挑边对韩梅说，"你归你，他归他，把个人打扮漂亮了也不光他能看到。何况，再不穿好看点，难道要让那个臭小子看到你的时候想'看，我当年抛弃她果然是对的'吗？"高玉兰拿起一件衣服塞到韩梅怀中示意她去更衣室换上，"那个人爱你，你可以在他面前示弱；可是那个人不爱你，你就不能在他面前失了威风。"

韩梅忽然觉得鼻酸。

父母错放的狠话，终究还是源于爱。

　　两人再接再厉，把这一层的成衣店都逛了一遍，比较来比较去，最后还是回到了原来不肯减价的那一家。

　　服务员看韩梅她们兜了一圈回来还是下不了决心，拿指甲刀锉着指甲把头扭向墙角的纸箱说道："不然你们去看看那边打折的嘛，当季的确实不打折。"

　　高玉兰被一言惊醒，依言过去翻找起来。

　　韩梅抻起裙子那巴掌大的荷叶袖，说道："也不用这么美丽'冻人'吧！"

　　"你在外头穿个外套，哪个晓得里头是长袖短袖啊？还能有人扒了你衣服看？"

　　高玉兰凭着自己是中年已婚妇女，居然口无遮拦，一把将韩梅推进了试衣间。

　　韩梅翻了翻衣领处的牌子，打完折还得好几百块钱呢，忍不住小声嘀咕："哪家的内衣卖这么贵！"这话被耳尖的售货员听见，不冷不热地回了句："再咋个处理我们这个也是牌子货。"

　　直到付完钱出了门，韩梅还是愤愤不平："那个人啥子服务态度嘛，老妈你就听得下去吗？"

　　高玉兰一副云淡风轻的模样："我有啥子好生气的嘛，人家说得又没有错。"

　　高玉兰摸了摸她已经换上身的新衣服，笑眯眯地说："虽然是过季了，可还是高级货呢，他眼瞎看不上我女儿，大把的人等着抢。"她不忘叮嘱，"你晚上灯泡儿点亮点儿，不拘是哪个介绍的，反正看到好男人就要抓住！"

　　韩梅：原来是为了这个……

　　韩梅走出电梯，视线越过大堂里熙熙攘攘的人群，顺着花环门、红地毯、彩气球，双眼仿佛配备了自动对焦功能一样，瞬间就从门口熙攘的人流中锁定了西装笔挺的周彦。

　　老实说，周彦的相貌只算得上端正，不过男人的身高永远能给他加分，配上挺括的西装，犹如金身加持。

这个她从初中开始，每天晨操都要借着转体运动来看一眼的人，正言笑晏晏地站在另一个女人的身边，和每个经过的宾客微笑，弯腰，握手，寒暄。

听说他回国后，经家人安排，进了一家大型企业，很快认识了家境相仿的老婆，随即决定成婚。

现在看，他身上似乎再也找不出一丝当年冲动叛逆小青年的痕迹了。

周彦不经意地抬头，不期然对上了韩梅的视线。

他蓦然收了笑，眼睛里有些惊讶，又漫出些苦。像是没有猜到她真能远道而来，又仿佛感叹她的豁达放手，等下一位客人上前来主动握他的手，他才恍然正色，遥遥对韩梅点了一下头。

韩梅第一次来这里，红包掏到一半，看了看这富丽堂皇的环境，才又赶紧退到一边，只留了傍身的零钱，把钱包里的几张红票子一并封了进去。

她抱着低调吃饭的宗旨落座。谁知当年的同学，居然一上大学就都脱单了，拍拖的拍拖，结婚的结婚，一桌人只剩了她形单影只。

有人打趣她当年不够努力："你当年要是多加油，说不定今天的女主角就是你了！"

英语课代表罗燕也不放过她："你不会就是传说中的痴心情长剑，因为周彦才单着的吧？"

这玩笑开得有点大了，韩梅简直不知道做什么反应了，她应付着皮笑肉不笑了一下，放下餐巾离座上洗手间。

联系人方萍也一道站了起来："等一下，我也一起。"

韩梅有点尴尬，她其实不是真的内急，只是想借口逃开那个尴尬的环境，这下却不得不硬着头皮和方萍相携着去了。

幸亏方萍也是个人精，见她只站在外头洗手，并不表示惊讶。

韩梅没话找话："罗燕怎么突然那么关心我？"

方萍扑哧笑出来："罗燕从初一就开始暗恋周彦，当年一听说他要出国，还跑到教室门口硬要抱住人家哭。怎么你这个正牌女友居然不知道？"

怪不得呢！她还真是才知道。

方萍哭笑不得："你这个前女友当得也太糙了，敢情连情敌是谁都不知道。"

她怎么顾得上？在那短短的两个月里，她还没来得及消化完因周彦的表白而带来的受宠若惊，就要拼命掩饰对他突然离去而带来的落寞悲伤了。

谁会想到，为难自己的后果，会是那句分手的话呢。

果然回到席上，罗燕仍旧对韩梅的婚恋状况不依不饶。

在座的不少等着看热闹，方萍怕韩梅斗不过，一掌拍在了她的背上："韩梅说没结婚，又不是没男朋友，对吧，韩梅？"

韩梅被这话吓了一跳，面对众人的目光，她支支吾吾不知怎么回答，本想拿起手机做个幌子，谁知才点亮屏幕，就发现上头有三十三个未接来电。

方萍发现了，笑问："哟，果然是男朋友查岗了。快打回去吧。"

大家的好奇心也被勾起来了，纷纷盘问："说说，他在什么单位呀？家里都做点什么？"

韩梅被逼得没法子，只得含混不清地应了句："就……一个学校的。"

这话刚说完，电话又响了，一看，果然又是陈晨。方萍催促："快接啊！"

众目睽睽之下，韩梅不得已按了接听键，战战兢兢地将手机贴到耳边。

电话那头没有预料中的急匆匆。

陈晨语调低沉，慢悠悠地，却更让人觉得风雨欲来"够上道的呀，倒是舍得接我电话了？"

韩梅在心里"呸"了一声，面上却假笑着："放包里了，没听到！"这句话出口，不少看好戏的目光果然黯淡了。

陈晨也不知信了没有，问道："你现在人在哪儿？"

"回老家了，跟你说过的。"

会场中灯光渐渐暗了下来，原本屏幕上的滚动图片被撤了下来，背景音乐也换成了激昂的《婚礼进行曲》。

韩梅看见大家纷纷起身到红地毯旁边去看热闹，便想趁机挂断电话："我不跟你讲了，婚礼要开始了！"

"你等一下，谁要结婚？"

"喂，喂？"韩梅假装信号不好，手机越拿越远，果断摁下红色按键来回答他。

韩梅笑，这种老掉牙的招，拿来对付陈晨就对了。

宴会厅的灯光暗了下来。

一对新人迎着热烈的掌声哨声，穿过纷纷洒落的花瓣雨，在宾客祝福和羡慕的目光注视下踏入会场，新人刚站定，冷不丁一声巨响，宴会厅的大门就被人重重踹开了。

那人穿过人群，挟裹着汹汹的气势闯了进来，并直接冲上了礼台。

在对上了新娘那张惊愕的脸后，他一愣，却马上提起了新郎的衣领。

台下不乏唯恐天下不乱之辈，欢呼道："抢婚吗？"

还有几个年轻女孩对着台上举起了手机："天哪！抢的是新郎吗？"

新郎周彦捂着被拽得发昏的脑袋，下意识地问来人："你干什么？"

"我问你，韩梅在哪儿？"

周彦脸上的震惊很快被暴怒代替，他忘了衣服上还夹着麦克风，大声骂道："我今天都结婚了，你还来管我要前女友？"

罗燕不知道什么时候走到了韩梅身边，指着台上的年轻人问："哎？那位不会就是给你打了三十三通电话的小男友吧？"

周围突然安静。

如果目光有形，韩梅想，大概她已经被万箭穿心了。

呜呜呜……韩梅在心中流泪：陈晨这浑蛋，她是倒了八辈子血霉才会惹上他！

　　消防通道里，满是轰隆隆的风机声和后厨哐哐当当的碗碟碰撞声。

　　韩梅摁着发涨的脑仁，每踱几步，就要瞪陈晨一眼。

　　这罪魁祸首在知道了韩梅并非新娘后，不仅毫无愧色，还得意非常。

　　她刚组织好语言，准备训话，厨房的门突然打开了，几十个服务生每人手中端着一盘菜，从韩梅身后鱼贯而出。

　　她躲避不及，一个趔趄，刚好就落进了陈晨张开的怀里。

　　他不禁快乐地一挑眉，被试图挣脱开的韩梅看见了。

　　"还敢笑？！"韩梅又羞又恼地推他，"你来山城干什么？"

　　"追你呀。这很明显吧？既然山不来就我，只好我去就山了。"

　　韩梅心中惊惶不安，又带着点难以置信："你怎么找到这儿来的？！"

　　陈晨把手摁在胸口上，将背后的人仰马翻敷衍成模棱两可的一句："心灵感应？"

　　韩梅红着脸白了他一眼，偷偷看了一眼自己的手机，追踪信号什么的，也太扯了吧，她又不是通缉犯。

　　既然想不通，她就不深究了，直接开口撵人："你赶紧给我回申市吧，就坐下一班飞机！"

　　"凭什么？"

　　"就凭你把人家婚礼搞乱了！"

　　他满不在乎地道："这有什么？我出钱，给他换个地方再办一次。这酒店也没什么好稀罕的，都不知道有没有三星，百度地图上都没标识，一路过来可找死我了。"

　　看韩梅马上要发飙，他又换了个说法："要不这样，往后我每个前女友结婚都通知你去闹场？"

这人就不能有点正常人思维？她气不过，摊开手管他拿身份证。

陈晨捂着裤兜不肯给。

韩梅直接伸手去抢，陈晨仗着身高优势，将钱包掏出来，举到了头顶，像逗小狗一样引得韩梅围着自己转。

陈晨正为两人骤然缩短的距离笑得得意忘形，韩梅居然立定跳起，在手指马上就要碰到钱包之际，陈晨没过脑子，腕一松，就把钱包扔出了窗外。

韩梅眼前一花，眼睁睁看着鼓鼓囊囊的皮夹子越过了自己的头顶，并准确无误地从窗口飞了出去，成了空中的一个小黑点。

她半晌回不过神，等转过身，嘴巴仍旧呈"O"状："陈晨，你有病吧？"

他从点点迷茫中回过神来，问的居然是："哎呀！这下……你是不是不能赶我走了？"

他临窗而立，整张脸被笼进阳光之中，明净的脸庞被打上了一层高光，连角落处都不见阴影，坦荡荡地表露着他突如其来的欢喜。

韩梅看得心头一跳。

她走他就追，她赶他就赖，甚至为了不给身份证，把钱包都扔掉了。

韩梅真的不知该怎么办了。她对此感觉头痛，捂起了脸，脑子里只剩那句网络名言："你到底看上我什么了？我改还不行吗？"

陈晨张嘴就胡诌："我对你一见钟情呗，第一次看见就觉得你长得跟妖精似的，急得我在心里大喊，葫芦娃快来救我。"

韩梅苦笑，已经分不清他哪句话是真哪句话是假。

他的肚子适时地传来难以忽略的"咕咕"声，陈晨毫不客气地要求："韩老师，你看，为了来找你，我都快一天没吃东西了。"一副要打秋风的架势。

韩梅简直欲哭无泪。

她顶着一脑子糨糊，迫于无奈，指了指宴会厅的方向："无论如何……你先给我去跟主人家道歉！"

既得偿所愿，他还有什么不肯的？

　　陈晨亲自为她拉开了大门，说道："好的大王，是的大王，知道了大王。"

　　韩梅想，自己给陈晨擦屁股也算资历深厚了。她只是没想到，隔了这么久，居然要因为这个让她先向周彦低头。

　　回到大厅，大家已经开吃了。

　　韩梅低调再低调，可惜陈晨自带发光体质，一进宴会厅大门，仍免不了引发一阵小骚动。

　　敬酒团中有眼尖的小姐妹，一眼认出他来。之前他横冲直撞地冲进宴会厅，她还管他要份子钱来着，被他一句"看不出爷是来砸场子的呀"吼了回去。于是一见来人，她就指给了新人看。

　　伴郎卢子被指派去阻拦韩梅，他也是两人的旧同学，他说道："你看你也太不厚道了，你跟周彦的事儿都过去多久了？今儿他小登科，你何苦把他婚宴搞得这么难看？"

　　韩梅尴尬地皱眉。

　　陈晨看不过去，冷笑出声："现在谁故意要搞他了？这人是不是有被害妄想症？！"

　　毕竟自己这边理亏在先，韩梅瞪了陈晨一眼："这里边有点小误会，我想亲自解释清楚，道个歉就走了。"

　　卢子见她姿态放得这么低，才答应去传话。

　　二人在门外都等得不耐烦了，才见周彦满脸不耐烦地出来。他扔下一句："卢子的话是我的意思。你们走吧，这边不欢迎你们。"说完，他就转身要走。

　　陈晨冷哼出声："以为自己走 T 台呢，脚步没停稳就转身走人。"

　　周彦经历了一天的忙乱，愤怒像被引燃的爆竹，顺着话引子就迸发出来。

　　他的话是对韩梅说的，枪口却是对准陈晨："我说你怎么愿意来喝喜酒呢，原来带了条小狼狗要来咬我一口？"

陈晨阴恻恻地威胁："你嘴巴放干净点。"

周彦见陈晨年纪轻，看也不看他，对着韩梅的目光里既有可怜又有不屑："怎么，离了我，你就只能找这样的？"

陈晨再也站不住，挥着拳头要上去，被韩梅一把拉住了。

满心的挫败和愤怒从韩梅的肚子里一直满溢到了喉头，她冷冷地与周彦对视："他是不是个好对象，始乱终弃的你，似乎没资格评判。"

周彦一时被噎得哑口无言。

陈晨无声一笑，仿佛又看见了"二踢脚"面前那只护崽的小母鸡。

韩梅说："这次是我们不对，叫你出来，是想亲自跟你解释的，不过现在看来，大概你也不在意了。份子我已经随了，咱们这多年的情谊，就到这儿吧。"

她说罢，拉着陈晨，头也不回地朝大门走去，仿佛那些两小无猜都化成粉末，轻轻一吹，便过眼云烟。

第四章

教科书级"不要脸"

韩梅一出酒店大门，就把陈晨的手松开了。

陈晨还不高兴："哟，这刚过了河就拆桥。"

韩梅还沉浸在伤春悲秋里，愕然地抬起头来。

他学着韩梅的语调说道："他是不是个好对象，始乱终弃的你，似乎没资格评判。嗯？"

"是他们自己先误会的。"韩梅脸上挂不住，忽然又想起他的"夺命连环 call（电话）"来，说道，"而且谁让你总干那些让人误会的事儿。"

"那我不顾清白帮你演男朋友，韩老师你不要另请我吃饭吗？我都快饿死了。"

这人，也就想让人请吃饭的时候还记得叫她一声老师！

她叹了口气说："请吃可以，不过吃什么得随我！"

韩梅带他左拐右拐，步行了十来分钟，才从一个其貌不扬的防空洞口钻进了一家光线暗淡的苍蝇馆子。

山城素有"地无三尺平"之称，这家小饭馆依山而建，纵深才七八米的小间里就摆放了四五张折叠小方桌，上头放着炉子和锅。

菜是穿在竹签上的，客人自行放进汤里就能涮熟。

饭点已经过了，稀稀拉拉只有几个"棒棒"在里头吃酒，毛腿竖起在凳子上就往地上吐飞剑，看得陈晨眉头紧皱："这算什么地方！你对恩人就这么抠？"

韩梅大方地带他落座："串串是咱们山城特色菜，你别嫌这店小，搁晚上这里热闹极了，外头摆满都是露天的大排档，现在是没到那个点，阵仗都还没摆出来罢了。"

当然啦，呵呵，主要还是便宜管饱。

韩梅装作没看见他的白眼，低头研究着菜单，问陈晨能不能吃辣。

陈晨转头瞄一眼别桌，红彤彤的汤水混浊不堪，随便舀一勺下去，满满都是红辣椒，食物下去滚一轮，出来都像穿了一件红衣裳。

他撇了撇嘴："女人和食物，我都喜欢素颜的。"

韩梅依言在单子上选了个鸳鸯锅，故意硌硬他一下："法国人的研究说，爱吃辣的人才更有男子气概。"

陈晨反唇相讥："哼，你够男子气概了，可惜是个女的。"

韩梅被气得够呛，将啤酒瓶盖当成陈晨的头，在桌沿上一磕就直接掀飞了。

她故意打击报复："哎，忘了问你过十八岁了没，要不给你换瓶雪碧？"

陈晨示威般一筷子戳破包裹在杯碗上的塑料膜，将玻璃杯倒满啤酒，说道："要不是未成年人保护法再也不保护我，就凭这话，你得小心人身安全。"

这威胁太低级了，她不光不怕，还因成功戳到陈晨的死穴而忍不住心情大好。

韩梅长期在外地生活，川菜馆不是吃不到，只不过吃到的都是改良过的海派味道。

好久没辣得这么过瘾了，她一口接一口，吃得浑身舒爽，大汗淋漓，仿佛全身上下每一个毛孔都在散着热气。

她感觉嗓子发热，一口冰啤酒灌下去，又消辣又解渴。

她吃得多，喝酒像灌水一样，很快清空了桌面的几瓶啤酒，又豪气地让人上了半打。

陈晨也饿了，虽然汤里味精味重，可吃习惯了也还行。

二人围炉而坐，她本来也刚毕业，往日在学校里要维持秩序，不得不板着一张脸，可推杯换盏间，你一筷子，我一筷子，距离感很快消失了。

平常可望而不可即的韩梅，此时却近在咫尺，特别是喝过几杯后，双颊绯红，眼珠子亮晶晶的，像蒙了一层薄薄的水雾。

陈晨摸着冰冷的瓶底，心思又活泛起来，忽然问道："你到底看上你前男友什么？"

韩梅被问得手中筷子停滞。

以前觉得理所当然的事情，现在居然得非常认真想才能想起来了。

似乎是一次校内英语演讲比赛上，她稿子背到一半卡了壳。面对着亮如白昼的镁光灯、开始窃笑的人群，她脑中空白一片。

突然，会场里响起了掌声，她转头一看，来自作为竞争对手的周彦。

他带着暖意的目光仿佛穿过迷雾的一束灯光，将她带出了错误的航道。

她慢慢陈述着，愣怔地看着汤水慢慢滚开，肉丸子一颗颗上浮，想不明白是时光让周彦变了质，还是当年自己识人不清。

她眼神怅惘，嘴角带着难以形容的笑意说道："大概每一段爱情，在它枯萎之前，都曾经是一朵花。"

"什么破眼光！"陈晨冷哼，"你要找也该找我这样的。"

韩梅一口酒刚喝下去，听得呛住了，训斥道："胡说什么呢？"

她放下瓶子，正色道："我可是你老师，往后不许再这样乱开我玩笑！"

他倔强地抿嘴："你算什么老师啊？辅导员不就是'吉祥三宝'吗？保安、保姆、保洁员。"

当着她的面呢，他就敢质疑她的工作？

"辅导员也是老师！做思想政治工作的！"

"那我还是潜力股呢，要趁低吸纳懂不懂？等我功成名就你可没后悔药吃。"

韩梅义正词严地反驳他："老师眼里，学生才不分贵贱。"

"呵，老师靠吃土活着？那按成绩把我们分了三六九等就合理了？"

"嘿——"韩梅又羞又急，加上多喝了几口，就有点管不住自己嘴巴，思来想去想不出拒绝的理由，把竹签扔到桌上，说道，"我作为一穷人，连仇富也需要理由吗？！"

"你要是不喜欢我，为什么要三番五次地替我出头？"

"那是出于职业道德！"

"不可能！"陈晨眯起眼睛，斩钉截铁地说，"世界上不爱我的女人只有两种！"

韩梅简直要疯了！这人哪来的自信？

"那我就是第三种！"

"你不是！你是死鸭子嘴硬！"他气得一筷子戳进锅里夹菜，看也不看就往嘴里塞。

刚要继续发布高论，他的脸却倏地僵了，面色迅速涨红，眼眶里一秒钟就漫起了水雾。

韩梅这才看清他筷子戳到辣锅里了，不由得捂嘴笑起来。她好心把碗端到他嘴边让他吐出来，说道："所以我佛说得对，人之所以痛苦，就是因为自己追求了错的东西。"

陈晨偏不肯，和她上演你追我躲的游戏，最后居然头一仰，像吞药丸一样，将丸子囫囵个儿咽了下去。

他明明被辣得涕泗横流了，还哑着嗓子反驳："师生恋怎么了？鲁迅和许广平还是师生恋呢。"

韩梅有点发愣。

说他可恨吧，又夹杂了一点天真无邪的小可爱；说他可笑吧，还让人觉出一些触动人心的小可怜。

这念头方起，韩梅马上就意识到危险。她不知是想说服陈晨还是想说服自己："这说好听点，叫恋姐情结，师生不伦；难听些，就叫掏古井、吃耙饭。你就不怕被那些狐朋狗友看不起？"

　　陈晨指着自己的脸，似笑非笑地看她："你知道我这种叫什么？礼貌些的说我厚脸皮，直接点的说我不要脸，你觉得我这样的还会在乎那几句闲言碎语？"陈晨秉持一贯厚颜无耻的风格，"而且，谁知道呢，说不定我一失足就成千古风流人物了呢。"

　　韩梅没觉得自己这么笨嘴拙舌过。

　　气氛尴尬起来，韩梅只能继续喝酒，直把双颊喝出不正常的潮红来。

　　陈晨死缠烂打地追问："还是说，你是因为被甩了，所以讳疾忌医？"

　　"我是忙着读书，才没空一心二用！"

　　她觉得眼前有点重影，晃了晃脑袋，等看清他面上的嘚瑟样，一时想起那些新仇旧恨来，赌气冷哼："论这个，我是得倒过来唤你一声老师。毕竟不是每个人在小卖部就能乱来的。"

　　陈晨不以为耻反以为荣，说道："看在你请吃的分儿上，我传你几招。"

　　韩梅打了一个酒嗝："我没兴趣。"

　　陈晨把手肘撑到桌上，靠近了看她："别介，你看你都这把年纪了，连抛媚眼都不会，再这样下去不怕成烂水果了？"

　　韩梅怒气上来了，一拍桌子："谁说我不会？！"

　　"你演示一个来瞧瞧。"

　　韩梅给扔了个眼风过去，由于用力太大，差点把脖子扭了。

　　陈晨看得捂着肚子笑："你这是眼皮抽筋还是癫痫复发？"

　　韩梅整理好那被甩得乱七八糟的头发，扭脸表示不玩了。

　　陈晨努力收了嬉闹表情，摆出一副高深莫测的样子问道："Mississippi Rules（密西西比规则）听过吧？"

　　陈晨伸手把她的脸扭过来，又拽了她的手放到自己臂上，一步步地教起来："先来点身体接触，再一个视线也得对上！"

两人靠得近，视线交缠，仿佛磁铁要吸附的前一刻，突然生出一种无形的引力来。

韩梅下意识要把手收回。

陈晨比她更快，先一步摁住，长指轻巧地插进她倏然紧握的拳中，轻而易举地就掰开展平了，平贴到自己的手臂上："好好学，过了这村可没这店了。你手别瞎动，眼睛也不要乱晃，对，得长久看着，然后在心中数两次 Mississippi。"

韩梅听了半天，心说，不就是数一二三四吗？假高深！

她好胜心上来了，一口喝光了剩下的酒，按着他教的方法，放松了眉眼，手上使了点小劲去攀住他的小臂，然后长久地看向他，等数过两次 Mississippi，再带着笑意轻轻眨眼。

她演完一套下来，却没见陈晨有点反应。

"怎么，我又做错了？"

陈晨没动，更确切地说，他是呆住了。

被她一唤，他原本就黑白分明的眼里忽然闪过野生动物一样的精光，嘴里喃喃："好一个青出于蓝的学生！"

韩梅吓得大叫一声，猛地往后倒。谁知用力过猛，连人带凳子摔翻在地，发出一串刺耳的声响。

陈晨也始料未及，想伸手去拉，却被韩梅一把推开了。

她硬是要自己站起来，试了几次，却还是跌回去了。

陈晨看不过去，想着不顾抵抗也要先把人扶起来，等走过去一看，却发现她已经停止哭号，呈"大"字形躺在地上，并轻轻打上了呼。

等陈晨像寄居蟹一样，把他的全副家当——韩梅扛到身上时，他才意识到不妙了。

费了九牛二虎之力，他才从她包里找到钱，并成功负重埋了单。

从苍蝇馆子走出几十米，陈晨就已经辨不出东南西北了。

打开手机地图，上面的路名他一个都不认识。

想说路在嘴边吧，可当地方言他是越听越糊涂。

他几次拍醒韩梅，想让她指路。这猪队友随手一指，都不知看清没有，没等到下一个弯又睡过去了。到了后面发起酒疯来，扯了他的衣领喊"驾！驾！驾"。

气得陈晨大吼一声："我是你骡子吗？"

韩梅倒是乖，头一扭，又睡过去了。

陈晨走也不是，站着也不是，心想：这人是成心的吧？！

这样不行，他想，他还是得打个车。

于是他背着韩梅，站在大马路中间，逮着经过的的士就跟在人家后头跑，还大声喊着"师傅师傅"，就跟《西游记》里头的沙僧一样。

等终于被他拦上一辆，已是在历过了九九八十一难之后。

车找好了还没完，目的地还不知道呢！可任陈晨怎么推韩梅，她就是不醒。

陈晨翻出韩梅的证件，因为转到了集体户口，上头写的是大学的地址。

他只记住了朋友帮忙查行踪时提过她家住哪个区，只好让司机先过了江再说。

的哥想着能多赚一点是一点，到了桥前有意放慢了车速，头伸出窗外招揽拼车的。

陈晨本就看不过去，低头看韩梅如无骨动物一般横着枕在自己腿上，梦里还嘟囔几声周彦的大名，忍不住抖开了她的脑袋，问司机："你们山城人都爱这样吗，吃着碗里的，看着锅里的？"

老司机透过后视镜瞧一眼就了然了，笑嘻嘻地说："那肯定是碗里的不够吃嘛。"

陈晨气得直哆嗦。

车开到解放碑附近，韩梅仍旧昏迷不醒。

陈晨看着跳动的秒表，数着韩梅钱包里所剩不多的钱，第一次知道了什么叫一分钱难倒英雄汉。

他只好随便找了个地方下车，又把韩梅背到身上。

不知道是不是被颠醒过来了，韩梅在他背上不安分得很，磨牙不说，间或还"嗯嗯啊啊"地叫着。

他捧住她两条腿，只觉得心中发慌，掌心发腻。那是白巧克力做的腿，被他的体温一烫，就要化成浆，可以任他摆布。

陈晨被脑中的画面弄得呼吸停室，瞬间觉得裤子也紧绷了几分。

韩梅还在低吟嘟囔着什么。

他恼火地站住了，扭头吼她："你到底要干吗？"

韩梅双唇又动了动。

他艰难地稳住心绪，耳朵凑过去："你说什么？"

她眉头紧蹙，躜着鼻子娇吟一声："呜呜，我要尿尿！"

此时此刻，她脑中就容得下一个念头，那就是：解放！

她趴在陈晨的背上，揪着他的衣领催逼他往前。

陈晨摸着被卡住的脖子，简直要疯！前不着村后不着店的，让他去哪儿给她找厕所？可他又真怕她忍不住了要直接解决在自己身上，只好玩命地背着人到处给她找。

好不容易看见有一家旅馆，他慌不择路直接背着人就冲进去了。

等匆匆交完押金，把韩梅安置进房间厕所里自行解决，陈晨累得四仰八叉地倒在床上直哼哼。

突然传来两声"砰砰"的撞墙声，吓得陈晨一个激灵抬起头来，等看见床头柜上摆放的劣质计生用品，他才想起自己进了家小店。

怪不得押金这么便宜呢！身份证也只要了韩梅一个人的。

他好不容易喘匀了气，见韩梅还待在里头不出来，便站起来去敲厕所的门。

里头居然毫无反应。

他放心不下，把耳朵贴到门板上，里头安静得像是连空气也凝滞了。

陈晨又敲了两下门，没等来回应就直接推门进去了。

马桶上空无一人。

陈晨一愣，转身拉开浴帘，心才瞬间归了位。

韩梅上完厕所，居然躺进浴缸里，又睡着了。

　　红色的薄纱连衣裙调皮地上翻到腿根处，露出了她白色纯棉内裤的一角。

　　那配色，不是跟门口地毯上红底白字的"欢迎光临"一个样吗？

　　迷迷糊糊中，韩梅感受到一股从未体验过的触碰。

　　她说不清是轻还是重。

　　触碰让她怀疑自己的皮肤上沾了磷，像火柴盒边上的红色擦片，被轻轻一擦，就能擦起一朵火花来。

　　累积的燥热让她在浑身一颤中醒来。

　　她发现自己躺在一个陌生的地方。

　　拉上的窗帘老旧发黄，被滤去锋芒的日光，仍旧让她看清了墙纸上的霉点和顶灯罩上斑斑点点的虫子尸体。

　　视线往下，有人跪在她大腿边，正俯身和她的裙子拉链做斗争。

　　韩梅一把抓住他的手："你想干吗？"

　　陈晨表情有些尴尬。

　　韩梅刚醒来，血液还没上头，呆呆地又任他揸了几下油，才尖叫着"臭流氓"，猛地将身上的陈晨掀翻在地。滚下去的时候，他的脑袋磕在床头木柜上，发出了叫人牙酸的巨响。

　　陈晨捂着头坐在地上朝她吼："你谋杀呀？"

　　"你一强奸犯！我就是把你杀了，也不用负刑责！"韩梅刚生出的一点内疚，马上又被吼没了。

　　"我？就凭我的脸，用得着霸王硬上弓？"

　　"那你干吗脱我衣服？"

　　"还不是你自己说热的！"

　　"我让你帮忙了吗？！"她抱着被子戒备地看他，目光中尽是赤裸裸的控诉，"要不是居心不良，干吗把我带到这种地方？"

　　她话音刚落，隔墙就应景地传来几声撞击声，搭配着女人"啊啊啊"的叫声。

陈晨愤恨地瞪着那面墙，简直要把它瞪穿了："难道让你尿我身上？！"

好不容易让那些让人尴尬的画面归了位，韩梅羞得把半张脸都藏进了被子里，说道："那、那你还摸我！"

陈晨居然理直气壮地说："也不知自己几斤重，一路被你当牛马骑，我不要讨点利息啊？"

没见过如此厚颜无耻之人！

隔壁又是两声撞墙声。韩梅把咸菜一样的外套又套回了身上，吼道："你给我滚远点！"

陈晨站起来搓着屁股道："要不要那么狠啊？就凭我的姿色，难说到底是谁占谁便宜呢。"

他看韩梅已经收拾包包准备站起来了，还争取最后的机会自我推销："我对女朋友可好了，只要你说得出，房子、车子、戒指……"他还没说完，就被扔到脸上的枕头堵住了嘴。

在韩梅指挥下，两人赶紧退了房。

来到前台，服务员说他们比预定的时间超出了几分钟，要补钱。

韩梅捏着干瘪的钱包，掏出信用卡递给服务员，苦大仇深地又瞪了陈晨一眼。

他还不死心，单手撑腮，随手拨弄着前台小碟子上的廉价金币巧克力，没骨头一样斜倚在柜台边上，嬉皮笑脸道："要不咱俩直接在这儿过夜算了，更合算。"

韩梅瞪他一眼：还好意思张嘴就要给房子车子，连开房间的钱都是她出的呢！

冬天的夜总是来得特别早，两人走出旅馆的时候，天边还剩了几缕红云，走过一条街就完全暗了下来，只剩人间灯火还在勉强生辉。

马路上车辆穿梭如流，韩梅趿拉着高跟鞋，只觉得累。还有几十米到公交站，她远远看见一趟汽车来了，却只能快跑几步上去，和堵在过道上的人挤了一阵子，幸运地在最后一排抢到了一个座位。

她等了好一阵没见开车，远远看向车头，才发现那个在后面跟了自己一路的人也上了车，此时正双手插兜，大爷一般站在投币箱跟前和司机大眼瞪小眼。

　　开车师傅打量着陈晨的一身名牌，皱眉调侃："你投个游戏币，我睁一只眼闭一只眼也就算了，你丢块巧克力金币算啥子？！"

　　韩梅笑完，忍不住心软，还是一路挤回车头，朝箱子里投了币。

　　那司机大叔上下打量了两人几眼，边换挡踩离合器，边咂嘴："原来是两个人闹别扭。小妹儿咧，男娃儿的钱包看太紧也不好哦。"

　　这话惹得车头附近的人一通笑。

　　陈晨听不懂山城话，可从韩梅涨红的脸也能猜到七七八八。

　　再回去，原本的座已经被人占了，韩梅只好随便找了个地方站在栏杆边上扶着。

　　陈晨仗着身高，借着拉环的动作，把韩梅从人群中隔开了圈在自己怀里："我都跟你一路了，一句话都不肯跟我说。"

　　韩梅索性把头扭开了。

　　陈晨跟着把头伸到同一侧："我不是也没怎么你吗？"

　　韩梅这才忍不住道："你以为你不想？不过是硬件故障！"

　　一眼瞄到他从衣服下摆露出的一截人鱼线来，韩梅害羞地别开眼："跟你？我脑子进水还是眼瞎了？"

　　陈晨注意到韩梅的目光，也不说穿，沾沾自喜地道："我以为偷瞄只是容易长针眼，原来还会眼瞎哦！"

　　韩梅听了简直要吐血几升。

　　如此站着过了四五站，等车上乘客好歹下去了一些，陈晨眼明步快地占了个座，手一拉，一摁，又将她换上去坐了。

　　她想推让，被陈晨麻利地脱了围巾绕到她脖子上，说道："睡一会儿吧，再倒一次我可没力气背你了。"

　　那些想要拒绝的话，被围巾上他残余的体温一包裹，就像瞬间在舌尖融化了。

她鼻端萦绕着从围巾里蒸腾起来的须后水的味道,轻轻闭上了眼睛。等到被叫醒下车时,她才发觉自己竟不知不觉睡了一路。

她沿着长楼梯闷头向上走,心中忍不住七上八下。

虽说陈晨钱包丢了,可这人能耐那么大,她就不信他在山城没几个朋友。

陈晨眼高于顶,看了她家情况,还不知道要嫌弃成啥样儿。

她都想好要撵他走了,可一转头看他爬楼梯气喘吁吁的样子,又有点不忍心。

"怎么就走不动路了?"

陈晨擦擦脑门上的汗,说道:"换你被人家当骡子骑完几千米试试?"

"那就快点跟上吧。"

韩梅默默转回身去,为自己的脸皮薄暗暗叹了口气。

可要是他自己落荒而逃,那就不关她的事了。

陈晨没想到自己会跟着韩梅来到这么一幢老旧的居民楼。

靠地面的一段墙身灰扑扑的,大片大片的墙灰脱落后,露出光秃秃的青砖来。

因为没有电梯,碰上邻居下楼,两人还得并排着把身体贴到墙边,才能把对方让过去。

虽然破败,这儿却奇妙地有一种蚂蚁穴居般簇拥着取暖的,让人感觉舒服的人情味。大家碰面会寒暄,每经过一户人家,都能听到门板后面唱歌一样高低起伏的说话声或者噼里啪啦的麻将响。

等最终停在三楼一家门前时,陈晨已经很好地收起自己的大惊小怪。

韩梅拍着门张嘴喊了两声"妈",自然地抬手把春联上脱胶的一角往墙上压了压。

门后传来一副大嗓门不知跟谁抱怨说:"你幺女又忘带钥匙喽。"

门"哐啷"一声被拉开,陈晨看见一个瘦高个女人端着饭碗就来应门了,看见韩梅身后多出来一个男的,忍不住心直嘴快就高兴上了："还真的拐了个男朋友回来喽？莫不是租来的？"

"什么跟什么呀？"真是情感节目看多了！韩梅走进去，没好气地看老妈一眼，特意没用方言，"这是我学生，过来山城玩的，没地方住，要在咱家借宿。"她敷衍说，"您就当是路边捡的流浪狗，给个睡觉的地方就行。"

原来是这么回事，高玉兰小小失望了一下，不过马上就笑嘻嘻地把陈晨请进来，嗔怪地拍韩梅一掌："说些啥子乱七八糟的嘛。"

陈晨很识相，还没进门，满嘴"师娘""师爷"地就招呼起来。

两老看女儿第一次带人回来，忙让陈晨落座，说要再做俩菜，让他们一道吃饭。

陈晨忙说不饿，让高玉兰赶紧别忙活了，说他们吃好才回的。

高玉兰又张罗着要泡茶。

她好不容易把人摁回饭桌前继续吃饭，在心里暗暗叹了口气，爸妈待人素来客气，她要是不辛苦点张罗，她妈肯定要亲自上手。

她找来了新的牙刷毛巾和换洗衣服，招呼陈晨说："来吧，你先洗澡。"

陈晨没想到，所谓的洗澡间，不过是个用塑料帘在灶头边划出来的简陋区域，光溜溜的水泥地上甚至连瓷砖都没铺，人在里面洗澡，水一大就要从帘子下溅到外面。

韩梅将莲蓬头搁在洗脸盆上，挽起袖子，亲自给他试好水温。

"这个开关不大灵光，我帮你把温度调好了，你用的时候直接把开关打开就行……"她絮絮叨叨的声音，伴随哗啦啦打在洗脸盆里的热水声，蒸腾在被钨丝灯泡照亮的昏黄水雾里。

韩梅没听见回应，诧异地转身一抬头，看见的就是陈晨那副入迷盯着自己的样子。

见被发现，他还不慌不忙地伸手帮她把垂落的发丝挽到耳后。

韩梅脸一热，从没发现这洗澡间如此逼仄。

她转身想走，可他不动，她连转身的位置都没有。

她尴尬地清了清嗓子说："我先出去了，你凑合着洗吧。"

陈晨笑着让开身，转头一看，那背影急急忙忙地像是逃命一般。

等韩梅洗好出来，陈晨已经在高玉兰铺好的沙发上乖乖躺好了，抱着韩梅贡献出来的小枕头，还乐呵呵地一通猛嗅："这枕头好像有韩导的味道。"

韩梅恼羞成怒，存心恶心恶心他："这枕头好久没用过，放在柜子里发霉呢，不定生出多少螨虫呢，陈大侠的吸星大法一使，估计要超度好多条小生命呢。"

吓得他猛地咳嗽起来。

高玉兰拿着枕巾过来听见，照着女儿的屁股就是一掌："乱说，这床铺盖我今天才晒的！"

韩梅还以为自己累了一天，躺下就能睡着。

可她卧在自己熟悉的小床上，听着客厅的大钟摆催眠的嘀嗒声，明明累得一根手指都不愿抬起，脑子却像高速运转的播放器，将一天里发生的一幕幕，在脑海中翻来覆去地重复播放。她好不容易睡着了，也尽做些光怪陆离的梦。

眼前的场景不知什么时候换到了中学时期的人工湖畔，她甜笑着正枕在周彦的大腿上看书，他讲了个笑话惹得她哈哈大笑。

她很顺当地翻过身，搂上了他的腰，然后一抬头，竟看见了陈晨的脸！

韩梅立刻就吓醒了。

她惊魂未定地擦了擦脑门，却发现连手心都是湿的。

她摁亮手机一看，正好是半夜两点钟。

她在心虚中迁怒：都怪陈晨那个色情狂，害人做这样的怪梦！

好不容易等呼吸平顺了，她闭上眼，不知怎的，眼前又浮现起下午在公交车上那无意的一瞥，那截雪白的腰腹上，有起伏的人鱼线，无声宣示着磐石的力量。

她吸了吸鼻子，烦躁地翻身，模模糊糊听见客厅有响动。

韩梅用大被蒙头，阻挡那烦人的走动声和冲水声。

岂料外面才安静了一会儿，动静又大了起来。

她疑惑地半坐起来，房门恰好被敲响了。

她心中一慌，连忙躺回去装没听见。

那人没等到回应，居然自己就把门打开了。

不知是不是闭上了眼睛的关系，她只觉听觉更敏锐了，"咿呀"的开门声，像是二胡拉出来的《十面埋伏》的前奏。

她还没想好该怎么反应，就被笼罩在一片急速的呼吸里。

她猛睁眼，发现陈晨居然就在离她二十厘米的上方，那越凑越近的脸，让她的脸红耳热，在夜色的掩护下，通通跑了出来。

狭路相逢，短兵相接，韩梅突然想起了自己睡衣底下没穿胸罩。

她像个手无寸铁就被推上战场的老弱残兵，下意识地弓起身子，努力在羞愤中挤出几分厉色来："你要干吗？在我爸妈眼皮子底下呢，你信不信我能一巴掌拍死你？！"

可惜夜深人静，她有意放低的声音，更似情人间的絮语。

陈晨不退反进，一掌就压在了她胸上。

韩梅正要爆发，陈晨发出了一声无力的呻吟："我恐怕什么都来不及干，就得死在你身上了！"

他艰难地抬头，露出一张发白的脸："快点带我上医院。"

她这才知道原来他是因为上吐下泻，才闯进自己的闺房求救的。

她费了好大力气，才把虚弱得直打摆子的陈晨弄上出租车，又搬了下来。等她替他挂好了号，将人送进急诊，陈晨连痛呼都不会了。

韩梅心里着急，医生走到哪儿，她就跟到哪儿，见他按诊完毕，回到写字台记病历，又像小尾巴一样跟过去问："医生，他怎么了？"

医生头也不抬地回答："急性肠炎，今天吃过些什么不干净的东西吗？"

韩梅身子一僵，正好收到陈晨飞刀般"嗖嗖"射来的目光，虽然很快又后劲不继地虚弱下去了，可明显地，两人想到一处去了——那家满地垃圾的苍蝇馆子。

韩梅还厚着脸皮辩解道："不可能，那顿串串我也吃了，吃得比他还多呢，我就没事。"

医生刚要说话，就听见陈晨捂着肚子虚弱地抬杠："你那是胃吗？你那是焚化炉！"

她撇撇嘴，反唇相讥："那你明知道自己是玻璃胃也不早吱声！"

旁边的小护士听见两人拌嘴，忍不住插话："老话说得好，病从口入，饮食上还是要注意的。新闻报道没看吗？有些无良店家，上一桌吃完的汤，收到厨房，将里头的纸巾牙签捞出来，又端给下一位客人反复涮。我就不说里头有多少地沟油了！反正我是从来不去吃这个的。"

听得陈晨又想吐了。

韩梅也有点心虚，赶在被怨毒目光刺成筛子之前，赶紧缴费去了。

她破完财回来，看到护士正一只手拿棉花棒一只手举针，要给陈晨做皮试。

陈晨扭着胳膊艰难地解袖扣。

护士看韩梅过来了，赶紧朝她喊："你这家属，怎么跟个甩手掌柜似的？快来帮病人弄一下袖子。"

陈晨一听，一下子就把手甩她怀里去了，嚣张地要韩梅服侍。

谁是他家属了？韩梅不得不干，只使劲瞪他。

皮试要等二十分钟左右，韩梅就坐在一旁陪他。

更深露重，没有人气的急诊室里冷得像要结冰一样。陈晨出来得急，没带外套，打了个大喷嚏。

韩梅见他疼得瑟瑟发抖，被虚汗弄得像是从水里捞出来一样，赶紧催他把汗擦了。

他一只手摁着止血的棉球，累得只稍稍抬起肩膀，敷衍地蹭了下额角。

韩梅看不过去，翻了翻包没找到纸巾，就扯着袖子给他擦了。

两人本就坐得近，陈晨突然转头看她，韩梅虽然红着脸，却没退缩。

等擦完，她又索性脱了身上的羽绒服，给陈晨披着。

陈晨嫌弃说不要，被韩梅喝止了："不好看也披着吧，敢再给我伤风试试！"

等皮试结果没问题，护士做好穿刺，准备给陈晨输液，才发现那个位置是没有输液架的。

她把吊瓶塞给韩梅，嘱咐她"先举一下"，转身拿输液架去了。

陈晨人比她高，韩梅只好站起来，举手做自由女神状。她一整天喝醉酒受刺激，累得快要站着都能睡着了，突然被人拉了拉袖子。

她一低头，对上了陈晨黑眼圈浓重的大眼睛，他说："老师，我内急。"

韩梅哭笑不得，说："去呗。"她心说又不是小学生，上厕所还得跟老师打报告。

陈晨白她一眼："我要是拿着瓶子，还怎么解裤子啊？"韩梅还愣着呢，听他不要脸地提议道，"这样，我进隔间上，你在门外帮我举瓶子好了。"

韩梅简直惊呆了，怒道："我一女的怎么进男厕所啊？！"

陈晨不管不顾："那你把我当注水猪肉吗？一头拼命进，另一头不让出。不让学生上洗手间是变相体罚！"

韩梅都快要发火了，但想起下午陈晨为解决自己上小号问题劳心劳力，又看了一眼他的可怜样，也只好做贼一样跟着他溜进医院的男厕了。

所幸今晚看诊的人不多，此处人去楼空，韩梅却还是心惊胆战，生怕叫人看见了把她当变态色魔。

她正东张西望呢，忽听陈晨在里头"咦"了一声。

韩梅如惊弓之鸟，忙问怎么了，他顿了一下，又说："没什么了。"

听着清晰的冲水声从里头传来，韩梅又羞又急，好不容易伺候他如厕完，还得等他洗手。

她的视线从镜面上掠过，才懂得他刚刚"咦"什么了——隔间门后居然是有挂钩的！

韩梅气得整个人都要跳起来了。

陈晨拿湿手恬不知耻地拍她的头："哦，我发现的时候，你人都进来了。也不好让你白跑一趟嘛。"

呵，那她是不是该谢他贴心呢？

韩梅想把吊瓶摔他身上了，可又想到这药钱也是她付的，便只能忍了。

等两人回到候诊厅，护士已经把架子拿过来了，问："哎？你们瞎跑哪儿去了？"

韩梅气得将瓶子往支架上一挂，松手就走人。

不料身后的陈晨忽然发出"嗷"的一声。

她韩梅一低头，才发现自己的衣服扣子挂住了一根白色的管子，尽头的针头还在滴血……

陈晨捂着手背，疼得五官都皱在一起了："你是故意的吧！"

韩梅尴尬地笑："我说不是，你会相信吧？"

幸好护士就在旁边，帮他换了只手，把药水又吊上了。

陈晨无聊，拿空出来的手去撕手背上的胶布。

韩梅被刚才的一幕吓怕了，一掌拍在他的空手上："手怎么那么碎呢？待会儿针头又掉了。"

陈晨"啧"了一声，看她是真紧张，才告诉说粘太紧了。

韩梅只好亲自动手，小心地帮他在边缘轻轻撕开一点，留出些许空隙再松松地粘上。

陈晨看她认真地伺候自己的样子，一时间心中好受起来了。

他是好了伤疤忘了痛，又凑到她耳边逗趣："看你今天让我遭了多少罪，你说你是不是克夫命？"

"语文学过了吗？我让你跟着来上山下乡了吗？"韩梅凉凉地瞪他一眼，"我告诉你，等病好了，你一秒钟都别多待，赶紧给我回申市去。往后学校里远远碰见，也别打招呼了，十米外就换道，我不怪你不尊师重道，免得遭了什么罪又来赖我。"

陈晨笑道："那我多亏啊，我算了一下今天遭过的难，觉得可能把这辈子的劫都历得差不多了。我现在才躲开，那之前的罪不都白受了？"

他见韩梅不自觉地摩挲手臂，将身上的羽绒服展开了盖到两人的身上。

因为身高差，衣服往下一罩，都要盖住她的头了。陈晨就往下一缩身子，将头搁到韩梅肩窝。

韩梅明明可以躲开的，却不知怎么的，没舍得挪动。

陈晨抬起笑眯眯的眼睛，趁机嘱咐她："反正你往后得记得好好补偿我，体贴我，时时想着对我好，得走心。"

韩梅承受着他的重量，软软地哼了一句："《河东狮吼》看得挺熟。"

安静的候诊厅，两个人像靠在一起的两根筷子，互相靠着。

陈晨打吊针，韩梅就坐在旁边，脑袋一点一点地打着瞌睡，醒过来就看一眼药水，帮他拉拉往下掉的衣服。

第一个在一起的夜晚，他们分享着同一件外套，汲取着对方的体温度过。

等晨曦初现，胃肠科的专科医生一上班，就给陈晨转到了内科病房。

陈晨体力明显恢复些了，医生巡房后也表示他问题不大，嘱咐他头几顿先吃流食，多休息，观察两三天就差不多没事了。

相比之下，倒是连轴转的韩梅，衣服脏乱，更像个病人。

韩梅打了个哈欠，挎起包，顺了医生的话说："那你睡吧，我回家躺一阵再来。"

陈晨伸手拉住她："不许走。"

他算准了韩梅的刀子嘴豆腐心，何况他本来就虚弱，不用装也够可怜了，满脸的菜色，配着凹下去的双颊，眼睛被衬得越发大，黑黝黝地激滟着光，看着她，就像水池里摆尾游过去的两尾金鱼。他哭丧着脸道："你就舍得留我一个病人在这儿啊？我要是睡着睡着，突然有个三长两短怎么办？"

这人怎么这么晦气呢！韩梅没好气地道："让你睡觉是什么高危作业吗？还有医生护士在呢。再说了，你真要怎么了，我就是在旁边干看着也没用好吧？"

陈晨不说话了，就是瞪着那双大眼无声地控诉她。

她被看得没办法，颓然叹了口气，坐回床边的椅子上，打电话让妈妈熬点热粥送来，到时再换自己回去。

陈晨心满意足地伸出手臂："你可以趴在这上边小憩！你看，我有小老鼠呢。"

韩梅用大白眼直接鄙视了回去。

她掏出手机来看一眼，才想起已经又是工作日了，突然问他："你来时跟老彭请过假吗？"

"呵呵，你说呢？"

陈晨本来不紧张的，突然想起什么，忙凑过去问："你呢？假请到什么时候？"一看就是生怕她为了上课和工作丢下自己。

韩梅无奈地拨通了办公室的电话："能怎么办？回去的路费都被你花光了，只好留下照顾你咯。"

看着他笑嘻嘻地把半张脸缩回被子里，仿佛是得了什么便宜，韩梅就觉得搞笑，不由得默默在心里念了句"傻瓜"。

不知是陈晨底子好，还是医生开的药"给力"，反正他吃好睡好，基本上第二天就面色红润行动自如了。

刚开始两三天，他还能以休养为借口不肯出院，到后来他自己也闲不住，无聊得要去跟隔壁床的小孩玩，也赖着不肯走。

她好几次拿着粥来医院，就见他和小孩一人嘴里一根棒棒糖，不消几秒就帮着把魔方复原了，孩子看得眼睛发光，神情钦佩。

可等到医生来巡房，小朋友还帮他做假证，说哥哥真的肚子疼。

可惜小朋友们的友谊总是不长久的，没两天韩梅就接到病童家人投诉，说他给小朋友"演示"游戏机太久，把主人惹哭了。

她红着脸把人提溜回床上，陈晨还倒过来跟她喊冤："他妈说了只准他玩一小时的，我这是帮忙呢。"

韩梅白眼都要翻上天了。

这人是大学生？说他小学没毕业也有人信！

等两人回到他的床位，韩梅就将跑了好几趟才给他办的临时身份证递过去了："既然能跑能跳，就赶紧订机票回校吧。"

陈晨还想说自己没好全，韩梅当着他的面就拨通了订票电话"你不走我可自己回申城了呀。"

陈晨怕被独自扔下了，这才赶紧挤到话筒边更正道："来两张，两张。"

鉴于机票买得急，又是付两张票钱，韩梅挑了家有着"天空中的绿皮火车"的廉航。

这家公司靠着一架飞机起家，经常哪头一晚点，另一头就更来不及了，因而晚点是家常便饭。

韩梅早就做好了心理准备，反正她也不是分秒必争的大人物，多等几个小时不算事儿。

她坐最早的一班机，省了钱还省时间，下了飞机就可以去上班。

两人起了个大早，陈晨一上飞机刚坐下就说要吃方便面，韩梅糊弄他说方便面不健康，从包里掏出两个糍粑来："这个是咱家特产，特好吃！"

陈晨一眼就看穿了她是抠，再说这两坨东西放在包里都压扁了，他白眼一翻，头一扭："我还是补个觉得了。"

可他没料到，整个航程，空姐在过道上举着产品就开始疲劳轰炸，简直比"江南皮革厂"的录音更烦人。

他烦躁地将连衣帽扯到脑袋上，仍旧挡不住魔音贯耳。

他又饿又困，实在受不住了，刚要发作，耳朵眼儿里一凉，被人塞进一只耳机。舒缓的轻音乐如水般流泻出来，他转头，对上韩梅安抚的笑脸，嘴形开合是"睡吧"两个字。

点着的火柴像是落入了水里，他的怒意也在一瞬间消失无踪。

他乐滋滋地调整坐姿，将身体靠得更近一点，和打吊针那晚一样，将头搁到了她的肩膀上。

　　韩梅没有挪开，轻轻拍他的头，一下一下地，奇妙地，仿佛合上了他心跳的节奏。

陈晨班的班会马上就要开始了。

坐在陈晨前面的两个女同学突然转过头来，问他要伴手礼。

"你怎么知道我刚从山城回来？"

"韩老师说的啊，大家看见你给她拎行李到宿舍，她说在飞机上碰见你了，还一起拼了个的士。"

陈晨听完，脸一下就黑了，吓得二人齐齐噤了声。

"韩梅不想让人知道他们一起在山城！"这个念头，让陈晨感觉像被蜜蜂蜇了一下。

他想起自己上吐下泻的时候，韩梅站在马桶边，一边用手掌托着他的脑袋，一边还给他拍背："用力吐出来，吐干净就没事了。"

感受着额头上她手心的温度，他晕乎乎的脑袋里第一次冒出来"一辈子"这三个字。

她说拿开就拿开？她问过他没有？

陈晨想，如果他们是两列平行火车，注定只在迎面相遇时有那如流星的短暂碰头，那他，就是拼着弄出个车祸现场也得给二人整出交集来！

时间刚到六点，办公室大门就被敲响了。

韩梅喊了声"请进"，下一秒就被推门而进的陈晨的新造型吓了一跳："你这什么新花样？"

陈晨摸了摸新剃的小平头，嘿嘿笑道："展示一下我的完美发型呗，都说板寸是检验帅哥的最高标准。"

韩梅才不信，说："你住院管我借梳子的时候还说头可断，发型不可乱呢。"

"骗不过你。跟人玩真心话大冒险输的。"

"那选班干呢？是玩什么输了？"

"那个是自愿的。你不知道，当班长是我从小的理想。"

韩梅的眼神明明白白告诉他，她不相信。

从山城回来后，陈晨忽然性格大变，整个人都积极起来，不仅按时来上课了，甚至在班委换届时，还高票当选班长。

她当然为他的转变而感到欣喜。

她只是想不通，这么劣迹斑斑的一个人，怎么会愿意去干这么一份吃力不讨好的工作，而班里的同学又怎么会脑子坏掉了去选他。

她当然不会晓得陈晨在小学三年级就会用请吃肯德基来"贿赂"同学跟他一起逃课，在这上头，他简直是无师自通。

她只知道，从那以后，一张统计表，一份通知单，仿佛都成了他光明正大地来骚扰她的借口。

陈晨看准了辅导员里，只有韩梅这菜鸟没家累。相比其他人到点就下班，只有她总把办公室当家。他就等别的辅导员走得差不多了，才去找她汇报工作。

陈晨把一周的考勤表递给韩梅，可说完了事儿也不肯走。见她正对着 Excel 表格逐行输入数据，他还自发地要帮忙，等干完了才向她邀功："韩老师你都不谢谢我吗？"

"好吧，谢谢你！"

"哪能光用说的？韩老师请吃饭！"

"学生给老师帮点小忙不是应该的吗？"

陈晨双手交叉在胸前，说道："高兴帮忙和应该帮忙效果可不一样。再说了，上次山城那顿，我都给你吐出来了，你不得给我补一顿吗？"

韩梅哭笑不得，把自己的饭卡给他递过去："行，我刚充的卡，你自己看着叫吧。"

"才不要！"陈晨嫌弃地把卡还回去，说道，"你得请我下馆子。"

"你没看见我成堆的工作没完成呢？"

"那就……允许你改天。"

明白这顿饭她是怎么也赖不掉，她哭笑不得地认命了："行……那就三十一号。"

陈晨这才满意了，刚往大门走了两步，突然又转回来，一下掐住韩梅的脸蛋："小骗子！这个月有三十一号吗？"

陈晨没大没小惯了，平常就爱和她抬杠斗嘴，冷不丁地动手动脚一下，韩梅也不好计较。

她又气又笑地挣脱开："哎呀！你松手。哎呀！冤家、太岁、皇帝，那就月末，月末，你等我月底发了工资行不行？"

她搓着被捏红的脸蛋，气恼地横他一眼，自己也不知道那一眼里隐含娇媚迷人。

陈晨看得心一动，努力地抿嘴来遮盖他那蠢蠢欲动的心："那白色情人节呢，你想好怎么过了吗？"

"还能怎么过？一笑而过呗。"

"要不我帮你安排吧？"

"怎么安排？"

"给你介绍个黄金单身汉！"

她斜他一眼，冷哼道："还是算了吧。清明节家里没死人也没见特意弄死几个的。"

陈晨想好的台词又被堵了回去，气得抬脚就走了。

谁知节日当天，他还真给她拿来了一大堆巧克力，说都是别人送的，他吃不完，拿来送给她吃。

他本意是想让她看看自己多受欢迎，谁知韩梅边吃还边"吐槽"他："这么爱占女孩子便宜，小心拿多了以后要成人彘哦，毕竟拿人手短呢。"

陈晨气得咬牙切齿："我知道的，你就是嫉妒！"

陈晨还记着韩梅说了要请吃饭的事儿，数着日子给她发催饭短信。

韩梅烦不胜烦，直接把通讯录里他的名字改成了"周扒皮"，以发泄对有钱财主盘剥贫下中农的愤怒。

幸亏收到陈晨欠的债了，这个月的工资又刚刚到了账，韩梅心情大好，边从办公室往外走，边发了个短信过去："催债鬼，要吃饭不？"

恰好是周五下午，很多学生离校回市里的家，她还猜他十有八九出去玩了，谁知对方居然秒回："哪里见？"

"那就半个小时后，邮局门口那个公交车站吧，你知道是哪个吧？"

她从法学院出来就往外走，刚步行到约定的位置，就听见旁边一声喇叭响。

她朝树荫下一看，一辆线条婀娜颜色骚气的玫红色小跑车朝她打开了车门，露出里头盛装打扮的陈晨来。

韩梅还有点发愣，刚坐进车里，就被里面的人嫌弃了："你这什么打扮啊？！"

韩梅低头看自己，T恤衫牛仔裤，说："正常人的打扮呀。"

反观陈晨，一件绣银丝的灰色无袖背心，配着同色的西装裤，时尚倒是挺时尚，高级也是够高级，却跟要去的餐厅格格不入。

这人作为一吃白食的，居然好意思对金主的衣着挑三拣四，韩梅觉得不能姑息。因此，她毫不犹豫就反唇相讥："你倒好……都几岁了，还戴个大围兜是怎么回事？"

陈晨简直要气死了，鄙视道："什么围兜？这是本季最流行的无袖款！"他逐一指给韩梅，"上衣是 Prada 刚出的新品，无袖是知性和运动元素的 Crossover，你看露出来的腱子肉，没觉出阳刚和性感来吗？这裤子是 Sa-vile Row 的纯手工定制，从量尺寸到选料到交货起码要三个月，光是为了给我调整尺寸，裁缝就飞了三次申市。"

韩梅特意装傻，翻翻他的衣服下摆，说道："要不你翻个'Made in Italy（意大利制造）'的标牌给我看看？"

陈晨指了指自己，说："阳春白雪！"

他又冷哼着指了指她："下里巴人！"逗得韩梅哈哈直乐。

他泄愤般踩下油门，车子完全没有缓冲，"嗖"的一声直接飙上了外环。

韩梅捂着撞痛的后脑勺，这才想起问他开车打算去哪儿。

"坐着有史以来在费奥拉诺赛道上圈速最快的敞篷跑车，不上高速，你觉得对得起生产商吗？"

韩梅还是第一次坐跑车。她之前还好奇为什么那些"富二代"总爱将车载音响声音开得老大，原来是非这般盖不住引擎的噪声。她忍不住调侃他："下次坐你车我要嚼锅巴！"

陈晨为了拉风，还不肯关窗。

他倒无所谓，本来就剪了短寸。

可怜她被大风照着脸吹了二十来分钟，等终于下高速到收费站，长头发硬得像《街头霸王》里的大兵古烈一样，惹得旁边车里的人都偷偷取笑。

她才看懂那些香港老电影里，为什么女明星赴富家子弟的约，都要在脑袋上扎个丝巾，否则还没下车，形象都摧毁了！

陈晨还在旁边说风凉话："那是人家羡慕你。"

是才有鬼了！

她故意捂着鼻子对他说："我就不懂你们有钱人，专爱买这种缺斤少两零部件不全的残缺车型。几百万买一敞篷车，到了红绿灯收费站就净吸毒气，待遇跟电瓶车车主一样。"

看他咬牙切齿地把车篷合上，韩梅吹了声快乐的口哨：嘿嘿，小屁孩，跟姐斗？

反正上高速了，去远点就去远点吧。

陈晨按着韩梅的指示，把车开到以前打工的辅导班附近的韩国烧烤店。

韩梅以前在那附近打工，发了工资才舍得和同事来打一次牙祭。

店不大，老板夫妇是辽宁的朝鲜族人，借着韩风正盛，在补习街开了家烧烤店，泡菜酱料都是自家的配方，在这一带也算小有名气。

韩梅一坐下就熟门熟路地喊服务生："来个二人套餐。"

女服务生是个新面孔，愣了愣，又仔细看了一次餐牌，说："可我们只有情侣套餐。"

韩梅也看一眼餐牌，上面写的确实是情侣套餐。

看对面的陈晨笑得不怀好意，她尴尬地解释："就是两人份的套餐嘛，以前也是这么叫的。"

服务生怕下错单子担责任，认认真真地跟她抠字眼："所以你确定是要这个情侣套餐吗？"

韩梅不舍得说不，一来套餐实在比单点要便宜好多，二来还一人附送一份荔枝味雪糕球做甜品呢……

陈晨无聊地看着韩梅苦苦思索，终于不耐烦了，突然从对面的卡座上站了起来。

韩梅意外地抬起头，却被人捧住了脸，然后毫无预告地吻了下来——只是蜻蜓点水的一下。

韩梅还没回过神来，陈晨已经又坐回去了。

他朝目瞪口呆的服务生抬了一下下巴："情侣套餐，你现在可以去下单了。"

陈晨好整以暇地给两人倒茶，向同样目瞪口呆的她表示："不用谢！"

"你怎么又这样！"韩梅擦着嘴唇，恼羞成怒地瞪他一眼。

还以为他又要胡说八道说"都是为了帮她"什么的,谁知他把满上的茶杯推到了她面前,又认真地看了她一眼:"我早说过了,我喜欢你。"

这下就尴尬了!

韩梅张了张嘴,却一句话都说不出来。

陈晨也不说点什么缓和一下气氛,两人在无声中对坐而食。

烤好的肉,被他默默地夹进她的碗里。

韩梅赶紧拦住说够了,擦擦嘴巴说要上洗手间。

她一关上洗手间的门,那好不容易掩饰的惊慌失措,就如出笼的野兽般从她身体里汹涌而出。

她用颤抖的手将水龙头扭到了最大,冷水大把大把地泼到脸上,很快又变成暖流落下来。

韩梅抬头审视镜子里湿淋淋的自己,残留的水珠点缀绯红双颊,像被细雨洗艳的花瓣。

她伸手触碰微张的嘴唇,颤抖的、温热的,仿佛还能摸到他遗留在上面的体温和心跳。

记忆里的吻,酒吧里不期而遇的,串串店功亏一篑的,一瞬间全在脑中清晰起来。

即便她厚着脸皮将以前那些你来我往都当成玩笑,可这次,她知道,她再也骗不了自己。

韩梅推开宿舍门,把自己重重地扔在床上。

她感觉心里像长出了一团乱麻,像是大姨妈来之前的那几天,身体里酝酿着不知哪儿来的急躁,却找不到纾解的办法。

她急切地想找个人说说话。

她爬起来打开电脑,登上了很久不上的同学群,才发现 QQ 群早已变成了妈妈育儿讨论区,不是秀恩爱就是晒孩子的,话搭不上,也就是旁观。

鼠标换到社交网络上,朋友的秀恩爱照让她越看心越堵。

她愤恨地一手扔开鼠标。让她去哪儿找个合适的倾诉对象!

她走到阳台上呼吸新鲜空气,学生情侣还在楼底下依依不舍,搂搂抱抱。

她索性下楼去买水果,排队埋单时,觑见老板娘在看老电影《丑闻笔记》。

朱迪·丹奇凯演的女同事正用那双洞悉一切的眼睛,狠狠地瞪住陷入师生不伦爱情旋涡的凯特·布兰切特:"你爱上他了?一个孩子,你以为他会报答你这痴心妄想的感情?哦,你以为你这样一个婚姻不幸的中产阶级女人,你这些神神经经的性冲动把他迷得神魂颠倒?这些青春期男孩是最残忍的东西,我了解他们。一旦他们达到目的,你就会像破布一样,被他一脚踢开。你不年轻了。"

每一句对白,都像是灵魂的拷问,像利剑直直插在她的心上。

她觉得自己是野天鹅里被施魔法的王子,白天是前辈尊长和不为所动,只有到了太阳晒不到的夜里,才敢放任那个男孩充满她整个梦境。

他是个凶猛的旋涡,她觉得被放在了独木小舟上,靠着划水,力挽狂澜,拉住自己倒向他的步伐。

如此双面的生活,直接导致她的睡眠质量下降和精神不济。

等放学了,她才发现有一条消息忘了通知,编辑短信发给各班班长时,却翻来找去也找不见陈晨的名字。她想了想,输入记忆中的号码,居然翻出一个叫"亲爱的"的。

臭小子!她咬住下唇,一定是请吃饭那天,他趁着她上洗手间的时候改的!

韩梅一动不动盯了好半天手机,心又开始不规则跳动。

恰好后面的老彭转过头来问她事情,韩梅被那声叫唤吓得"啪"的一声就把翻盖合上了,反而把他吓了一跳。

他们锁上门,然后在楼梯口分开。

老彭的夫人在阅览室做事,他每天都是接上人一起回家。

韩梅艳羡地看了一会儿，才抱了笔记本到车棚取车。

　　路过走廊时，她突然发现大门紧闭的教室，有一扇窗户的窗帘，像旗帜一样被吹得大幅度摇摆。

　　她疑心是学生临走时忘了关窗，想到最近有报道说大学城连着发生了几起失窃案件，便好心要帮忙关上。

　　谁知一掀开帘子，韩梅整个人愣住了。

　　半明半昧的教室里，一个男人正半裸着上身，背对着她在换球衫。

　　那美背有如绷紧的长弓。光与影的交叠和他背上的起伏重合，脊梁骨在背部隆起，又在腰间凹陷下去，像分开红海的起伏鸿沟，一直延伸进裤腰里，就像是她偷吃蛋糕时，手指在雪白的奶油上挖出的一道诱惑的深坑。

　　小卖部里的一幕似又重现眼前。

　　不知是不是感应到她的视线，那人穿衣的动作一顿，忽然要转过头来。

　　韩梅吓得转回身就跑。

　　她也不确定他有没有看见自己，慌慌张张只顾逃走，果然刚转过弯，就听见身后"啪嗒"一声门开了。

　　经过辅导员办公室时，她本想进去避一避，却福至心灵没有停下。

　　紧接而至的脚步声被长廊放大，那回声仿佛是电影里的恐怖音效。她吓得汗毛倒竖，顺着楼梯赶紧往上跑了一层，躲在扶手边蹲下来。

　　她透过扶手的空隙往下看，居然看见随后而至的陈晨先在办公室门口转了一圈，见门锁没拧开，还附耳过去听了听。

　　他等了好一会儿才回到楼梯口，大概是接到朋友的催促电话，说了句"马上来"，才张望着转身走了。

　　韩梅大大松了一口气。

　　她在梯级上坐下来，捂着怦怦直跳的心口，整个人像要散架了一样。

谁能想到，一不小心，她居然沦落成了偷窥男学生换衣服的变态。

正难堪着，她口袋里的手机突然响了。

响亮的铃声在狭窄的楼道里回荡，显得刺耳而尖锐。

她掏出来一看，居然是"亲爱的"来电。

她战战兢兢地接起。

他一开口就问："韩老师，你没在办公室？"

"对，没在！"

"怎么那么早就走了？我还想找你有事呢。你还在法学院吗？"

"不不不，我怎么会在法学院，我……我在食堂啊。"韩梅把电话拿远一点，说道，"那个，阿姨，再给二两饭。"

电话里沉默了一秒、两秒，他突然爆发出笑声来："亲爱的，你可真逗！"

韩梅慢慢挪开手机，然后清楚地听见楼道里传来和电话背景频率相同的脚步声。

她慢慢扭头，惊闻噩耗般看着陈晨从身侧的楼梯慢慢走上来。

见鬼了！他怎么又回来了？！

陈晨把电话挂掉，放回裤兜里，双手交叠放在楼梯转角的扶手上，下巴搁在手背上，对她微笑道："我在楼下就听见你手机响了。"

像演到一半，正手舞足蹈时被喊了停，她脸上只剩了目瞪口呆。

脑子里闪过千百种念头，还没找到合适的借口，陈晨先开口道："韩老师，刚刚在教室里，居然有人偷看我换球衣。"

韩梅结结巴巴道："不会是看错了吧！"她心中没底，舔舔唇，又干笑着补充道，"再说你又不是女的，谁吃饱了撑的呀？"

陈晨一脸认真地问："你就有没瞧见有人急急忙忙地跑来这边？"

"没！"她一口否认。

"是吗？"他话里带了几分犹豫，亮晶晶的眼珠带着狡黠的笑意，伸出手在韩梅的人中上一抹。

韩梅见到他指头上的一抹红，顿时愣住了。

对上陈晨打趣的视线，她红着脸，强撑着挤出一丝笑："我最近是有点上火。"

陈晨也不拆穿，变魔术一般又从屁股后面的裤兜里抽出一卷书来。

韩梅一看，简直要晕过去了，那居然是自己的笔记本。

陈晨笑眯眯地扔下重磅炸弹："那人好搞笑，居然把证据落在了窗台边。"

韩梅盯着他准确地翻开一页，凌乱的草稿中间，是张随手画的年龄对照表。

第一行左边的"25"代表她的岁数，右边的"20"就是陈晨的岁数，她在一侧的备注是"法定婚龄都没到"。

再往下数过几行，她35岁了，他30岁，批注变成了"小子毕业工作几年，我都成高龄产妇了"。

种种胡思乱想，都是她想起他时留下的痕迹。

她怎会料到这"黑历史"会有被翻出来的一天！

韩梅羞愤欲绝，抓着笔记本的边缘想要狠狠合上。

陈晨大掌不动，任她将它夹在了其中，得意地笑着看她："韩老师，您还编吗？"

韩梅脸红得仿佛要滴出血来。

陈晨玩味着她的黔驴技穷，微笑着靠过去："喜欢我就说嘛，为什么要隐瞒？"

韩梅手一缩，像被踩到尾巴的猫，慌忙辩解："我才没有！"

陈晨用两指摩擦着指尖干透的红褐色小颗粒，说道："我看你还是身体比较诚实！"

他靠前，韩梅就往后，直到她退无可退，整个人几乎撑在后面的梯级上。

韩梅不敢呼吸，下巴快要抵到了锁骨上，一张嘴，仿佛就是他的气息。

感觉他马上就要贴上来了，她手足无措地闭上眼，一咬牙，还是那句话："我是不会喜欢你的。"

"不会我可以教你啊！"陈晨用鼻子亲昵地碰上她的，"你忘了你学得有多好。"

串串店的一幕在脑中浮现，一时间韩梅悔得肠子都青了。

陈晨最见不得她自欺欺人，说道："或者，你答应给我当女朋友，我就不把今天的事情说出去！"

她满眼慌乱，还妄图垂死挣扎："陈晨，你不能这样，我还是你辅导员呢……"

这也算事儿？陈晨扭头嗤笑："你就一兼职的，何况我都大三了，没两年就可以毕业了。"

"那我还是会一直比你大！"

她怕他又会说出点什么，急急忙忙想堵住他的话："如果我年轻个三四岁，或许会愿意玩爱情游戏。可是我老了，我玩不起。"

陈晨听了这话不高兴了，心说这么久的付出，是块石头也该焐热了。他看着她的眼睛说道："我一逃课成性的，现在每天坐到课堂的最前排，也是为了跟你开玩笑的？！"

韩梅被说得低下了头。

只差那临门一脚，他再不给她时间犹豫："你只有这一次拒绝的机会了。我数到三，你现在不反对，我就当你答应了。"

韩梅等着他从一开始数，谁知他张口就是"三"，正要抗议，张开的嘴就被他堵上了。

种种克制和怨愤通通被那温软的吻化了。

这是一个真正意义上的吻。

她瘫软下来的身体，被陈晨牢牢地接住。

闭上眼睛前的一刻，韩梅止不住心中慨叹：她是被诱惑的苔丝，碰上了伊甸园里撒旦化身的毒蛇，无论是甜还是苦，都是她命中该有的一劫。

那一吻之后，陈晨自动自觉地便行使起小男友的权利。

为了避开人群，他们周末远远地开车到别的地方，或郊游，或听音乐，甚而找个没什么人的茶馆喝下午茶。

茶馆里空调开得足，一出门她的镜片就被水汽染得模糊一片。

她正狼狈着，就听见陈晨在旁边取笑她是奥特曼。

她张嘴要回击，谁知迎头就落下来一个吻。

慢慢回温的镜片，又被陈晨的鼻息熏得模糊了。

他唇上遗留的草莓沙冰的味道，让她想起夏日炎炎的那一口冰镇西瓜，就算明知大姨妈的日子快到了，还是忍不住满足口腹之欲。

如果甜蜜的小亲热算是小男友的好处，那他日渐增长的缠人功夫就是难以摆脱的副作用。

他本来就独断专行，自觉拥有所有权后，更是爱事无巨细地掌握她的行踪。

如果没在办公室找到她，他的追踪短信便会随即而至。

有时候韩梅忙起来，漏接了他的电话，也会被事后好一通埋怨。

陈晨不满自己被排在了工作后面，嫉妒之下口不择言："辅导员就是瞎忙活，能有啥正事啊！"

韩梅只得忍气跟他解释，说很多学生工作是涉及隐私的，比如家庭矛盾，恋爱纠纷什么的，看起来没干正事，其实是防微杜渐。

陈晨还不忘撒娇："那我的恋爱烦恼你就不着急解决吗？"

"我都舍身成仁了，你还要怎样？！"

韩梅不知道他听进去了多少，等答案终于揭晓，是在几天后的傍晚。

韩梅快七点钟的时候收到了陈晨的短信，内容是市中心的某地址，让她过去一趟，还千叮万嘱让穿漂亮点。

韩梅算了算时间，从云间区出去，到市中心要倒好几趟车呢，哪还来得及换什么衣服，东西往包里一收，直接就走了。

她转完公交车换地铁，好不容易到达陈晨发来的地址，就被楼下门前的长队伍吓了一大跳。在外籍保安的看守阻拦下，好些排不上队的，站到一旁打电话，看能不能找到熟人拿到邀请卡。

韩梅傻乎乎地站进队伍里排了好久，还担忧要被拦下，谁知接待处小姐一听陈晨的名字，就迅速切换出热情微笑，并吩咐了专人引领她搭乘直达电梯。

电梯轿厢稳步爬升，停定打开，那忽然而至的巨大音乐声便如同汛期的洪峰一样瞬间向她席卷而来。

她跟随服务员进去，迷乱的灯光中，人潮疯狂地呼喊、唱和、上下蹦跶，将整个舞池挤得像下满饺子的汤锅，随着沸腾的热水浮沉漂荡。

她还以为陈晨是约她吃晚饭呢，谁知来的是个KTV会所。

她不由得感叹，这才是魔都的缩影呀，相比起来，人烟荒芜的大学城，简直素得跟佛门清净地一样。

服务员见韩梅停了脚步，微笑着道："您要去的包间在最里面。"

韩梅点点头，跟着她艰难地穿过舞池。

因为公共区域并不禁烟，很多人手里夹着烟，还照样忘情地蹦跶。

韩梅穿行而过，像过了一遍油锅，从舞池出来，才发现新买的小外套上被烫了个小洞。

她还在心存侥幸地设想屋里头的情形，服务生已经替她打开了包间门。

才看一眼，她的眼角就开始抽搐了！

如果刚才那个是水深火热的火焰山，那眼前就是个群魔乱舞的盘丝洞！

里头打牌的，亲热的，吞云吐雾的，无所不有。

韩梅哪里见过这样的场面，整个人惊呆了，像被时空裂缝扯入了异度空间，叫一群外星人狠狠地刷了一回三观。

猝不及防地，盘丝洞里有人喊了她："韩老师？怎么是你？"

韩梅定睛一看，那不是跟陈晨同班的乔尼吗？

面对渐渐汇聚过来的惊诧目光，韩梅急中生智，扔下一句"哦，找错门了"，就慌张地又把门关上了。

等陈晨从小阳台转进来，就听里头的乔尼把辅导员摸错门的事当笑话讲："想不到她平常一脸正经的，还会来这种地方。我还怕要被抓包呢，谁知她比我还慌，急急忙忙掉头就走了。"

陈晨打不通她电话正着急呢，抓着乔尼的胳膊问过她的去向，便奔出去了。

外头人多，陈晨一边拨开人潮一边拨韩梅的电话，赶在电梯口截获了人。

他笑嘻嘻地扯住她的手："怎么转头就走了？"

韩梅猛回头，露出一张气急败坏的脸："你到底把我当什么人了？外围女还是陪酒的？"

陈晨一愣，登时也火了："胡说八道什么？谁让你陪酒了？"

"你去看看里头那些人。"她说不出尖刻的话，可闭上眼，那些画面就不禁浮现眼前，问道，"你让我来，就是为了让我看这些？"韩梅忍不住语气里的失望，"如果你想要的是让我变成跟她们一样，那对不起，我做不到。"

她说完就挣脱了他的手，快步进了电梯，似乎再多说一句都亵渎了她。

陈晨觉得莫名其妙，瞥见有路人停下来看自己，气得大吼一声："看什么看！"

他急匆匆地转身往包间走。

哼！他就不信了，没了她地球就不转了？

他照样高高兴兴的！

陈晨让服务生又开了一瓶蓝带，酒塞一拔，对着瓶嘴就开始不要命地喝。

乔尼凑过来问："怎么，刚才出去见到辅导员了？"

陈晨又灌下了一口，却仍旧一言不发。

"被训了吧？"乔尼自作聪明地奚落他，"你也是，怎么总爱耍着小老师玩呢？"

陈晨却忽然大吼出声："你哪只眼睛看到我玩她了？"

乔尼撇撇嘴，见陈晨拼命喝酒，伸手想拦他："悠着点，别喝醉了，咱下半场更精彩呢。"他说着，眼光朝场中一瞥，朝陈晨使了个暧昧的眼色。

陈晨跟个炮仗一样，一点就炸了："谁要看下半场了？你怎么没认识几个好人啊？什么乱七八糟的人啊你就叫来？"

乔尼一愣，也不高兴了，黑着脸回击："还讲不讲道理了？不是你吩咐让携眷吗？我把我手机通讯录里头碰面不吵的前女友和未来女友都贡献出来了，你还想怎么样？"

这个笨蛋！陈晨胸中气闷，经韩梅一挑刺，眼前那些画面顿时就让他觉得不堪入目起来。

他站起来，猛地把灯开亮了，又拔了包间里的音响线，大声宣布道："不玩了，都给我撤了！"

众人不知哪里惹他了，顿时面面相觑。

乔尼不解地上前问道："你吃错药啦？蛋糕都没吃上呢，撤什么？"

"你们不撤？"陈晨扔下手里的电线，说道，"行，我撤！"

幸亏等陈晨赶到公交车站的时候，韩梅还在等公交车。

她的大半张脸都笼在黑暗里，只有头发被身后的广告灯箱光斜照过来，滚了一圈白边。

陈晨第一次为她的抠门而感到庆幸。

他又想，幸亏不止他一个人不开心。

他慢条斯理地踱过去，看韩梅一声不响，又无声无息地拉了她的手。

韩梅挣扎了几次，都被抓了回去。

"能不吵架吗？"陈晨放低身段，郁闷地道，又补上一句，"今天……是我生日。"

"知道，你档案上写着的。"韩梅别过脸，声音里无甚起伏。

他急匆匆地道："那你还惹我生气？"

什么叫她惹他生气了？她大老远的是为谁奔过来了呢？

一回想起刚才那一幕幕，她就忍不住飞过去两把眼刀。

陈晨也知道后悔了，赶紧解释："那些女孩不是我叫来的，都是哥们儿自作主张叫来给我撑场子庆生的。"

　　他战战兢兢地等着韩梅下判决。她沉吟好久，才终于张了嘴："我好久前就听说过了，说你找女友除了身高三围，还有九大要求，什么绘画乐器跳舞，不求精通，但多少要会一点，免得去KTV让你下不来台什么的。我刚刚自我审查过了，这些跟我都不沾边。趁着现在咱们感情还不深，要不就这样算了吧。"

　　哪能就这样算了呀！都是些喝高后的醉话，也不知道是哪个损友透露出去的！

　　他紧张起来："我那都是开玩笑的。现在你整个人就是我的新标杆。"

　　陈晨看她不说话，赶紧又贴过去在她脸上亲了一口。

　　韩梅低着头站了好久。

　　陈晨看到她等的公交车来了，车门在她面前打开又关上，才稍稍松了一口气，韩梅却挣脱他的手走了。

　　他愕然呆立，不知如何是好。

　　幸亏她走了两步后，还是回头了，口气硬邦邦地说："你还要不要庆生了？"

　　陈晨顿时喜上眉梢："要要要！"

　　相比刚才的阵仗，韩梅给他置办的生日会简陋得多了。

　　她跑到便利店买了一堆独立包装的小蛋糕，就在街心公园长椅上和陈晨分两头坐着，在中间的位置铺上塑料袋当桌布。二十几个小蛋糕并排摆在一起，密密麻麻地插上了蜡烛。

　　陈晨看得想笑："怎么看着像个香炉？"

　　"瞎说！"韩梅气得打了他一下，"吐口水重说！"

　　陈晨数了数蜡烛的数目，出声抗议："哎？你怎么给我少算一岁？"

　　韩梅又数了一次，说："就是二十啊，没错。"

　　"怎么是二十，虚岁不得多加一岁吗？"

她翻着白眼把蜡烛整包递给他。

她看着他艰难地见缝插针，不由得好笑。

她知道他因为两人的年龄差，才爱把岁数往大了说的。

看着眼前暖融融的烛光，她笑着拍拍他的头："生日快乐，祝你快些长大。"

他瞪了她一眼，稍微停顿，又无声偷笑："行！如你所愿吧，赶紧到法定婚龄，好当上辅导员合法的另一半。"然后不等她反应过来，他就扑哧一声吹了蜡烛。

陈晨吃蛋糕时，想了想还是不服气："我本来打算借着今晚，正式把你介绍给朋友的。给你长面子的事情，看被你误会成什么样了。"

韩梅拿塑料叉子挑挑海绵蛋糕上的奶油，说："陈晨，跟你商量个事呗。"

陈晨见她面色微沉，心里头也不禁打鼓："别的好说，除了分手。"

韩梅语气犹豫："我们在一起的事情，先别让别人知道吧。"

陈晨下意识坐直了身子，问："为什么？咱们光明正大的。"

韩梅抬头，眼里有五光十色的灯光，像是倒映着霓虹的海，脆弱又美丽。

她以前不理解有些人隐婚的苦衷。

很多人明明好好的一段情，偏等悲剧终了才公之于众。

可等到了自己身上，她才开始想通：一段不知道能走多远的恋情，与其一路被人冷嘲热讽，等分手的时候又要承受"看！我早就料到会这样"的打击，的确还不如一开始就捂得严严实实。

虽然跟他一起总有逗不完的乐子。

虽然他们的喜欢都是真的。

所谓易求无价宝，难得有情郎。在这人心浮躁的年代，就连"专门花了心思来骗骗你"也是可贵的，何况是真心相许？

她不后悔跟他一起；可是她也不忍心用兜头一盆冷水泼醒他，让他面对可能面对的未来。

她只是违心地提议着："咱们自己开心，用不着别人知道。而且地下情比较刺激呢，你不是喜欢偷偷摸摸吗？刚好合了你的胃口。"

　　陈晨眯起双眼盯她，她以为他要发作，谁知他默默消化完，摆出一副满不在乎的姿态，嘴角向上挑了挑："那有什么？就怕你玩不动！"

▶ 第六章
出来混的总要还

　　他当然早就看出来她不想叫别人知道二人的关系了，否则每次吃饭碰面何必要约那么远。

　　情场老手第一次被嫌弃，为了面子，更因为不舍，除了打落牙齿和血吞也没别的办法。

　　不过说到泡妞，陈晨自命上天入地都是个中高手，想当年连车尾箱都躺过，传字条前后脚什么的简直不在话下。

　　他坏心地想象她在别人面前接他电话时紧张兮兮的样子，还隔三岔五地在出勤表里夹示爱的字条，搞得韩梅每次检查都神经紧张。

　　她刚看完一本书名叫《第七个读者》的悬疑小说，小说里正是因为学生传情的字条被误夹到图书馆的书里，男学生由于怕和女舍监的不伦恋被人发现，连害了借过这书的七个人。

　　她把故事跟他讲了，却让他笑得肚子都痛了。

　　他擦着眼角的泪水，举手发誓道："我跟你保证，咱要是曝光了，我也决不会杀人。"

　　韩梅狠狠地瞪他一眼："可我会杀了你！"

　　在韩梅三令五申下，陈晨从此就只剩给她发短信一途了。

　　因为她小心谨慎，每天八小时的在校时间，基本上都属于他能看不能吃的。

"还是同居好，什么时候惦记了，抬头就能看见，门一关，两人爱干啥干啥。你说对吧？"

两人约在远远的地方吃饭，陈晨的长腿在西餐厅饭桌的白桌布下一伸，像筷子一样将她的小腿夹住了，边轻轻摇晃边心思不纯地建议道。

韩梅听的时候没当真，谁知到了周末，陈晨还真找了个房屋中介领着两人满大学城看房去了。

脑门锃亮的中介大叔擦着满脸的汗，鼓动三寸不烂之舌，把他们看的别墅说得天花乱坠。

陈晨问她："住这里好不好？"

她还以为他是住腻了酒店式公寓，便认真帮他考虑："这里绿化和保安都好，可打扫起来，光后花园就能让你累趴下。"

陈晨从后将她搂住，嘿嘿一笑："不是有你吗？"

韩梅冷哼："我可不给你当美的家电！"

"扫别人家有怨言，扫自己家还是愿意的吧？要不直接写你的名字？"

韩梅一下子愣住了。

"不是说'在沙滩上写一万个你的名字，不如在房产证上写下你的名字'吗？"陈晨笑着说，"何况这小区的隐蔽性比较强，你来也不怕被邻居看见。"

他这边轻描淡写地说着，到了韩梅耳中可是轩然大波。

"你准备包养我？"韩梅愕然转向他，声音也随之沉下来，"用你家里的钱！"

陈晨一愣："你这人怎么总是那么不知好歹呀？总爱把别人的好心当成驴肝肺。"

他松开她，恼怒式撒娇演得越来越熟练了！

"咱们多点时间相处不好吗？两个人生活，总归要有人出钱啊！你难道是靠光合作用活下来的吗？"

"那是你的钱吗？那是你爸的钱！"

陈晨哪能认输："反正他那么多钱，你帮他花一点怎么了？你不是仇富吗？正好给你个机会报复社会！"

韩梅又好笑又好气，怎么会有人将歪理说得这么义正词严？她无奈地摇摇头："我凭什么花他的钱啊？"

她始终笃信《无间道》里梁朝伟的那句台词：出来混，总是要还的。以后要是有一天，他爸爸拿着一沓账单来找她，她要拿什么还？

靠男人的钱过活也是一种能耐，可惜她没有。

可惜年轻人脑子里想的都是自己的道理，理解不了别人的苦衷，陈晨不依不饶地抱过去："那么你来包养我。"

韩梅拔高了声音，怒掐他："养你？我一个月的工资加上补贴才三千多块钱，你居然敢张嘴让我养你？！"

他也不躲，倒过来抱住她笑道："那你包包不要房子不要的，这么就跟我好，也太廉价了吧？"

韩梅气得要削他："什么时候能用钱买的就叫廉价了？那叫无价！"

陈晨还乐："白给还不廉价啊？"

韩梅要气死了。

虽说如此，可韩梅也明白，既是地下情，常年打游击躲猫猫也不是办法。

处朋友是一场没有背景音乐的舞蹈，在相处中找出对方的节奏，刚开始总会有步调不一致的时候，有时候她往前一步，有时候换他退后一步，会有磕磕碰碰不小心踩到对方的时候，会有生气了要别开脸的时候，但爱就是那只始终牵着的手，让人转完一圈又舍不得地回到对方的怀中。

陈晨最终还是换了套西班牙风格的独栋房，全款买下的。

陈晨说这片刚开发，加上新的地铁线马上要开通了，现在买下还能增值。

韩梅听着他还费心解释一番，便顺坡下驴地不再挑剔了。

她每逢周末过去一下，要是兴致来了，就和他开车去几公里外的大超市买了食材回家自己做饭，真将小别墅当成了两人的秘密花园。

　　韩梅在前面挑选货物，陈晨就在后头推购物车。

　　她的精打细算在这时候可算是凸显出来了，只要哪个牌子搞活动，即使一块几毛的小优惠，她也一律挑选便宜的。

　　陈晨喝惯的十几块钱一瓶的气泡水，被韩梅嫌弃得不行："不就是没味道的雪碧吗？值这么贵的价？"

　　"亦舒的书里写的，这个跟荔枝一道吃，能吃出香槟的味道。"

　　这么一算，它倒真比香槟便宜。

　　虽然她忍不住唠叨他浪费，可到埋单时，她又要跟他抢着付账。

　　她想着平常出去吃饭，都是陈晨埋单，心里挺不好意思的，还故意说："稍微包养你一下。"

　　陈晨看穿了她是嘴硬心软型，等再买东西，就顺着她的意思买。

　　见他这么听话，韩梅还小小地吃了一惊。

　　她当然不晓得陈晨只是阳奉阴违，等回头就让家政阿姨在便宜货的包装盒里，换进他惯吃的高档货。

　　韩梅还奇怪最近的特价商品质量"噌噌噌"上升，吃饭后甜品时往嘴里舀了口雪糕，奇怪地道："咦？这个香芋雪糕怎么是开心果的味道？"

　　陈晨还装傻："是吗？我尝尝？"

　　韩梅调羹还没递过去，陈晨把头凑过去，吻得她晕乎乎地忘了初衷。

　　陈晨是游戏人生的专家，将整个大学校园都当成了游乐场。

　　韩梅还以为，只要是学生，总是逃不过期末考试这个坎的。谁知陈晨临到考试还是吊儿郎当的。

　　她正在办公室帮着老彭整理考试时间表呢，就听见身侧有"笃笃"的声音，抬头一看，陈晨正隔着玻璃站在外面花丛里对她笑。

她吓得连忙转头，幸亏老彭正背对窗户坐着，暂时毫无所觉。

韩梅急忙给他发短信。

陈晨理也不理，把噘起的嘴巴贴到了明净的玻璃上，大模大样地朝她索吻。

韩梅简直一个头两个大，用嘴型轰他走。

陈晨却不肯挪动。

韩梅看他毫无形象地站在那里等待，把嘴巴压成了一朵发皱的喇叭花，一时又觉得十分好笑。

她再次瞧了一眼身后，飞快地站了起来，打发着照着他嘴唇的位置，在玻璃上印了一下。

本以为神不知鬼不觉，谁知那铝合金窗框的锁头没扣紧，被韩梅这样一亲，整面玻璃顺着她的方向就往外走，发出了干涩的"嘎吱"声。

身后突然传来了老彭的声音："韩梅，你这是要干什么？"

她脑子一空，看着陈晨迅速蹲下，才又定了神。

她慢慢地往玻璃上哈了一口气，扶在玻璃上的手也变按为擦，转头解释："我看玻璃好像有点脏，给擦一擦。"

"嗨，你费那劲干吗？"老彭笑呵呵地说，没等韩梅庆幸完，继续说道，"你跟清洁阿姨说一声就好，她们拿那个擦地的平板拖，一揩就干净了。"

韩梅浑身僵硬，尴尬地笑道："呵呵，好的……"

陈晨把头埋到了腿间："呃，呕……"

韩梅回去就声讨陈晨："有正事不干，整天不务正业。"

陈晨倒是大方："有什么好复习的？我又不跟他们争那一千几百块钱的奖学金。反正都是为了拿毕业证，我多考一分又不会给我花戴，刚刚及格，才是投入产出比最高的。"

韩梅斜挑起眼皮睨他一眼："那是在你不挂科的前提下！"

他底气十足地道："挂了科我跟你姓！"

为了表示郑重，考第一门英语精读的时候，他还特意穿了件印满英文字母的 T 恤衫。

　　正享受同学的艳羡，陈晨就接到了老师的驱逐令："赶紧去把衣服换了再回来。"

　　陈晨嬉皮笑脸地跟她捣糨糊："校规也没规定衣服上不能有字吧？"

　　"你这单纯是'有字'吗？简直是把单词表都印身上了吧？"

　　陈晨还想耍赖，巡堂的韩梅也听见动静走了过来。

　　好事之流如乔尼，打着拍子唱起了杜德伟的《脱掉》，惹得女生们期待地回头张望。

　　她正要问清楚前因后果，陈晨已经爽快地把衣服一脱，将带着体温的 T 恤准确无误地扔进了她怀里："韩导先帮我拿着。"

　　试卷一一分发下去，大家也开始伏案答题，一时间，教室里安静得只余笔头的刮划声和纸张不规律的翻动声。

　　韩梅多待了一会儿，见陈晨不时拿出纸巾擦鼻子。

　　虽说气温都快上四十摄氏度了，陈晨光个上身也没什么，可她还是忍不住担心，刚打算过去关心一下，谁知陈晨那骨碌乱转的眼珠子一对上了她的，就急忙转开了。

　　原本抓在手里的纸巾，被他飞快地揉成了一团，扔到了脚下。

　　韩梅一步走过去，捡了起来。打开一看，她的脸一下就黑了。

　　怪不得他斩钉截铁说自己肯定不会挂科呢！

　　那上头居然密密麻麻的都是字。

　　主监考老师见韩梅久久站着，奇怪地问："韩老师，怎么了？"

　　韩梅气得肝疼，平复了好久，才对着那满脸心虚的陈晨说出一句："垃圾别乱扔！"

　　陈晨窃喜韩梅网开一面，却不会天真地以为此事会就此结束。

　　果然等他考完去问她要衣服，就见韩梅正满脸阴霾地坐在办公室，一副准备升堂公审的架势。

他还嘴硬："期末考试，用得着那么认真吗？放放水怎么了？以前高中会考，班主任还专门安排我和成绩好的学生坐一块儿呢。我这也是为了班级的平均分着想啊。"韩梅不说话，他就继续说，"我不就想拿个毕业证嘛，谁知道我钱都付了，还要我考这考那的。"

"你还有理了？"韩梅瞪他，"我亲眼见过四六级作弊的，被抓到了要延迟一年毕业。还有我本科的同班同学，选修课考试里夹带字条被发现了，被处留校察看。"

她推心置腹地想用前人的教训说服他，谁知陈晨居然一脸嫌弃："我技术才没那么烂！也就你喜欢我，别人看见地上有鼻涕纸，哪会去捡嘛！"

韩梅没想到这时候了，还被他调戏了一把。

若问哪种学生最难对付，答案肯定是陈晨这类的，小聪明不好好用，大道理更听不进去，满嘴歪理，偏以不走正道为荣。

韩梅憋红着脸生闷气，只恨口才不够好。

陈晨却早在这儿等着她呢。

"不过嘛……女朋友不高兴的事，男朋友当然不该做。"他笑眯眯地提出交换条件，"下面的考试，我不作弊。可要是我及格了，你暑假就答应和我去旅行，怎么样？"

这想法在陈晨脑子里酝酿很久了。

两人相处了这么久，他软硬兼施，韩梅就是不肯留宿。

出门在外，孤男寡女的，漫漫长夜里，他还愁找不到机会？

韩梅哪里知道他心里这么多小九九，见他主动要学好，也没多想就先答应了。

这大概是陈晨有生以来，第一次有动力去努力干点什么正事。

韩梅看着台灯下他捧书细读的模样，一手转着笔，纤长的睫毛影子芭蕉扇一样打在眼下，嘴巴微微嘟起，这是他百折不挠的另一面。

韩梅体谅他通宵读书辛苦，还切了水果要喂他，居然被他往外赶："你在旁边，我注意力怎么集中？！"

两天后的法制史考试，韩梅本是没有监考任务的，是为了监督陈晨，才专门跟人换班的。

见陈晨安分作答，韩梅才欣慰地放下心来。

她坐在讲台上百无聊赖地翻试题，一抬头，瞥见走廊外有个年轻男子，手里拎了一袋大橘子，透过大玻璃窗对她挥手。

韩梅面露惊喜，跟巡堂的科任老师点了一下头，便悄悄迎了出去。

"师兄？！你回来了？"

来人一副黑框眼镜下一张老成的国字脸，正是韩梅读研究生时的学长张斌。

导师日理万机，经常神龙见首不见尾，多亏同门的张斌手把手地领着她入门，不藏私地提点她。

因此两人的交往间，便有了种亦师亦友的味道。

张斌在学生时代就很会活动，借着校学生会的工作和领导都混熟了，毕业后才干了一个学期的辅导员，就到边区支教去了。

他笑嘻嘻地解释："嗯，才回来没几天。我马上要调来法学院了，给刚履职的新院长当助理。"

听他一提，韩梅才想起院长要换人的传闻来，说道："哟！这是一回来就要进入领导班子了！"

"什么领导班子，还不是打杂的！不过往后我到这边办公，咱们倒是时常能见面了。"张斌笑着将一兜橘子都递了过来。

韩梅撑开塑料袋，闻了一鼻子的果香。

她记得他从前就经常买了橘子放到办公室，大家可以随便拿着吃，韩梅不客气地消灭完几个，总笑嘻嘻地恭维他，说什么"一见师兄就闻见了橘子香"。

她打趣道："这么久不见，不会就打算拿几个水果打发我吧？"

张斌马上就笑开了："晚上有空没？随你要吃什么都没问题。"

两人正说约饭叙旧的事儿，窗边的一排桌椅忽然发出挪动的摩擦声。

韩梅闻声转头，一眼就看见陈晨正从裤兜里掏出一副耳机来。

她又惊又怒，来不及交代就转身进教室，一把抓住了陈晨的手。

她满脸都是失望："你这是要干什么？"

陈晨面上波澜不惊，从善如流地将耳机放到她手里，示意她去听。

韩梅把耳机往自己耳中一塞，正奇怪怎么什么声音都没听见啊，就见陈晨拿笔在纸上点了点，一旁是斗大的几个字："不要趁男朋友在认真答卷，就给我红杏出墙！"

她再一细瞧，才发现耳机线被插进了一盒蒙牛酸酸乳的孔里，盒上的广告词是"酸酸甜甜就是我"。

韩梅一时哭笑不得。

这小醋坛子！

韩梅没把陈晨的间歇性发作当回事，给他发过短信，就如约和张斌下馆子去了。

她刚坐下，陈晨就发来短信，说自己的胃不舒服。

韩梅趁上菜的空当给他回短信："是不是这几天太紧张了？你别吃阿姨留的饭了。厨房左数第二格吊柜里有小米，你去淘米熬点粥。"

陈晨又说："不会熬。"

"菜刚点好呢，我现在走算怎么回事？"

张斌看她频频看手机，问她是不是有急事。

韩梅放心不下，满脸愧疚地说有个学生病了，她得去看看。

张斌大度地表示理解："来日方长嘛，咱们换哪天不能吃饭？"

"真不好意思，下次我请！"

韩梅赶紧告辞，到附近药房匆匆买了药，打车给陈晨捎到小别墅去。

她一进门就问他吃东西了没有，感觉如何。

陈晨冷哼一声坐回沙发上，赌气地说："你不是正忙吗？还有空管我？"

他正打着嗝呢，又塞了几瓣橘子进嘴里。

韩梅跟过去一看，见垃圾桶里堆了满满一桶橘皮，忍不住惊呼出声："你把学长的一袋子橘子都吃光了？！"

　　怪不得说胃疼呢！

　　陈晨用尾指勾起茶几上的塑料袋，负气地往她的方向一抛："还剩几个呢。怎么，舍不得定情信物被我吃光了？"

　　韩梅听得哭笑不得："你有完没完？不都跟你讲了，那是我的同门师兄。"

　　"你没听过'防火防盗防师兄'这句话吗？"

　　她白眼一翻，挽起袖管转身进厨房给他淘米熬粥去了。

　　她淘干净了米，往里头搁了点香油和盐巴，想起山药养胃，又戴上手套去切上点山药片放进去一起煮。

　　陈晨跟过去看一眼，故意问："做这么多啊？一人份有点多啊！"

　　"两人份！"韩梅回头瞥他一眼，没好气地说，"还不是因为你，我空着肚子就回来了。"

　　陈晨脸上这才有了点笑意，嘴角忍不住得意地翘了起来。

　　所幸陈晨的努力终于有了回报。

　　他期末考试每门都低空飞过了，包括那门靠扔橡皮擦考完的精读。

　　只能说有些人天生就有考试运。

　　考完试，学生是轻松了。

　　对于辅导员来说，距离休息还早着呢。

　　她要给导师帮忙改卷子，要协助整理录入成绩，还得准备这学期的工作总结和下学期的工作计划，少不了值几天班。

　　她最忙的时候碰到陈晨最闲的日子，高频的骚扰简直暴风骤雨般袭来。

　　这天她还没下班就被催着晚上去一趟小别墅。一开门，果然就见陈晨拿着成绩单得意地跟韩梅炫耀："你看我厉害吗？"还没等韩梅说话，他又说，"你可以回答看或者不看。"

韩梅哭笑不得。

她走进去，见饭桌上摆好了一道油光润滑的本帮油爆虾，一道糖色晶莹的糖醋小排炒年糕，还有一大碗清爽的青菜肉丸汤，还稍稍愣了一下神，问道："阿姨不是放假了吗？怎么还有这么多菜？"

陈晨热情地招呼她坐下尝尝。

一口下去，韩梅味蕾都惊艳了，她双眼一亮："哪家大酒店的外卖？"

"嘿嘿，陈大师傅亲自炮制，你是我第一个食客。"

"你？"韩梅吃了一惊，听完还半信半疑。

"有什么奇怪的？不知道聪明的人做什么都优秀吗？几道菜简直是小儿科。"

她才想起早两天，两人抱着看电视时，上面刚好在播放一个饮食节目，她随口感叹了几句虽然身在申市，饭堂的四川厨子做个小笼包也是拿米粉擀的皮，这么多年就没吃过几次正宗的本帮菜。没想到他居然真记住了。

韩梅进厨房添饭的时候，还特意瞧了一眼垃圾桶。那满到了桶边的残次品，让她有点想笑，又有点感动。

她还以为陈晨一放假肯定疯跑得没影儿了，从没想过他会这么贴心。

回到饭桌前，陈晨已经给她剥好了一小碗虾仁，还说："趁着今天，我还把咱的酒店机票都订好了，是不是很厉害？"

韩梅猛抬头。

陈晨吮了吮手指，拿过 iPad 划拉了几下，将一幅幅媲美广告大片的风情画展现到她的面前："我都安排好了。朝北的话，我们可以先去波兰的森林，打猎骑马都可以，按着格林童话的地名游德国小镇或者在荷兰豪达小镇亲手挤牛奶做奶酪，等八月份法国的葡萄成熟了，就转到埃佩尔纳庄园踩葡萄，酿一瓶以你的名字命名的香槟。往南也不错，可以悠闲点，先去马尔代夫喜敦岛的水上别墅玩浮潜，白沙滩上堆城堡，随后去到新西兰皇后镇的卡瓦劳峡谷跳伞蹦极，最后到南极去坐破冰船看极光。"

这么多美好的想象，都潋滟在陈晨满是笑意的眼睛里，他说道："想去哪儿，就听你一句话。"

韩梅已经被这一长串地名弄得目瞪口呆，见他又笑眯眯地掏出两本护照来，顿觉压力山大。她无声搁下筷子，不知道怎么开口。

陈晨敏锐地皱眉："怎么了？不喜欢？"

她赶紧说："我怎么会不喜欢？你不声不响地干了这么多，只是……"她愧疚得声音低下来，"你知道咱们学院申请硕士点被打回的事吧？"

他迟疑地道："听过。"

"宋院长新官上任三把火，上一任没做成的事，急于做成立威。他联系好了G大，院里刚刚通过了，让暑假期间派交流团去学习成功经验……"

陈晨隐隐意识到不好，声音里也没了笑意："那跟咱们什么关系？"

韩梅便硬着头皮把话说出来了："领导说可以带上我。"

陈晨脸色一沉，声音里都是不满："你不是先跟我约好的吗？"

韩梅心中愧疚，好半晌才说了一句："你懂事一点嘛，这也是工作……"

"什么工作，美其名曰交流团，实际上不就是借个名头去混吃混喝。"

"你有必要这样说话吗？"

陈晨"噌"地一下站了起来："你还为人师表呢，说话不算话！"

韩梅嘴巴紧紧地抿着，就是不松口。

他觉得韩梅简直是茅坑里的石头——又臭又硬，一气之下，口不择言起来："他们就是看你好使唤，打算让你去当小跟班。"

"那也是院里看得起我！"韩梅气急败坏道。他这样三番五次看不起她的工作，对她连最起码的尊重都没有。

韩梅拍下筷子，站起来就想走。

陈晨对着她的后脑勺大喊："你不去，大把的人排队要代替你！"

他气得把手机掏出来，把手机里的久不打理的花名录又翻了出来，说道："凭小爷一呼百应，以为差你一个？"

"随便你！"韩梅觉得恨极了，仅余的一点愧疚感也被气没了，"砰"的一声摔门而出。

长久孟不离焦、焦不离孟的两人，自此开始了无限期冷战。

上火车的时候，韩梅忍不住，还是给陈晨发了条短信，谁知却久久等不到回应。

好不容易鼓起勇气伸出的橄榄枝，可惜却没人搭理，她越想越心伤。

也是，他不是说了吗？身边多得是狂蜂浪蝶。想寻开心，他不缺她这个人。

说不定，他们就是这样了吧。

韩梅一手托腮，枯坐在火车硬卧车厢过道一侧的折椅上，眼看着窗外千篇一律的景色，不免伤感。

申市和花城同在南方，作为走在发展前沿的大城市，两地相距不过一千多公里，可要坐火车从一地到另一地，也足足要走一天一夜，大有王不见王的意思。

还得亏他们买的是卧铺。

她曾听学生抱怨坐硬座回家，二十四小时下来脚都能坐肿了。更不用说每到春运，车厢里就会站满了赶春运的游子，挤得跟沙丁鱼罐头一样的车厢里憋闷不已，想上个厕所，从座位走到车厢尽头，也要花上半小时。

交流团里的其他人倒懂得自得其乐，听音乐的听音乐，打牌的打牌，张斌玩了一会儿，坐到韩梅对面的折椅上，问道："怎么不去热闹热闹？"

韩梅脸上勉强挤出一丝笑来："看看风景也不错。"

可她怎么看都不像是高兴的样子。

他有意攀谈："你之前去过花城吗？"

"小时候旅游去过。"她问，"听说你是花城人？"

张斌笑着点点头。

"怪不得你说普通话怪怪的，"韩梅被张斌瞥了一眼，才笑着补充，"有种港台明星的味道。"

张斌被逗乐了，大掌拍在她脑袋上："有长进呀，比以前会说话了。"

他察觉她的笑意没到眼底，问："怎么，跟男朋友闹矛盾了？"

韩梅一愣，果然，一双毒眼是辅导员的基本装备。

可她怎能跟他坦白陈晨的事？

她一时觉得自己又变成了迷茫的学妹，只能迂回地试探："学长，你当初为什么会选择留校呢？当个辅导员，老师不是老师，行政不算行政，哪天倒霉起来，就连个门卫也呵斥你。"

"怎么突然对工作产生怀疑了？"

"嗯，是有点。"

张斌用手指擦了擦鼻子："你知道的，我大学几年一直都是学生会的，比起干别的工作，还是留校做学生工作比较有成就感。"

"你就不在意别人的目光？"

"走自己的路，让别人说去呗，嘴总归长在别人身上。"

她叹了口气："你活得真潇洒！"

张斌想了一会儿，问道："你知道我支教的事吧？"

韩梅点点头。

"毕业的时候，我妈本来勒令我回花城工作。我爸妈一个是大学老师，一个在就业辅导中心工作，已经给我铺好回去之后的路了，可我就是不喜欢按着他们的想法走，心一横去了山区。我妈一气之下，发誓再也不管我。"

韩梅稍稍讶异，她还以为张斌是因为没背景，为了快点升职才去支教的。

"一年时间，算是给我和我妈的一段冷静期吧，让我想清楚自己是不是真的熬得住以后都不靠家里，也让我妈看看我做这个决定的背后有多大决心。"

韩梅这才知道，原来他的潇洒并不只是嘴上说说而已。

他笑着说道："我首先是我自己，然后才是我妈的儿子嘛。"

她在心中重复着张斌的这句"我首先是我自己"，看向车窗外，把玩着仍旧毫无动静的手机，止不住心潮起伏。

像张斌说的，分开的暑假，就当是考验他们的缓冲期吧。

如果回去以后还是不能和解，那起码他们也该想清楚各自要的是什么了。

好不容易听到到站广播，韩梅也打起精神，帮着大家收拾东西准备下车。

她拖了自己的箱子，又帮老领导拎了包，夹在汹涌的人潮当中，缓慢地移出火车站。

黑漆漆的甬道里，她像一只步履蹒跚的蜗牛，拖着巨型的壳子，倦怠地和人为的封锁线作斗争。不时有行李车的轮子碾过她的脚，还有横里伸来的肘击。一出闸口，就是带着各色口音的"要房吗""要发票吗"……

韩梅一路低头避开。

忽然，一双耐克鞋横在眼前，在几声"请让一下"后，仍旧顽固地驻守前方。

韩梅不耐烦，一抬头，就被面前的人吓了一大跳。

一路上让她生气和想念的人，居然从天而降了。

她忍不住倒吸一口气：天哪！我这是热出幻觉来了？

她的欢喜还没浮到脸上，就被担忧掩盖："不对！你怎么会在这儿？"

　　陈晨微微一笑，并不理会她的问话。

　　火车站人多忙乱，等交流团发现有人掉队，回过头找，才发觉韩梅这边的动静。

　　韩梅已经绝望到想要跳起来遮挡陈晨的身影，他却施施然绕开了她，主动朝带队的院长伸出手来："宋院长，远道而来，一路辛苦了。"

　　宋院长一脸惊愕，却马上就认出他来了："哎呀，是小陈啊！"

　　陈晨笑笑："我爸知道你们要来，让我尽地主之谊，招待老师们吃好住好。"

　　不只是韩梅听得呆住了，连宋院长也难掩讶色："这怎么好劳你们费心呢？况且咱们早就和Ｇ大法学院联系好了。"

　　陈晨笑说："不妨碍的，Ｇ大的胡书记、钟副校长，还有法学院的领导都在饭店等着你们呢，先上车吧，我们边吃边聊。"

　　宋院长又是一愣。

　　他也不多想，便点头接受了。

　　他跟着陈晨上了一辆广本雅阁，留下众人跟着陈晨身后那位秘书模样的人去坐后头的旅游大巴。

韩梅忍不住朝小车的方向看去，巴士上早有老师窃窃私语："这又是哪一出？"

连负责具体联系的张斌也坐不住了，转过头来问她和老彭："陈晨是你们年级的吧？"

韩梅心虚又惊诧，闭紧了嘴巴听老彭解释："好像听说前阵子他爸被调到这边了。"

"他爸？"韩梅一愣。严格意义上说，这其实不算韩梅第一次接触陈晨的家长。

她"新官上任三把火"的时候，为了陈晨缺勤的事儿，也曾经想过告家长。

他的学生档案空荡荡的，只在父亲栏里留了个座机号。

车子穿越闹市，又开了大半个钟头，才沿着盘山路，进了一个5A级风景区。

跟车的王秘书跟大家介绍，中午就安排在那儿的餐厅吃饭。

旅游大巴继续往高处开了十来分钟，韩梅才慢慢看见在树木掩映下露出来的彩釉花脊，砖雕瑞兽。

餐厅不大，由一座传统院落改建而成，但胜在环境清幽，古色古香的建筑与丛林花木相映成趣。

趟栊门，满洲窗。如果窗棂是画框，风景就是画，步步都是不同的山色。

大家踩着木楼梯朝楼上包间走，窗外正对着山间一条小瀑布。正午的烈日照射下来，依稀能在水潭上方看见一弯彩虹，显得别有意趣。

午饭之后，一行人还是按照原计划到 G 大去交流经验。

韩梅酒足饭饱，眼皮沉重，猛打哈欠，偏偏列席的陈晨还能神清气爽地拿出个小本本做笔记，让她忍不住暗自腹诽他装模作样！

晚上大家就在 G 大的招待所订了包间吃晚饭。

本来陈晨还安排了江景夜游，考虑到大家经历一番舟车劳顿，又学习了一整天，在宋院长的婉拒之下，便也没再铺张，就近吃好便让大家早点休息。

晚饭又增加了下午参与交流会的 G 大法学院的老师，要开两桌才能坐得下所有人。

大家正吃得热热闹闹，其乐融融，不妨包间门突然打开了。

韩梅从碗里抬头，然后就看见了这位老彭口中的封疆大吏突然从挂墙电视上的新闻联播里穿越出来。一时间，原本的吵闹都停了下来。

陈晨站起身，面上带着点始料未及的僵硬，张嘴叫了一声："爸！"

陈瑜却没理他的招呼，上来先跟宋院长他们握手，略略问了问一行的状况。

难得见到大人物，大家都难免有些束手束脚。

韩梅偷偷打量这位政坛上以儒雅出名的新星。五十开外的他，保养得宜，完全不见中年男人的油腻。陈晨五官随他，可相比儿子的稚嫩狂妄和吊儿郎当，陈瑜即使一副笑模样，却仍旧掩不住眼中的机锋。深刻的法令纹和鬓角的白霜为他平添了一种沉稳的霸气。

宋院长忙叫人在自己旁边加坐儿。

陈瑜瞥了陈晨一眼，笑着解释道："我下面还有会，就不多留了，有几句话要借一步跟犬子说。"

宋院长说着的"当然"还没说完，陈瑜已经将脸转向陈晨，语气不佳地说道："你出来一下。"

众人嘴上不说，心中都是止不住的好奇，视线纷纷一样打在父子俩身上。

韩梅却沉浸在拱了人家后院小白菜的罪恶感里，正苦恼着如何将存在感降低再降低，谁知陈晨走到门边，还不忘跟她好一番挤眉弄眼，大概是想安抚的意思。

她正哭笑不得，不妨被一道眼锋扫过，等敏感地回看过去，便对上了陈瑜的眼睛。

她悚然一惊，不料陈瑜没有发作，只是沉声催了陈晨一声，便带着人最终消失在包间里。

两人出去后，大家很快便将这一幕抛诸脑后，并恢复了方才的热闹。

韩梅等铃声响断了才发觉是自己的手机在响，掏出来一看是家里的号码，便起身出去，打算找了个僻静的角落打回去。没想才转过一个弯，就见陈瑜父子在饭店走廊的堆放桌椅处对峙着，昏暗的光线，根本掩不住话里的剑拔弩张。

韩梅心中一突，赶紧一闪身躲到转角处。

陈瑜指着陈晨鼻子问："你怎么突然在这儿？"

陈晨顶着一脸的不耐烦，明显只是应付着回话："我就不能回来吗？"

陈瑜盯着陈晨，话却是问的站着身侧的王秘书："之前给他找好的实习呢？"

秘书看了陈晨一眼，也是一脸尴尬："是该上周就开始的，只是……"

陈晨主动把责任揽过来："是我嫌没劲。"

陈瑜气得脑门上青筋毕露："老子给安排好的，轮到你说有劲没劲？王秘书去定明天一早的机票，让他马上滚！"

"我说了不去！"

"不去？然后让你这混小子在这拉大旗作虎皮？"

趁陈晨无言以对，他步步紧逼："还有，你跟那辅导员是怎么回事？"

听到此处的韩梅，心跳猛地漏了一拍。

陈晨眉头一跳，很快又撇了撇嘴，故作轻松地说："能有什么关系？"

陈瑜冷笑："你当我瞎吗？刚才在门口的眉来眼去以为我都看不到？"

陈晨忽然将此前的不正经全都收了起来，他抬起头，如临大敌地与父亲对视："是又怎样？"

陈瑜眯起双眼，用手指点他："你可真出息。"

韩梅一时间如堕冰窟，各种可怕的后果在脑中疯狂打转。

她还以为陈瑜一定会暴跳如雷，毕竟儿子和自个儿的高校辅导员混一块，放哪个爸爸眼里也算不上是好事情。

可现实是，陈瑜只是平静地掸了掸衣服上的折痕："这种门不当户不对的，玩玩就好了，分手手脚也要干净些。"

陈晨好久不说话，面上有沉痛也有不屑："你先管好你自己吧！"

大家吃饱了，拿过行李，直接在旁边的大学宾馆办理入住手续。

韩梅本来是跟另外一个女辅导员合住的，谁知取钥匙时，前台说双床房刚好住满了，愿意给她们升级为两间大床房。

那个女辅导员正愁自己晚上会打呼磨牙，这下可好，高高兴兴地拿了钥匙就走了。

乘电梯的时候韩梅还觉得奇怪，怎么别人的楼层都到了，自己的房间却在那么高的楼层。

她按照钥匙上的号码牌找到了房间，开门插上电，看见了一个八十平方米的开放式小套房，以沙发为界，名牌大床睡房边上是吧台和小客厅。

韩梅不敢相信地走进去，放下行李，推开了通往阳台的玻璃门，整个大学校园仿佛都落在了她的脚下，她朝远方眺望，还能隐隐看见霓虹渲染的江水。

她正享受晚风吹拂，就听见身后门铃响了。

韩梅还以为是酒店的人终于发现给错了门卡，才把门开了一条缝，她"嘭"一声又把门关上了。

陈晨在外面把门敲得震天响："你干什么呢？快开门啊！"

她扭身不理，就知道是他动的手脚！

陈晨等不到反应，又换了一套说辞："快开门呀！我给你带夜宵了。"

韩梅想笑！把她当小麻雀呢，以为支一筲箩，放点鸟食，就能引她中招？

她贴着门缝朝外喊："你自己吃吧，我还撑得很。"

敲门声还在响，陈晨换了商量的口气："别这样狠心嘛……"才说一半，他忽然换了种急切的语气，"坏了，院长来了！"

韩梅吓了一跳，赶紧开锁拉门把人让进来。

陈晨以迅雷不及掩耳之势转身，关门，上锁，一气呵成。

"院长没瞧见你吧？"韩梅急忙凑过去要看防盗眼，却被一双大掌拦腰一抱，托举到半人高的鞋柜上了。

他把一只手撑在她身后，另一只手点着她的鼻子说："嘿嘿，小呆瓜！"

他面上得逞的微笑，让她想起了打哈欠的熊猫，在不经意间，纯良的面孔下露出了肉食动物的尖牙。

韩梅知道自己又中了奸计，见扭动几下挣不开桎梏，气呼呼地质问他："说好的夜宵呢？"

他装出满脸娇羞，抿着嘴唇，指一下自己，一双黑色的眼珠子被门廊处的小灯照得亮晶晶的。

韩梅一脸受不了的样子，却仍旧忍不住嘴唇上翘："才不要，我怕消化不良。"

他上下打量她："这可由不得你，大半夜地送过来了，不吃也得给钱。"然后嘟起嘴巴就要收取利息。

韩梅被逗得满眼都是笑，作势要躲开他的吻："流氓！你脑子里就不能有些别的东西？"

陈晨从后抱住她，把脑袋搁在她的颈窝："才不要分开呢，距离根本产生不了美，只会增加分手系数。你害我输掉了好几场球赛，你都不知道。"

熟悉的体温和气息从双臂传递过来，韩梅为他幼稚的埋怨生出一点不合时宜的小甜蜜。

"那你还不回我短信？"她转头瞪他。

　　"回短信多没诚意呀，我打算亲自来你面前脱衣谢罪！"他说着就要解自己的纽扣。

　　韩梅哭笑不得地拦住他。

　　说起这个，韩梅才突然想起自己一天一夜在火车上，这边又热又湿，身上怕是都要馊了。

　　她拿了换洗的衣服要去洗澡。

　　谁知等她洗好出来，陈晨还盘腿坐在大床上拿着游戏机埋头激战。他听见响动一抬头，居然问："你怎么穿着衣服就出来了？"

　　韩梅没好气，也坐到了床上，擦完头发的湿毛巾随手甩在了陈晨的大腿上："倒是你，怎么还不走呢？"

　　"现在就走。"陈晨跳起来，却是往浴室方向去的。

　　韩梅赶紧跑过去守住了浴室门："你干吗？"

　　陈晨理所当然地道："去洗澡啊！"

　　"谁让你去洗澡了？回家洗！"

　　他顺势一抄就把人抱起来了，说话呼出的气热烘烘地吹到她耳边："你看你人生地不熟的，晚上一人睡不害怕呀？要不我陪陪你得了。"

　　"才不要！"韩梅一口回绝。

　　他还跟她要赖："可你这个是双人房吧，只躺一个人也不合适啊。"

　　"那我去跟前台说，要回原来的标准间。"

　　陈晨见说不通，二话不说就开始脱衣服，吓得她捂着双眼就往外跑。

　　陈晨趁机把门反锁了，没一阵，洗手间里头就响起了"哗啦啦"的水声。

　　韩梅无奈走回客厅。等她吹干了头发，涂好护肤品，整理好了旅行箱，就连明天的衣服也都准备好了，还没看见人出来。

　　她等得上下眼皮打架，昏昏沉沉地在床上眯着了，也不知道几点，才听见"嗒"的一声开锁声。

她在模糊中掀开脸皮，见陈晨腰上围着一条浴巾就出来了。他一只手撑在墙上，腰上六块腹肌那么诱人，摆了个自认为最帅气的姿势，朝她魅惑一笑。

韩梅吓得瞌睡虫都跑没了，苦笑这人真是百折不挠，连这招都用上了。

她也认命了，抱着被子和枕头坐到沙发上。

陈晨看她在拽被子，皱眉问："你干吗？"

韩梅说："把床让给你呀！我今晚睡沙发。"她在沙发上侧躺下去，打了个大大的哈欠，"你也早点休息吧，明天还得早起呢。"

陈晨死死地抱住她："你虐待我！长期不给肉吃会导致发育不良的！"

"你都一米八三了，还往哪儿发育？"

他明明气急败坏，却还是摆出一副正气凛然的样子。

韩梅又羞又气，训斥道："还不让开，你是不是想尝尝我的拳头？"

"枉你还是无'辣'不欢！"

韩梅任他怎么说，只是转身把脸转向沙发靠背一边，像没听见他说话。

陈晨嘟起嘴巴，在旁边蹲了好一会儿，然后一语不发地就将韩梅从沙发上抱起。

被一股带着浴后香气的湿暖的气息包围，韩梅的心跳猛地提速，原本威胁的话也变得磕磕巴巴："你……你要干吗？！"

陈晨黑着一张脸，自顾自地将她抱到床边，一把就将她甩回了床上。

她刚要撑起上身，就被拘回那个以手臂撑起的小包围圈内。她从声音里听出他的咬牙切齿："你再动一下试试？"

韩梅不敢动了。

她看着他转身走开，将远处的沙发拖了过来，并到了床边，像是名牌大床又长出来一块。

可床和沙发间短短的高度差，又像难以逾越的"三八线"。

陈晨把枕头和被子摔到沙发里，人躺进去，气呼呼地把除夜灯外的大照明都关了。

转过头，见韩梅还盯着自己瞧，他烦躁不已："还不想睡是吧？"

韩梅好笑地躺下来："睡了。"

他烦闷地转了几回身，还是气不过，转回面对她的方向："你给句准话，到底要让我等到什么时候？！"

韩梅涨红了脸，暗自庆幸灯光昏暗，说道："这种东西哪有准话的！"

陈晨顽固地嘟起了嘴巴："不行，你总得给我个盼头！"

韩梅被逼得没法，随口应付道："那就三十岁吧。"

他紧张地追问："你的还是我的？"

韩梅马上接口："你的！"

他大声抗议："到时还能生孩子？"

"想什么生孩子……你自己还是孩子呢。"

陈晨气结，不满地又把脸背向她。

韩梅觉得好笑。

她凝视他的背，仿佛能透过这宽阔的背部，看见住在里头的小男孩，因为买不到心爱的玩具，便将背影弯成一个落寞的模样。

她想起本科时跨校辅修过的一堂法律课。

说老实话，经过这么多年荒废，里头教的正经东西，她都毫不藏私地还给老师了。

可那位中年男老师在课间开过的一个玩笑，让她记到了现在。

他说："女孩子的第一次，就像大人手上的金表。男人就是小孩儿，他看见了，觉得挺漂亮，跟你要来玩。你给了，他拿手里晃两下，转头'啪'的一声就给你扔地上了。孩子不懂得金表的价值，就像男人不了解那对女孩意味着什么。"

不管陈晨此刻对她有多喜欢，他是否愿意为她一掷千金，在韩梅眼里，他还是那个管她要金表的小孩。

一个没有独立生活能力的人，一个不能托付终身的对象。

她喜欢他，也信不过他，她因为这点内心充满矛盾，把心爱的人折腾成眼前这副欲求不满的模样。

可看他愿意为自己退步忍让，缩手缩脚躺在沙发上的样子，她又莫名地觉得很开心。

陈晨生了一会儿气，又把身子转回来了，目光炯炯地对上她的。

韩梅怕不小心又招了他，就打算随便说点什么来转移他的注意力："那什么，你跟你爸挺像吧？"

陈晨眉头一皱："哪里像了！"

陈晨叹了口气，伸手摸到她的头上，以手为梳，抚摸着她的头发："我妈从小顺风顺水，我爸是她人生第一个坎儿，谁知碰上就栽了。我不知道他对我妈是真的喜欢，还是只想脱离现状，反正两个人很快就好上了。

"不得不承认，我爸对女人的确是有一手的。我妈不顾家里反对，硬是和他领了证。两人婚后还是过了一段举案齐眉的日子的，即使从十指不沾阳春水突然变成柴米油盐酱醋茶，我妈也一句怨言都没有。后来还是我外婆看不过去，央着外公，偷偷送我爸去B大读书。

"那句话怎么说的来着？对，共患难易，共富贵难。我爸长得好，在学校里很受欢迎，经常有女同学跟他出双入对。我妈是个眼睛里揉不下沙子的人，认定我爸和一个女同学好上了，两人三天一小吵，五天一大吵。我爸不耐烦地跟她解释，更认定她是无理取闹。

"我那时放学回家，隔着门板听见里面摔东西的声音，就知道要到传达室待着，等到他们吵完了再回去。见我爸躲着她，我妈就找到我爸单位吵，还嚷嚷着要离婚。她去妇联反映投诉，搞得我爸成了朋友堆里的笑柄。终于有一天，我妈又跟我爸吵，他摔了家里唯一一台收音机，然后跟我妈说'离就离吧'。"陈晨平躺着，面无表情，眼呆呆地望着天花板，韩梅却能感受到他声音里的惊惶，"我永远忘不了我妈那一刻的脸，一片煞白，嘴巴张着，下唇颤抖，就像是电影里那些被突然贴了符咒的僵尸，她一句话没说，突然抽噎了一声，然后'啪'的一声就倒在了地上。我爸抱起她马上送医，等确诊是中风，她已经再也起不来床，也说不来话了。我爸也没有落井下石，不时去医院照顾她，可我妈就像是没了水的树，很快地枯萎，没小半年就去世了。外公一直没原谅我爸，他觉得我妈是被老爸的那句'离就离吧'杀死的。"

韩梅觉得心疼难当。

她不能想象，那么小的他，如何承受那样的打击。

韩梅摸上他的脸，仿佛想穿越时空，去安抚那惊惶而弱小的孩子。

"我也一直以为我跟我爸挺像的。"他躺平了看着天花板，怕自己像他，所以他才事事跟他对着干。

陈晨转过头来，定定地看着韩梅的眼睛："可碰见你之后，我觉得我应该还是像我妈。"

韩梅听得眼眶发热，一时间，内心软得无以复加。

韩梅往后回想起来，大概就是那番话，让大他整整五岁的她，爱上了这个愿意对她捧出真心的小男生。

女人的母性，本来就是理智的天敌。

之前种种刻意讨好，都不如这无心的表白，一举击中了她心中最柔软的部分。

住过宿舍的人都知道，宿舍夜聊的结果，往往是第二天睡过头。

当恼人的门铃声响起，韩梅还深陷在软枕之中。她习惯性地把被子拉头顶，想在软乎乎的床上多赖五分钟。

铃声却不知疲倦地响着。

她挣扎着睁开眼，猝不及防被眼前的如凶案现场的画面吓得尖叫着惊坐起来。

一摊猩红的液体从陈晨的鼻孔流出，经过微翘的嘴唇，像出界的口红直至腮边，直将小半个枕头染红了。

偏他犹不自知，睁开惺忪的睡眼，嘴里咕哝着："你怎么了？"

外头怕是听见了韩梅的叫声，敲门声愈加急促，里头还夹杂了张斌的喊叫："韩梅，你在里头吗？"

陈晨听见张斌的叫声，像突然被踩了尾巴，嚷嚷着"大清早的就来扰人清梦"就要起身，被韩梅捏着鼻子又摁回床上。

她隔着门大吼回去："对不起，我睡过头了，马上就下去。"

"没事就好，那你赶紧下来。"

终于打发走了外忧，可她还有这个眼巴巴看着她的大内患呢！

韩梅从纸盒里揪出一团卫生纸，狠狠地塞进陈晨的血鼻子里："你才扰人清梦呢！什么时候躺我床上的？"

陈晨这才发现自己流鼻血了。

他嫌塞了纸团丑，想拽掉，被韩梅一下敲在手背上。

陈晨郁闷地看她一眼："都怪你，能看不能吃的，害我都憋出鼻血来了。"

韩梅无奈地翻了个白眼。

她进洗手间搓了条冷毛巾，重重地拍到他额头上，故意要气气他："你怎么不说自己年纪小，鼻子黏膜血管还没发育好，所以比较容易流血呢？"

陈晨气得猛翻白眼。

他鼻孔里还塞着小纸团呢，光着上身就臭美兮兮地站在镜子前弄头发。

她也来不及管他了，打仗一般收拾好自己，吩咐一声"你晚点下来"就匆匆下去集合。

谁知他这一晚便是小半个钟头，等他人模狗样地出现在酒店大堂，众人还道他是远道来接，殊不知那厮只是从酒店后门出去转了一圈，才从正门绕了进来。

一顿饭下来，他那双虎视眈眈的眼睛，就没离开过给韩梅殷勤布菜的张斌。

韩梅旁边的女同事也打趣他们："哟，张斌你怎么知道咱们韩梅最爱吃流沙包？"

张斌任由对方取笑，脸上笑意不减，不害羞，也不否认。

韩梅赶紧给同事碗里夹去一颗虾饺，说道："我也记得你爱这个，赶紧吃。"

谁知那颗快有婴儿拳头大的虾饺仍旧堵不上同事的嘴，她嘴里塞得满满的接着打趣："他给你夹完，你又给我夹，你们还挺夫唱妇随的。"

那同事把韩梅直说了个大红脸。

陈晨这个小火药桶无声无息地就点着了。

他看准了张斌要伸筷，就去转动桌上的转盘，三番五次把张斌的筷子晾在了半空中。

张斌尴尬而不明就里，韩梅却是心知肚明。

她把手机藏在桌布下，偷偷地给陈晨发短信："快吃东西吧，专门欺负张老师有意思吗？"

陈晨冷哼："谁叫他乱献殷勤！"

韩梅觉得好笑，她假意要夹菜，故意将那钵猪红粥转到陈晨面前，低头给他发短信："吃点血豆腐好了，以形补形。"

陈晨看一眼手机，再抬头才又有了笑模样，马上回复过去："不忍心吃你同伴的血。"

得了韩梅一记白眼，他却忍不住开心地笑了。

天下无不散之筵席，再畅快的旅程，也早就定好了结束之日。

韩梅刚要步出车站检查区，突然被一只手拉住了。

大墨镜和白口罩根本遮不住那股熟悉的鬼祟感。韩梅惊呼一声："你怎么还在这儿！"

陈晨拉下口罩来，直截了当地问："你答应和我去的旅行，还算不算数了？"

韩梅稍稍愣了一下，说："咱这不是刚旅行完吗？"

"那算什么旅行啊，简直就是潜伏！"他谨慎地看一眼周围，语速很急。

她想笑不敢笑。

"那你的实习呢？"

"你管那么多干吗！"他拉起她的手，"你就说去不去吧！"

韩梅低下头不说话。

从接到指令起就酝酿的不舍，终于从陈晨的胸中爆发出来。他好不容易出来，她还在那里犹豫不决。

"本来说要去旅行也是先答应的我，你这样还算女朋友吗？"

一阵熟悉的手机铃声打断了两人的对话。

韩梅掏出手机，看到屏幕上闪动着"张斌"二字。

大概是同行的人发觉少了一人，终于打电话来追问行踪。

陈晨突然松开了韩梅的手。

韩梅惊诧地抬头。

他虽然一脸委屈，还是撇撇嘴道："你就在这儿等着，我现在就去补票，待会儿和你一起回学校。"

陈晨装着不在意地吩咐着。在她面前，他一退再退，轻易便败下阵来。

才转身要走，他的手却被拉住了。

韩梅摁掉了来电，抬头看他："拜托！能不能有一次别玩先斩后奏的游戏啊？我的箱子都被送去托运了，你才突然说要走，早给我发个消息也行啊！赶紧去找人帮我把行李弄下来！"

陈晨喜出望外，韩梅的笑意也没绷住。

阳光透过机场淡绿色落地玻璃照射下来，点亮了两人共鸣般的笑意。

她没有告诉陈晨，他的突然出现，是雨后放晴的拨云见日，是终于成真的神奇幻想。

她主动搂上他的脖子，然后像她梦中那样，轻轻踮起了脚。

这段关系里，不舍得的，不仅仅是他。

两人一时解放，脑子被海阔凭鱼跃的兴奋充满了，直到出了机场，坐车回到市区，才开始想下一步去哪儿。

"你说。"陈晨问韩梅。

她也拿不定主意，说："要不就在省内玩一玩？"

按照网上看来的标准，收入过万国外游，超过三千省内游，低于两千就选郊游，一千以下只能选择地沟油。

她想了想自己的工资单，颇有自知之明地选了省内游。

陈晨的白眼里写满了"算我白问"。

可他选的地儿，不仅远，还很贵。陈晨被韩梅反对得没表情了，有些自暴自弃地说："这也不行那也不行，不如香港澳门走一圈儿？连飞机轮船都不用坐了。"

韩梅眼睛一亮："哎？不错呀！"

就这么着，两人上午还在花城，下午已经身在香港了。

陈晨选择下榻的酒店本身就是个景点。

尖沙咀海旁，古迹改建的三层大楼。维多利亚式的外观设计，乳白的主建筑搭配花岗岩的护土墙，不远处还有炮台遗址。

房间里，推开窗就能远眺碧波荡漾的维多利亚港，扬着红帆的仿古船吹着汽笛慢悠悠地游荡。

　　见陈晨只顾着整理在大巴上睡歪的发型，韩梅迫不及待地先下楼参观了。

　　她在附近转了一圈，拍了点照片，回到大堂还没见人下来，就随手拣了本杂志来看，谁知看着看着就入迷了，连陈晨下来了也没发觉。

　　陈晨夺了书，一看是苏富比的拍卖目录，问道："怎么，你想买？"

　　"这画还挺好看的。"韩梅指着打开的那页，是奈良美智的经典大头娃娃像，明明是小孩子的模样，却摆出一副招猫逗狗愤世嫉俗的嚣张表情。

　　她看一眼画，又看一眼陈晨，突然笑了："这画的就是你吧？"

　　陈晨白眼一翻："这哪有我帅！"

　　韩梅笑道："神似啊！你看，你就爱翻白眼什么的！"

　　"所以你看入迷了也是因为它像我？"他自动自觉把话理解成他想听的样子，心情突然间就舒畅了，"行，那走吧。"

　　"去哪儿？"

　　"拍卖会呀。"

　　"才不要！"她脑海里浮现出港剧里那些一掷千金的拍卖场景，第一反应就拒绝了。

　　"想太多！我就是带你去蹭一下它的免费展览。"

　　陈晨一副去过八百遍的得意样。他带着韩梅从酒店往外走，步行到酒店对面的渡轮码头，坐上在维港两岸穿梭慢摇的大船，一上岸就能看见那形如鸟翼的会展中心。

　　按照日间拍卖的流程，正式开拍前，都会有供公众参与的公开展览。

　　两人果然参观了一圈。临走时经过纪念品店，她看见有卖《蜗居》里宋思明送给海藻的那款梦游娃娃，还想买一个回去作纪念，却被陈晨拦住了："不许乱花钱，要抱就抱真人版！"

他说着，拉着她的手，就在自己腰后扣上了。

等拍卖会开始，两人进去参观了一会儿，却因无心竞拍，中途就离开了。

他有意无意地教育她："看，有些东西只是看起来高不可攀，其实还是很平易近人的。"

韩梅深有同感，默默点头。

她心情愉悦地跟着陈晨，顺着电车路往西走。

五光十色的繁华处，冷不丁来点外国风情，比如以前命名的街道，比如依然在马路上穿行的电车道，让人品到一种现代文明和古老文化掺杂丛生的况味。

穿过两条街巷，那些传承百年的老街景，就会摇身一变，呈现出金光闪闪的另一面。

他们从湾仔走到名店商场林立的中环区。她认不全那些名店的招牌，全凭门口排队的人龙长度来了解其知名度。

陈晨熟门熟路地领着她拐进了德辅道上一家珠宝店，一踏入大门就有店员来招呼。

"你要买什么吗？"韩梅没什么底气地问他。

他笑而不答，围着中岛柜转了一圈，又指挥她到别的地方随意看看。

等人一走开，他就对接待的经理悄声吩咐："我想给女朋友挑点东西，想清净一点。"

经理看一眼韩梅的背影，马上会意，笑着吩咐下去让人守住店门，等手头的生意结束，就关起大门来专心招待陈晨。

大铁门"呼啦啦"往下降。

陈晨正要拉起韩梅往里走，却反过来被拉得一个趔趄。

他转头一瞧，韩梅面有菜色，拉着他就要往外跑："原来电视剧里的场景都是真的！这是要抢劫金行啊？"

陈晨先是一愣，头慢慢抵在她颈窝，才开始无声颤抖，慢慢又变成上气不接下气的大笑:"哈哈哈哈,韩梅,你真是警匪片看太多了!"

店员们面面相觑,不知道发生了什么,等韩梅弄明白只是一场误会,羞得脸都红了。

陈晨从经理手里接过小盒,在韩梅面前慢慢打开。

她只觉眼前一花,即使没学过鉴赏,也瞬间被眼前这种简单粗暴的美折服。

戒托没什么花架子,细细的素指环上,颤巍巍地顶起一颗椭圆形净水钻,五十八个切面和细致的抛光,将宝石蕴含的璀璨发挥到极致。

正对着看进去,还能看到如煤气燃烧时一样的蓝光。

经理用港版普通话夸赞陈晨好眼光,不厌其烦地解说着钻石的净度、色级及来历。

他用艳羡的目光注视韩梅:"我看女士的手大概要戴十二号,现在的戒托可能有点小,不过幸亏是素款,让店里师傅改一下也不费事。"

陈晨问了句"是吗",却抓起韩梅的手,二话不说把钻戒一下撸到了她的中指根,说道:"好像不小嘛。"

韩梅猝不及防间,手上一紧,还没回过神,就被那骤然增加的紧绷和重量弄得心头一颤。

她手瘦,抓起来会有青筋凸起,按高玉兰的话,那是相学里的劳碌命,辛苦人。可巨钻的光辉就好像摄影棚里的大柔光,将她的手衬托得白嫩若柔荑。

她沉醉在那摄人心魄的光芒里,开始呼吸急促,心跳加快。

这一刻,她终于体会到,为什么说宝石有让人头晕目眩的奇效。

她想起了《色戒》里那个让王佳芝丧命的粉红鸽子蛋。在易先生为她戴上戒指的那一刻,她就不是女特务了,她只是一个心花怒放的女人。她的清白、事业、青春,都要匍匐在钻戒的炫丽光芒下,心甘情愿地被这名为戒指的刑具锁住。

那陈晨呢？他知不知道给女孩送戒指的象征意义？

她不是没有小贪念，也不是没有好眼光。但太美的东西大多有毒，譬如罂粟和水母。

她害怕承受不起指上的这份重量。

陈晨还小，他不过是一个仰仗父荫的学生，他不知道他在干什么，可她是大人了，她不能不知道。

"这个不适合我。"韩梅冷静下来，低头就去取手上的指环。

经理笑得诧异又牵强："这样的宝石戒指，买一枚就少一枚，都是有价无市的。"

韩梅知道经理误会了她的意思，她满含歉意地去看陈晨："不是这枚戒指不好，它太漂亮了。你的心意，我能明白，用不着靠这个。"

陈晨搂住她的肩，特意引韩梅的视线去和经理对视了一眼，说："拿着，别一副小家子气的模样。"

韩梅不服输，双手勒在肚子上使劲，可小号的戒指就像如来佛的金箍，戴上容易，脱掉难。

陈晨面上露出狡黠的微笑，抓住韩梅的双手阻止她继续自残，让经理去记账："别瞎弄了，你不疼，我看着都疼。你不喜欢就先戴着，等脱下来了再还我。"

韩梅甩着疼痛的手，尤奈地被他牵着出了大门。

熙攘的街头，两人十指紧扣。

陈晨抓着她的手，不时摩挲她手指上沉甸甸的钻戒，享受这一刻的高调。

他笑眯眯地说："我小金库都在你手上了，可别给我弄丢了。"

韩梅只感觉肩上的压力更大了，说道："你对我好，我知道的，用不着靠这个。"

"可别人怎么知道？"他吻一下她的手，"就是要这样，你戴着它，然后我带着你！"他满意地看一眼戒指，"来得匆忙，没时间定制，不料挑得还挺合适。"

韩梅说起这个就来气："哪儿合适了？明明小了一号。"

"亦舒的书你没看过吗？这种戒指就该买小的，难道要跟喜宝一样，石头总往一边倒，跟暴发户一样？"

"那也不能为难自己啊！要是脱不下来咋办？"

"那就一直戴着。"

韩梅不知道说什么好。

小孩子的一辈子有多长？三分钟？三个月？

他还故意气她："要么你努力减减肥？说不定瘦了能摘下来。"

他明明知道的，韩梅在来的路上就搜好了美食攻略，将美食列了张长单子，打算开着车子一路"扫荡"过去。

碰上不好停车的路段，韩梅匆匆下车买了，坐回车上，你一口我一口。

陈晨只顾着开车，吃咖喱鱼蛋的时候酱沾到下巴上了，她顺手给他抹完才想起手上的戒指，一看，大钻石居然歪到一边去了。

她惊诧不已，放下吃食，使劲拧动几下，钻戒经油润滑，居然松动些了。

她才想起以前看过别人戴镯子时，也会先在手上套一个塑料袋，用以减小摩擦。

她灵机一动，从包里掏出卸妆油，照着指根位置就不要钱似的倒，经她一阵捣鼓，居然真把这宝贝疙瘩摘下来了！

韩梅一时间又惊又喜，手里托着钻戒，像老孙捧着摘下的金箍，恨不得对天长啸。

她兴奋地将戒指举到陈晨眼前："天哪！我成功了！"

陈晨正把车子驶入商场的地库，扫过去一眼，顿时不高兴了："赶紧戴回去，别等下弄丢了。"

韩梅嘟囔着："我平常都不爱戴首饰的。还有，那什么，你知道的，我粗心，说不定磕磕碰碰就弄坏了，那多不好啊。既然脱下来了，还是你拿回去吧。"

陈晨已经语带不耐烦了："你不要就扔掉得了！我送出去的东西，

从来还没有往回要的。"

　　真是大言不惭！刚才还说花光他的小金库呢。

　　韩梅责备地看了他一眼，将戒指搁在仪表盘上面，说："反正我是物归原主了。"

　　她话音刚落，车猛地一顿，韩梅惯性地便向前冲，又反方向撞回椅背上。她捂着被撞痛的后脑勺，刚要开口，一扭头，却被陈晨的样子吓坏了。

　　韩梅这才看见他的脸：腮边的肌肉紧咬，暴起的青筋突突直跳，像一头受伤的野生动物，眼中都是痛苦和怨怒。

　　韩梅抓着安全带，看他突然打开了驾驶室的门，扬长而去。

　　她呆住了，好一会儿意识过来自己被丢下了，忍不住在心中大吼：这都什么跟什么呀？

　　韩梅坐在副驾驶座上，被后头的车喇叭声吵得欲哭无泪。

　　果然很快有保安过来敲她的车窗了，对方叽里咕噜说了一通，韩梅却一个字也听不懂。

　　她试探着问对方能不能讲普通话。

　　谁知"换完声道"……比刚才更像鸟语了。

　　她连蒙带猜，好不容易才听懂是让她把车挪开。韩梅解释说司机临时有事走开了，不知道他的去向。

　　保安可不管，指手画脚又说了一通鸟语。

　　韩梅急匆匆地拨打陈晨的手机，谁知连打了几通，都是响过一声就被挂断。

　　听着话筒里重复的忙音提示，韩梅想死的心都有了。

　　保安员已经要下最后通牒了，说再不走就要叫人拖车。

　　还有后头等不及的，大声嚷嚷起来。

　　韩梅一气之下，电话也不打了。瞥见车钥匙还插在车上呢，她把心一横，直接就坐到了驾驶座上。

　　好歹她也是个有驾照的人！

　　虽然考出来后从没上过路，她也不习惯右舵车，而且香港的车

130

场车位狭窄……不过赶鸭子上架，不行也得行了！

她发动引擎，紧张地舔了舔嘴唇，再活动一下手腕，又深呼吸了几次，给自己做足心理建设，才把住方向盘，一脚踏在了油门上。

然后就听到"砰"的一声巨响。

陈晨朝商场疾走着。他怕再待下去，两人就要大吵一通。

身体里，血液流得飞快，脑中翻来覆去都是韩梅要把戒指还给他的画面。

她不就是急着想要和他撇清关系吗？这焐不热的破石头！

电话响了几次，他看也不看就挂掉了。

哼！别以为说几句好话他就不生气了。这次他可不会再轻易心软。不给她点苦头吃吃，她肯定不知道厉害。

手机才消停了一会儿，一条信息发来："车撞了，快回来。"

他被这六个字吓得魂飞魄散，心急火燎转身，一个没注意，和身后女生撞了个满怀，被她手里的热柠茶泼了一身。

女生吓了一跳，见他衣袖下的半截手臂都被烫红了，不知如何是好。

陈晨匆匆捡起手机，只顾得上给女生塞了一张钞票，扔下一句"赔你茶"，就匆匆往来路上跑。

屏幕上爬满了蜘蛛网，幸亏通话功能还可以，他回拨过去，一接通就急匆匆地朝电话那头吼："韩梅？"

刺耳的防盗警报声中，韩梅那声小小的"是我"，仿佛一道冷泉，将他从水深火热中救了出来。

陈晨七上八下的心顿时回归了原位。

他长舒了一口气，命令道："你待在原地，我马上回来。"

停车场里热闹得很，韩梅被一对陌生男女围攻，围了一圈看热闹的。

陈晨只觉得本来就被气疼的心，又被人捅了一下，他赶紧挤过去道歉。

等人走光了，陈晨的目光才又落在了韩梅身上，话里带着火星子就往外冒："你说你怎么回事儿啊？人家要拖车就让人拖呗，让你多管闲事去挪车了？得亏现在人还是全须全尾的，你要真弄个缺胳膊少腿的，找谁赔你去？你说你脑子是不是左半边装纯净水，右半边装面粉，然后又使劲晃了晃啊？"

韩梅瞪他一眼，这人还真来劲了？要不是他发脾气扔下车子就跑，她用得着去挪车吗？

她低声嘟囔了一句："别得理不饶人！"

"你也知道自己不占理？"

因为他们的车子也有点划痕，陈晨不确定里面部件有没有撞坏，索性打电话让酒店联系租车公司拉去检修，另派司机来接。

韩梅注意到他的满身狼狈，拉过他的手问："你这是怎么了？怎么衣服好像湿了？"

陈晨虎着脸说没事。

韩梅叹了口气，忍不住走过去转到他面前问道："到底怎么了？"

陈晨看了看二人交握的手，撇了撇嘴，却舍不得挣脱。

刚好酒店的车来了，通知他们上去坐。

陈晨拉开车门让她先上，正准备跟上，看见她空荡荡的手指，警醒地问："戒指呢？"

"在这儿呢。"韩梅赶紧把项链从衣领里抽出来，戒指正和她妈妈给她求的玉观音穿在一起。

陈晨暗自松一口气，得亏这小没良心的，没随便把戒指扔了。

沉默像是低气压，从车上一直到酒店房，都笼罩二人。

陈晨在浴室换了衣服出来，见韩梅端坐在电视机前。她眼睛虽然盯着屏幕看，可遥控器抓在手里，隔不到两秒就换一个台，明显没有认真看。

他的冷脸再也摆不下去，招呼道："饿不饿？出去找点东西吃吧？"

本来停好车，两人就要去光顾商场里那家米其林三星粤菜馆，谁知晚饭没吃上，倒是惹了一肚子气。

韩梅的眼睛倏地一亮："不如我来请你'扫街'？"

与高档商业区相比，旺角就是接地气的平民区，一出地铁站口，鼻腔立刻就被一种廉价的油滋滋的味道充斥，耳边都是市井喧嚣。

白日繁忙的车道，被拦成了行人专用道，嬉闹的人群摩肩接踵，在各式小吃摊位和街头卖艺者之中穿梭。

标志性的霓虹广告灯箱，从唐楼外墙伸到马路上方，铺天盖地占据了整个夜空。

韩梅深深吸了口这充满油烟味的空气，心中升起一种莫名的舒心感。

这才是适合她逛的地方，随便看中什么，都不怕消费不起。

她带着他在人潮中穿行，陈晨因为肩膀不断被人撞到，眉头紧皱。走着走着，他突然发现原本在身侧的韩梅不见了。

他吓了一跳，慌忙四顾，才发现她蹲在身后不远的一个地摊前。

那都不算个正式的摊位，是一个穿着工人裤的女孩在人家两个摊位间的空隙支了张凳子，把小皮箱打开当成桌面，在上面放了些自制的玻璃制品在叫卖。

他走过去，听见女孩兴致勃勃地跟韩梅吹嘘："这个叫海玻璃，都是在海水中漂浮，被时光打磨，经风浪孕育出来的，每一颗都独一无二。我们去收集起来，根据它的形状加工设计，再手工制作的。"

陈晨不屑地道："什么海玻璃？海垃圾吧。"

韩梅仿佛没听见，自顾自掂起一双对戒瞧。

戒面是一开为二的水晶跳棋，磨损的地方被女孩子巧妙地以喷沙做成了鱼鳞的纹路，镶嵌起来，像胀鼓鼓的两条鸡泡鱼。它们被相对着镶嵌在一对银戒托上，嘴对着嘴，经小射灯一照，仿佛在接吻。

售货小妹赶紧夸赞韩梅好眼光："这个颜色的海玻璃是很稀有的，平常绿色和棕色比较多。"

陈晨忍不住吐槽："谁让啤酒瓶不是棕色就是绿的呢？"

韩梅乐滋滋地试戴上手，还举起来给他看："漂亮吗？"

"你让我捂着眼睛好呢，还是捂着良心好？"陈晨翻起白眼，心想我都叽叽歪歪了那么多你还问我漂不漂亮。

她又拿近了瞧："可是我觉得挺高档啊。"

什么破眼光！

反正跟女生讨论这种也没意义。陈晨的手刚摸向裤兜，就被韩梅摁住了。

她连说带比画地跟女孩讨价还价，为一两块钱的零头也讲得口干舌燥，还硬是自己付了钱。

货银两讫，她试戴着的就不摘了，将另一枚递给陈晨。

见他一副不情不愿的样子，她只好亲手帮他戴上："来！八戒，让为师给你来个紧箍咒。"

"凭什么我是猪八戒？我怎么着也得是孙悟空！"陈晨大眼一瞪。

韩梅不以为忤，又喜滋滋地补充道："好吧，你是神通广大保护为师的齐天大圣。"

他这才笑了，低头瞥一眼手上的戒指，又问："这个比我买的好？"

韩梅微微一笑："是比不上，不过戒指嘛，还是得成双成对才有意思。"

陈晨一听，嘴角抑制不住地上翘，却仍旧忍不住使小性子："当定情信物的，你居然还好意思砍价？"

"砍价怎么了，精打细算难道不是中国女性传统美德吗？"

她想起网上疯传的那个小学生逗小女朋友的段子，嘟着嘴巴跟他学："我一天三块钱零用钱，两块五都给你买花戴了，你还说我不爱你？"

陈晨嘴角都要咧到耳朵旁边了，又举起手看了一阵，明明高兴得不得了，嘴里还是哼哼唧唧说她没眼光。

她故意逗他："我没眼光，然后看上了你，是这个逻辑吗？"

陈晨挑起一边的眉毛，说道："那是你瞎猫碰见了死耗子，为找着我，你所有的好运气大概都用完了，最好明天就去给黄大仙烧个香。"

"您怎么能是死耗子？"她主动去和他十指相扣，脸上的骄傲中又隐隐带着一种怅然，像藏在了早春的晨雾后面，她笑道，"你是我的奢侈品。"

陈晨耳边的喧闹仿佛一刹那被屏蔽，只有无限放大后的心花怒放的声音。

他把这隐晦的告白放在心间咀嚼，感到一种欲言又止的甜蜜，比"我爱你"三个字更甘美绵长。

他情不自禁地拨开她的刘海，托着她的脸，低下头，额头和她的额头相触，然后用鼻子碰她的鼻子，最后是唇碰触，如蜻蜓点水，分离，再相接，慢慢加深。

知道她是慢性子，他就一个步骤一个步骤地带领，让她熟悉他的味道，习惯他的节奏。

那些语言描述不了的高兴，他用动作来诉说。

待她气喘吁吁，陈晨才稍稍退开，打趣道："你嘴巴哄人还可以，这个得加强锻炼。"

韩梅脸上满是浓情蜜意。她说："去你的。"

情人都是这么和好的吧，讲不清对错，就用一吻泯恩仇。

等肚子发出"咕噜咕噜"的抗议，他们终于有心情去祭五脏庙。

韩梅包里的美食地图终于又有机会重见天日，两人按图索骥地觅食。

因为手拖着手，这拥挤的街道，也似乎变得没那么难行了。

向前走了一小段，陈晨捂住鼻子要往回走："什么那么臭？"

"我怎么没闻到？"韩梅拉着他硬要往前，循着老长的队伍，果然找到了驰名的卖臭豆腐的铺子。

韩梅对他啧啧称赞："你这狗鼻子够灵的，比手机地图还厉害。"

他反常地没有发飙，抱着双手朝韩梅笑："我说，想称赞下自己的男朋友，你有那么不好意思吗？大大方方说亲爱的你很厉害不就行了？"反过来把韩梅说得脸都红了。

　　她要排队，被陈晨拦住了："你来真的吗？这么臭的东西，你要放进嘴里？"

　　"闻着臭而已，吃着可香了。"

　　韩梅顾不上跟他斗嘴皮子，直接掏钱跟老板买了两块。

　　新炸出来的港式臭豆腐，比四川臭豆腐块头大，一指见方，寸把厚，金黄酥脆的外皮，再加上甜酱辣酱，隔着油纸都能感受到它鲜活的热力。

　　韩梅深吸了一口气，才用竹签戳起一块凑到他嘴边："真的不尝尝？"

　　陈晨赶紧别开头，嫌弃地挑起一边的眉，说道："你吃了这个可别想亲我！"

　　哟呵！谁在乎似的！韩梅挑衅地一口咬下去，果然外酥内软，口感好得让她捂嘴惊叹。

　　她顾不得热，边咬边哈气："真是齿颊留香，我今晚不刷牙了，估计还能防狼！"

　　陈晨恨得牙痒痒，一咬牙，照着她臭烘烘的嘴巴就亲了下去。

　　韩梅吃了一惊，怕戳到他，忙把竹签拿开，说道："你干吗？"

　　"我看看是不是真的闻着臭吃着香。"

　　韩梅娇笑着躲开，又被陈晨一把抱回怀里，他突然摆出一副认真的表情："你看，那么臭我都能吻下去，这不是真爱是什么？"

　　他们对视着，眼里是对方笑意满满的脸。

　　两人边走边吃，韩梅却越走越慢，最后在路边蹲了下来，说要歇一会儿。

　　陈晨问："怎么了？吃太饱了？"

　　她才委屈地说："新鞋有点磨脚。"

陈晨这才发现她脚跟被磨红了，看她疼得脚背都弓起来了，不禁说道："怎么不早说？你还真当自己是人鱼公主了？"

他提议打车回酒店。韩梅却苦着脸嘟嘴道："可是我还没吃到鸡蛋饼呢。"

陈晨无奈，这人把老师的架子一放，整个就是一"吃货"！

他虽然嫌弃，却还是享受着被依赖的感觉，说道"我给买过来吧，你在这里等着。"

等他排完队拿着鸡蛋饼回到原处，却见她在一个算命摊子前坐着。

一谢顶老头拿着张小红纸片，摇头晃脑地跟韩梅吹嘘："这是第二十二签，叫陈妙常思春，签文是'秋水依人各一方，天南地北恨偏长；相思试问凭谁寄，不尽凄凉狂断肠'。小姐，我看你现在谈的这人恐非良配啊。"

陈晨那个气呀！他气呼呼地冲了过去，把鸡蛋饼往韩梅怀里一塞，拉起她的手就走，一边走一边忍不住念叨："你一教育工作者，怎么还封建迷信上了？这是神棍知道吗？他真有料，也用不着在庙街摆摊了。什么姻缘有碍，就想吓得你掏钱消灾呢。"

韩梅听得捂嘴笑起来："他自己说不准不要钱嘛，我就借他凳子坐一下。"

陈晨这才觉出自己紧张过度来。他慢下步子，才发现两人不知不觉都已经到地铁口了。要想打的，还得倒回去，于是他直接将韩梅扶进地铁站了。

繁忙时间的荃湾线上，车厢只剩了一个关爱座，陈晨让韩梅坐下，让她脱了鞋子把脚踩在自己的脚背上，自己站在前头跟她说话。

出了地铁，陈晨就让她趴到背上，一直把她背进酒店房间。

韩梅让他放下自己，谁知他直接就把她扛到了露台边。

八点一到，维港对岸的摩天大楼就放射出璀璨的灯光，将整个海面瞬间点亮。

那夜色，仿佛很远，又好像很近。

她舒服地靠在他的肩头上，长长地感叹："夜景真漂亮！"

陈晨扭过满是笑意的脸说："是很漂亮。"

韩梅去推他的头，问："漂亮你看前面呀，看我干吗？"

"这边更漂亮，"他微笑着去亲她的眼，"你都不知道夜景映照在你眼睛里有多好看。"

等会演结束，两人才疲惫地结束了一天的观光。

他洗完澡出来的时候，韩梅正掏出芦荟膏涂脚上的伤。他让她也帮自己涂上一些："我手臂好像有点疼。"。

韩梅看见陈晨卷起袖子，被红肿的手臂吓了一大跳："怎么这么严重，怎么弄的？你不早说？"

陈晨回头瞄了一眼："还行吧，跑去找你的时候跟人撞了一下，被热茶泼到了。"

"痛吗？"韩梅轻轻一碰，上头还隐隐发烫。

她带了十二分的小心，用指腹在发红处轻轻地抹开，见他痛得吸冷气，对着伤处轻轻吹了气。

陈晨清了清嗓子，又拉开 T 恤衫露出发红的腰来，说道："这儿也疼。"

韩梅便让他脱掉上衣，半躺在床上。

他手肘在后撑起了上半身，那收紧的腰腹像一排码得整整齐齐的白壳鸡蛋，亮得韩梅眼前一晃。

她低头掩饰住不自在，耐心地转到他身前认真涂抹起来。

陈晨不但觉得皮肤痒，一时间，心里也有点痒。

他悄悄将两腿叉开了，看准韩梅不知不觉地靠近，双腿一收，就拦腰把韩梅夹住了，紧搂到自己身上。

"干什么？！"韩梅吓了一跳。她想撑起身，却反被他责备："别乱动，把我药都蹭掉了。"

韩梅举着手指哭笑不得："你又想干吗？"

陈晨笑得老奸巨猾："不干吗！"

"你腿先松开，"韩梅红着脸轻斥，"有话说话！"

"不行！我女朋友脾气不好，我得防着她踢我裆。"

第九章 ◀

他会有我的眼睛

　　所谓出处不如聚处，香港虽然不产酒，但因为零酒税，也成了酒品畅销地。

　　想起爸爸爱喝两口，韩梅打算去免税店挑两瓶红酒给他当手信，马上又遭到陈晨白眼。

　　她晓得他还有气呢，反驳道："免税店怎么了？便宜就没有好东西了吗？"

　　"不是那里没好货，是你不会挑。"他一句话就把她噎得够呛，谁知后一句就又将她逗笑了，他说，"谁能保证你挑男人的好眼光能延续到挑酒上。"

　　陈晨说朋友在港岛区有家店，谁知车子七拐八弯，最后却停在了浅水湾一处山坳里。

　　远远看见山边一间白色的玻璃房，韩梅便忍不住好奇地问："你朋友是隐士吗？开个店怎么还在深山里？"

　　他笑："酒香不怕巷子深呗。"

　　等进门，她才发现几百平方米的玻璃屋只是迎来送往的品酒区，工作人员认出陈晨，不做停留，直接将他们带到藏酒库。

　　相比外面的白色玻璃屋，地下酒库才是这家店的精要所在。直接开凿在山体里的三层酒窖，据说前身还是战时的英兵军火库。

他们跟随外籍品酒师沿着窄窄的楼梯走下去，感觉温度自然而然降了下来。欧式的壁灯打在凹凸不平的石壁上，营造出一种厚重的历史感。

品酒师朋友领着他们在一行行酒架间穿行，耐心介绍每种酒的产区和年份，详细得好像视像版的商品名录。

韩梅被那复杂的产区弄得云里雾里。

品酒师看出学生的心不在焉，笑一笑："耳朵不懂没关系，你的舌头会告诉你的。"

他直接让人拿来开瓶器和高脚杯，看中了哪一瓶就直接倒出来给他们喝。

品酒师看他们俩碰杯，笑着拉停了韩梅的手用英语说："韩女士，干杯的时候，你们要看着对方的眼睛。"

他说得对，耳朵听不懂的，舌头一下子就尝明白了。

她兴奋地一下尝尝这个，一下试试那个，红的白的喝得不亦乐乎。

陈晨去埋单，回来发现韩梅脸红扑扑的，正大着舌头用英语跟老外品酒师说话："他比我小挺多呢，我男朋友才二十。"

陈晨听见自己第一次在人前被承认，心中又惊又喜，上前就揽住了韩梅的腰。

品酒师对他们的关系表现得理所当然："女人如酒，越久越香。"

说着，他又和韩梅碰了一下杯。

韩梅听得高兴，转过头来看陈晨，带醉的眉眼里闪着爱意，破天荒地居然主动吻了陈晨一下。

陈晨收获了今天第二次惊喜，看着她不住地傻笑，终于确定她是醉了。

果然她一路走到玻璃屋后的庭院，脚步虚浮，说话控制不住音量，兴致高昂起来又会哼歌，过一会儿又把自己挂在陈晨脖子上。

陈晨搂着她的腰笑道："怎么，你当我是旋转木马？"

韩梅被逗得咯咯笑，在他身上扭来动去。

陈晨警告她："别瞎动，撩着了就拿你来灭火。"

谁知韩梅忽然侧过脑袋娇俏一笑，伸长了脖子吻住他的下巴，眼角眉梢都是止不住的春色："谁怕谁啊！"

陈晨难以置信，一时恨得牙痒痒，又拍了她脸好几下，她都没有反应。

他又当了一次骡子，辛辛苦苦地把她扛回酒店。

见她摊睡在床，陈晨双手叉腰站在一旁，只恨不能撕了她：这都是什么人啊？！

他越想越憋闷，觉得自己怎么着也该干点武林高手被迫收功然后走火入魔的事儿。

半梦半醒间，韩梅只觉浑身发热，一条阴险的小蛇，要趁着夜色，偷偷地要潜入伊甸园中。

韩梅睡得正香，就被某人动手动脚弄醒了。

昨晚折腾得太累，她不耐烦地翻了个身，用后脑勺回应这恼人的骚扰。

可对方不放过她，硬是手脚并用地将她拘在怀里，一会儿拿手指在她脸上戳出酒窝来，一会儿又吻在她的肩膀上，弄得韩梅不得不睁眼怒瞪他。

阳光下，他满脸明媚，眼里镀上一层餍足的光，让韩梅满心郁闷，都被美人看化了。

她叹了口气，抬头瞄到床头的时钟，才想起今天说好要去看书展的，她立马从床上弹了起来。

这次却换成陈晨不愿起了，他嫌弃地撇嘴："人山人海的，去看什么书展啊？到那儿跟他们挤，还不如在床上跟我挤呢。你说对吧？"

他还有完没完了？

韩梅用被子像包粽子一样将他裹起来，以遮挡那毒辣的春光："快起来穿衣服，错过了钟点就买不到晨间打折票了。"

两人紧赶慢赶，等到地儿，排起的长龙顺着旁边中环广场的裙楼已经绕了好几个圈了。

好不容易进了场，里里外外的好几层又让人望而生畏。

韩梅第一层没逛一半已经有点吃力了。

她上完洗手间出来，扛起背包准备继续奋战，陈晨却坐在电梯旁边的长椅上不走了："喂！人鱼公主，海里去不去呀？"

两人当天没开车，打的到达深湾的游艇会时，艇库管家和船童早已打点完毕，在码头毕恭毕敬地候着了。

韩梅被带到栈桥上，在工作人员的搀扶下率先上了船。

她兴奋地四处参观，三层的船舱分主房、客房、卫生间、浴室、厨房，还有偌大的玩乐室和泡澡池，间隔精巧不显逼仄，齐备得如同一个移动的小城堡。

她刚钻出顶层船舱，就看见对面船的甲板上躺了一群泳衣丽人，正在悠闲地晒太阳，而且不少是电视上的熟面孔。

韩梅惊得嘴巴都能塞下鸡蛋，忙不迭要去跟陈晨报告。

她刚下到一层，却见那船上跳下来个穿花短裤的男孩，正要拉陈晨上那边玩："我新船下水，让杨二把他家经纪公司的艺人也叫来了，一起出公海玩上几天吧。"

陈晨拒绝完，他还不肯走，说："别扫兴嘛，我这条船跟 Paul Allen 的章鱼号一样，在最底层整个玻璃游泳池，美人一下水，就跟养了一池美人鱼一样……"

陈晨无奈地道："下次有机会吧。"

花短裤还要滔滔不绝，突然眼珠一错，瞄见韩梅从楼梯上下来，连忙以肘撞向陈晨的手臂："哟，这美女哪儿找来的？纯良款啊，我之前没见过。"

陈晨回头看一眼，急忙地走到韩梅旁边，"嗖"的一声就把她外套的拉链拉起来了，用立起来的领子盖住了她半张脸。

花短裤嚷嚷着抗议:"你干吗?不介绍介绍吗?"

"干吗呀?大热天的。"韩梅伸手要解开。陈晨赶紧制止了:"快回船里,这男的节操碎一地,多让他看两眼容易怀孕。"

花短裤气得哼哼:"陈晨,我还在呢,能听见你说话。"

陈晨当没听见,连招呼也不打,直接带着韩梅就往回走,气得花短裤在身后低声咒骂:"这个有异性没人性的!诅咒你吃方便面没有调料包!"

韩梅小声问陈晨:"你用这样的语气跟你朋友说话,他不生气吗?"

"我管他生不生气。"

韩梅哭笑不得,是谁当初要把她介绍给狐朋狗友的?为此,他还跟她生过一场气。

陈晨给完小费,就把船上的工作人员通通赶了下去。

韩梅疑惑地道:"哎!他们不开船吗?"

"你见过家里好车给司机开的吗?"话音刚落,马达突然"轰"的一声响。

韩梅瞪大的眼睛看着驾驶座上的陈晨道:"你开?可我跟你的关系还没好到要跟你殉情啊。"

陈晨斜她一眼:"你以为是泰坦尼克号?"

她"咯咯"笑着,站在他身旁的位置,看着他将游艇流畅地倒出码头,心里忍不住心生诧异和自豪。

陈晨终于又有借口让她伺候自己,一会儿叫她给自己取墨镜,一会儿又让她拿喝的。

游艇慢慢被海天一色包围。韩梅坐到窗边欣赏波涛轻涌,水鸟翱翔。船身被海水上下抛接,有温热的海风轻柔地扑打在她的脸上,暖暖的,如同一个婴儿的摇篮,她很快便在不知不觉间被哄睡了。

等韩梅醒过来时,船已经停住了。

她走出船舱,自觉被一个水清沙白的秘境包围。

她没料到这个繁华之都，也会有这么个世外桃源一样的所在：宁静无人的山谷，白蜡般反光的细沙，一左一右是造型奇特的酸性火山岩石群和幽静茂密的小树林。

陈晨正在围着船身仰泳，六块小腹肌像是地质运动后突然挺出水面的丘陵群，养眼得很。

他见她出来，招呼她赶紧换了泳衣下去一同戏水。

韩梅坐到船边，故意将水花踢到他头上。

他拉下泳镜盖住眼睛，轻轻一翻就潜入水中。

韩梅正要追踪他的身影，被突然从水中蹿出的手拽住了脚踝，来不及惊呼，就被拖入了海里。

虽然陈晨马上把她抱住了，但她还是呛了几口水。雪纺的布料泡开了浮在水面上，像是被茶水泡开的干花。

她眼睛湿漉漉的，因为咳嗽，脸上还带了点羸弱的水光。睫毛上缀着几点小水珠，像暮春绿草上的露珠，潋滟着春光。

陈晨看着看着，眼珠子就不会动了。

韩梅擦过脸上的水，也对上了他的黑眼珠。

就在他以为下一秒她就要主动吻上自己时，韩梅手一扬，居然泼了他一脸冷水。

她趁他揩脸的当口，乐呵呵地游开了。

陈晨一蹬水就把她又抓回了怀里。

韩梅马上变成软骨头了，撒娇说累了，想要上船休息。

陈晨故意说："那……大概也没力气看珊瑚了吧。"

韩梅眼睛一亮，不等他招呼，转身就游回船边："我现在就去换泳衣！"

等两人换好浮潜装备，陈晨用冲浪板将韩梅推到了岸边。

韩梅迫不及待要下水，被严格的陈教练强迫着先做了一轮广播体操热身。

他又亲自给她演示了一遍呼吸要领，让她坐在礁石上咬住呼吸管练吹气，耐心地陪她站在浅水处复习完一遍，等确认她适应了水里的压力后，才将她带到珊瑚聚集的位置，开始浮潜。

这里的珊瑚并不如热带海域的颜色鲜艳，深浅褐色的有状若花椰菜的千手葵，有形如蜜蜂巢的扁脑珊瑚，还有盛开如花的蔷薇珊瑚，形形色色。

小"尼莫"鱼成群结队地在珊瑚间穿行，摇头摆尾，神出鬼没，"嗖"的一声就隐没在珊瑚底下，"嗖"的一声又从不知名处钻出来，像是在跟随不知名的音乐舞蹈。

飘然而至的水母像穿上白纱裙的芭蕾舞者，优雅而缓慢地在水里跃动。

韩梅只顾着拍照，差点被它的触须碰到，幸亏叫陈晨敏捷地拉开了。

他在潜水镜下对她怒目而视，"嗯嗯啊啊"地发出语义不清的一通指示。

韩梅不明所以。

陈晨只好求助于身体语言，他双手抱肩，然后打了一下自己的手臂，最后手指着自己。

韩梅还是一脑子问号。

她的视线一歪，突然眼前一亮，顾不得再跟他玩猜谜游戏，指指不远处，一蹬腿又游开了。

陈晨跟过去才发现她不知在哪里发现了一颗海胆，揪着尖刺把海胆拿起来，举起来开心地朝陈晨炫耀。

她好像第一次去游乐场的小孩，看什么都新奇得不得了。

等她看累了，两人才慢慢游回岸边。

头钻出水面，韩梅才想起来问："你刚刚打手势，是想说什么？"

"让你报答我。"他又重复了一遍动作，"这个不是'抱'吗？这个是'打'。"

韩梅忍不住大笑："我还以为你是想让我'暴打你'。"

两人在水里嬉闹了一阵，最终又被波涛推到了一起。

他们相拥对视，随着微漾的海波一上一下地微微浮沉。

他低头吻她，她动情地闭眼迎上去。分开时，两个人都有点气喘吁吁。

游船上那场马拉松一样的长澡，使二人双双累瘫在床上。

等韩梅饿醒了朝舷窗外一看，外头天已经黑了。她一扭头，见陈晨正长手长脚地将她抱在怀里，睡得正香。

她累得手脚发酸，挣了几下起不来，索性推醒陈晨让他去找吃的。

大概身心得到极大满足的男人总是特别好说话，他受到指使，居然什么抗议都没有，睡眼惺忪地起身套上四角裤就往外走。

韩梅好久不见人回转，饥肠辘辘之下，她忍不住套上 T 恤出去看情况。

下到甲板上，她见陈晨双腿交叉坐在船头的栏杆上，手握拳头正上下晃动。

她走近一看，才发现他手里拽了条鱼丝，问道："你这是干吗？"

"给你弄吃的。"

"现抓？那我得等到什么时候！"

陈晨把头稍稍一歪，视线所及，脚边的小塑料桶里已经装了几条巴掌长的墨鱼，正活蹦乱跳地将塑料桶撞得"咚咚"响。

说话间，鱼丝便又有了动静，陈晨轻松一扯，便又是一条上钩。

韩梅诧异非常，要过陈晨手里的鱼丝也想试试。

这活干起来却没看着那么容易。她第一次抛线，鱼钩到半空就被吹回来了，还缠在了挂在船边的尼龙网上。

再试，虽然钓钩勉强入了水，可没经几下拉扯，就顺着涌浪被冲回了船边。

陈晨打开探照灯，让光在水面上洒上一层银白。

他大概算了一下水深，帮她在鱼丝上打上结，从后面手把手地教她："以四十五度甩出去，把鱼钩扔进灯光照到的范围里。夏秋是墨鱼的交配季，钓钩上的白胶布被灯一照，会反光，墨鱼误以为是同类。钓钩落水后你别急着往上拉，等线放到我打结的地方，那大概就是墨鱼生活的水深了，你那时再开始动，墨鱼们色心一动，就得跟上来。"

韩梅扭头瞥他一眼：这人是王允转世吧？美人计都使到这儿了？

没等她腹诽完，陈晨忽然喊了声"来了"，便快速将线一收。

韩梅兴奋地伸头去看，果然钓钩上一坨泛着银白色的透明物，刚被拉到眼前，就挣扎着滋了她一脸黑汁，吓得她大喊一声扑进了陈晨怀里。

陈晨笑得打跌，不顾自己衣服也被喷到了，从怀里掰出她的脑袋，幸灾乐祸地要拿相机拍下来。

韩梅气不过，不顾狼狈要动手惩治他。

等她清理干净出来，陈晨已经有小半桶收获了。

陈晨有心让她开开张，把钓线交给她，进了船舱打开引擎让它空转起来。

果然他一回船头，韩梅就拎着条小鱼朝他欢呼。小鱼不过手指长，银白色，鼓胀的腹部横贯着一条黄线。

陈晨一只手就把小鱼苗摘下来扔回海里了。

"啊！你干什么？鱼虽然小点，烤起来也很好吃的！"

陈晨扫乱她的刘海儿，说道："还想吃？河豚有毒不知道吗？"

原来这就是河豚呀……韩梅还有些不舍："那也该先拍个照再扔，我好不容易钓上来一条。"

陈晨拿手指朝她鼓起的腮帮子戳："你不是已经成功钓上我这只金龟了？要不我代替它跟你拍个照？"

两人又忍着饥饿钓了一会儿，见桶里已经有二三十条鱼了，就拎着往厨房走。

"你煮吗？"韩梅问。

"不然呢？"陈晨说。

果然会吃的人，做菜也不会太差。

148

他先用小锅烧水备用。

等水热的工夫，陈晨三两下就把新鲜的墨鱼洗净切好，直接扔进用辣子蒜头爆香的油锅里猛火快炒。用不了一分钟，墨鱼迅速卷曲变色，散发出诱人的浓香，光是闻着便让人口水横流。

将墨鱼装好盘，刚好那边的水也煮开了。他往水里搁下一把盐，用勺柄上的小孔量出两人份的意大利粉，放进水中煮熟，上锅后拌上橄榄油，半中半西地配炒墨鱼，又倒两杯香槟，幕天席地对坐在甲板之上，直接将晚饭变成了夜宵。

船身缓缓摇摆，海风徐徐扑面，此刻是她从没想象过的美好的。

陈晨帮她揩掉沾在嘴角的辣椒，问道："好吃吗？"

韩梅连盘子里的汁也不放过，用面包揩干净了吃掉，好听的话更是不要钱地来："简直是南来之旅最美的一顿！"她还夸他，"你要是毕业了找不到工作，可以考虑去当个厨子。"

陈晨回给她一声"呵"。

那个陌生的亚热带城市里，爱情是饱饮雨露的喜光作物，乍见阳光，便迫不及待地生根发芽。

从游船到酒店房间，陈晨都是个优秀的探险家。他精力充沛而又耐心十足，带她找到藏在身体深处的快乐，让她体会到身为女性的曼妙和欢愉。

等两人饿醒时，韩梅才发现早自助的时间要过了，忙推醒他："别赖床，快起来吃饭！"

陈晨一动不动，简直跟没听到一样。

韩梅一巴掌拍到他屁股上。

等两人终于衣着光鲜地坐到上环坡路旁的露台咖啡馆，已经是下午茶时间了。

石板路上镀满了午后的斜阳，四周是酒吧传出的麦酒味和面包店的牛油香。

他们自然地和对方分享盘子里的食物，然后理所当然地亲吻，牵手，相视而笑。没人会对这情之所至的亲密不满。

他们在拥挤的公交车上拥抱，根本不在乎坐过站，因为不管到哪里，最美的风景都在身边。

这无拘无束的甜蜜，还没结束，已让人想念。

可惜仲夏夜之梦会醒，秘密的狂欢也有终结。

等晚上回到酒店，陈晨擦着头发从浴室出来，就看见韩梅将行李箱打开了，将叠好的衣服又一一放了回去。

他拦腰把她抱住："你干吗？"

"收拾东西呀！"

"不许走！"他毫不掩饰自己的占有欲。

韩梅觉得好笑："不走咋办啊？非法居留？签证就七天。"

他才想起这事来，说："那我们换个地方玩。"

她拽着他的衣服下摆问："那什么……你真不去实习了？"

陈晨别扭地说："我才不要去！"

"你不去那我也得回趟家啊。那你还不如去一趟，反正就一个月而已，等开学咱们就能再见了。"

陈晨不依不饶："什么才一个月！没了对方的体温，爱情会迅速冷却的。"

"之前都难不倒我们，异地恋算什么？！"

陈晨正经起来，说道："你是不是从跟我来香港起，就决定好了七天就分开？"

韩梅沉默地挣脱开他的拥抱，和他四目相对："傻瓜，你实习的地方多好啊，外资律所呢，还是在美国总部，多少人羡慕得不得了。我读书那阵，大家为了进大机构实习，要抢破头的。好些单位仗着自己名气大，就心安理得地拿咱们当免费劳动力使。甭说工资了，连车费补贴都没有。我读本科时去打暑期工，好久才找到一个给开工资的，钱少不说，连复印买饭的杂活都得包。申请不到学校的宿舍，只能跟别人合租，六个女孩挤一个房间，晚上梦话磨牙跟大合奏一样。

我每天睡不好，精神不济，上下班碰上高峰期，两三个小时的车程，车子一路堵我一路站着打瞌睡。就那样，我都庆幸珍惜得不得了。"

"这又怎么样？"陈晨眉头虽然还是皱着，可感觉有些松动了。

"就是让你好好珍惜呢！古话说得好，当机会老人先给你送上它的头发，你没有抓住，再后悔，只能摸到它的秃头了。"

"整天用大道理教育我，你就这么好为人师？"

"我本来就是你的老师啊！"她劝道，"你看你实习的地方名气大，薪资待遇又好，赚了美金还能给女朋友从美国带礼物，多难得！我都等着收到 Coach 以后发个微博让人羡慕一下了。"

陈晨忍不住想笑："你就舍得啊？为了一个 Coach 包就赶我走？"

"怎么就为一个 Coach 包？"韩梅夸张地大叫，"我没说数量好吗？"

陈晨被最后一句逗笑了，摩挲着她的耳垂。

见他没再反对，韩梅还以为就此说通了。谁知他第二天一反常态地早早起床，硬是陪着她到了火车站，又在那儿买了一堆好吃的好看的让她带给爸妈。

韩梅让他别买了，说箱子快放不下了，他还转过头教训她："这个在这儿买比较便宜知道不？一点儿也不会生活。"倒把她噎了个够呛。

两人在购票处一问，才知道香港没有去山城的直达车，要先坐直通车到花城东，再转去山城北的火车。

陈晨瞥她一眼："早说了让你坐飞机。"

早前浪费的那张机票就让她够心疼的了，她说道："我又不赶时间，转趟车不就完了吗？"

见排在后面的开始不耐烦，韩梅赶紧掏钱："一张到花城东的。"

陈晨把她的钱扔回给她，朝小窗口推过去一张大面值的："来两张！"

韩梅的眉头又皱起来了："你跟着我干什么？！我这车到不了美国。"

"怕你走丢了。先送你到花城。"

"不行。"

陈晨没办法，这才又退了一步，说："那让我送你上车，这没意见了吧？"

等上了车，陈晨果然又不想走了。

韩梅硬是转过他的身子，手撑住他的背往外推。

看着他慢腾腾地下了车，她才借着低头揩了揩眼角。

心底里，她何尝不想撒娇，何尝不想缠着他不让走，可谁让她是大人呢？大人就总是要当拎得清的那个。

她吸着鼻子掏出手机，正要给陈晨发短信，却先收到了他的消息："都说'分开不分手，异地绿成狗'，我破天荒第一次异地恋，你要洁身自好，别给整出点什么心理阴影来。"

真是贼喊抓贼！她忍不住破涕为笑：他一出了名的花心大少，居然好意思告诫她？

▶ 第十章
比以为的更卑微

盘桓不去的秋老虎，让九月份的大学城仍旧笼罩在难耐的高温里。

开学第一堂课，老师正讲课堂纪律呢，陈晨顶风作案把手机塞进抽屉里。

乔尼八卦之心一动，就忍不住把头伸过去了，谁知动作幅度太大，倒招来任课老师的注意。

老师笑着调侃道："后面那谁，你还真配合，马上就给咱们来一反面典型！来吧，手机交上来，等下课了再还你。"

陈晨抬头，愕然地看了一眼老师，又瞪了一眼乔尼，众目睽睽下，只好将手机交了上去。

见陈晨回到了原位，乔尼正准备奚落几句，却看他故态复萌地跷起了二郎腿，手又塞进了抽屉里做小动作。

乔尼突然有了不好的预感。

他先摸抽屉，没有！再摸兜，果然还是空的！再看讲台上那台熟悉的 iPhone4，怪不得那厮这么爽快呢，合着交的是他的手机！

乔尼心里头那个恨啊，手臂扣住陈晨的脖子，咬牙切齿地道："你小子为啥交我的手机？"

陈晨还特别理直气壮："我不得继续发短信吗？"

"我邀了几个电影学院的妹子去喝酒，正等回复呢！"

那有他给韩梅发短信重要吗？

虽说放假期间，韩梅还是会每天定点去网吧跟他视频聊天，可一到时间就走，聊天的环境还差。韩梅苦中作乐地劝他："够可以的了，您还没当上律师呢，我就要付费听您讲话了。"

好不容易等到开学，韩梅却被调去给大一当辅导员了，让他想假公济私一下也不行。

陈晨背过身不理乔尼："还几个？"

"想什么呢，就喝酒。"

陈晨扭过头瞪他，把乔尼都瞪笑了。

乔尼哥儿俩好地再次搂上陈晨的肩："也算上你的份儿了。"

陈晨果断拒绝："我就不去了吧！"

陈晨怕又招了老师注意，赶紧挣开了他的手臂，一眼瞪过去。

"嘿！这白眼狼！我发觉你最近不正常啊！"

那句"我有女朋友了"到了嘴边，陈晨又咽下去了。

他突然就感觉地下情没劲透了。

他多么怀念那个没人认识的世界，那儿的每一刻，都是他们的亲密瞬间。

那些偷偷摸摸，在经过七天的光明正大后，对比着，特显得偷鸡摸狗。

她是他专属的领土，他急于向全世界宣誓主权。思念滋生出的疯狂曝光欲，在脑中催化膨胀，像爬满全身的痒。

陈晨抬头看了看正背着身往黑板上写字的老师，站了起来，偷笑着对旁边的乔尼吩咐道："要是点名，你帮我应付一下！"

烈日当空时分，室外当然酷热难当，教学楼里也不好过。

陈晨躲在黑漆漆的放映室里都快要挨不住了，好久才听见外头的阶梯教室里有人说话："谢谢阿姨，我来就好。"

是韩梅。

"那行，我先走了。"

楼管临走又被韩梅叫住了："阿姨，放映室钥匙能借我用一下吗？我还得用一下电脑。"

楼管说："没关系，你直接推开就行，门没锁。"

陈晨数着那靠近的脚步，趁着门开，拉着门上的那只手，就把人拖进黑暗中。

韩梅抱着的白纸在惯性作用下，纷纷扬扬飞得到处都是，陈晨才不管那么多，猛地关上门。

她拧了陈晨的手臂一下："你往后换个出场方式行不，吸血鬼啊？专躲在门后面逮人咬，不吓我一跳不甘心是吧？"

陈晨亲热地咬了一下她的耳垂，语气缠绵地道："不是想你了吗？"

涉及原则问题，韩梅是从不让步的。她连推带搡地将陈晨赶出了放映室："你赶快给我回去上课。"

韩梅蹲在地上收拾掉落在地上的问卷，陈晨站在旁边看了一会儿，看她不理自己，扔下了一句"能别让人都以为我单身吗"就气呼呼地转头走了。

见他还故意在纸上踩了个黑鞋印，气得她无奈地"喂"了一声。

她摇摇头，想再说什么，结果一抬头，人就不见了。

现在小孩子真难哄，韩梅想。她发了几条短信问他要不要一起吃晚饭，一直等到过了午休，下课铃打响，都没接到回复。

相比他往常平均十来分钟一条短信的频率，这明明白白地表示他在生气。

不知道是不是吵架的人特别不经饿。

她在办公室翻箱倒柜，最后只在抽屉的角落里找到一块变形的士力架。大概是哪个品牌商搞校园活动时的赠品，也不知道过期了没有。她干脆翘了个班，去师生活动中心买个粽子来充饥。

等买好了要离开，她的注意力突然被走廊尽头室内运动场的喧闹声吸引住了。

她慢慢地走过去。那被实木门堵住的欢呼声，像收音机被闷在了被子里，让人想去一探究竟。

她推开门，门缝间漏出来的那一线日光顿时成了倾覆而下的喧嚷，如大潮一般，瞬间将她淹没。

看台上人满为患，球迷们宁愿放弃座位，在过道上、栏杆边尖叫欢呼。

她好不容易才挪到一个能看清下头的位置，看见了对面栏杆上红底白字的"第四届云间大学城篮球社联赛"横幅。

场下不知哪边入了一个球，引得韩梅身旁小姑娘尖叫。

女孩拿着外校的粉丝牌，却指着场内S大的球员兴奋地跟同行人打听："现在带球的那个人好帅啊，是他们的校草吗？"

韩梅顺着手指看，瞬间便愣住了。

那个不回她短信的人，正在场中挥汗如雨呢。

他双腿微弓，一手控球。阳光从玻璃屋顶投射下来，打在他球衣外被汗濡湿的肱二头肌上，在日光下泛起一层柔光。

他和队友迅速交换了视线，借一个传球的假动作，躲闪过拦截的球员，连着越过几个人，在三分线外直接跳起投篮，动作流畅，一气呵成。

得分成功，他立刻奔跑回防，在欢呼声中和队友击掌微笑，面上是被阳光打亮的明媚笑意。

这么一炫技，韩梅旁边的几个外校女生就齐齐被迷倒了，整个下半场，都只盯着陈晨瞧，为他每一个入球而欢呼呐喊。

女生们叽叽喳喳地议论起来："他叫什么？哪个系的？几年级？"

无人知道的虚荣和窃喜在她心中涌动，她小声默念道："陈晨，法学系，大四。"

将心比心，她好像突然理解了陈晨那份可笑的曝光欲后隐藏的爱意。

韩梅突然感觉心潮澎湃。

她觉得不能再等待，转身就往场下走去。

哨声宣告 S 大以大比分胜出。

陈晨被队友簇拥着，气还没喘匀，就看见韩梅直直地向他走来。

她兴奋地把手里的饮料递给他，话语里是毫无遮掩的欣赏："好样的！帅呆了！"

陈晨一时间受宠若惊，只顾着去接饮料，连擦汗的毛巾都掉地上了。他想：她这是……公开表白？

陈晨心潮澎湃，两眼放光。可没等他想好怎么回应，韩梅已经转过身了。

她从大塑料袋中掏出饮料，一一递给其他队员，不光给她带过的乔尼，连没上场的后备球员也有份："你们都是篮球社的吧？球打得真棒，韩老师请客，给你们庆祝比赛获胜！都来啊，一个都不能少！"

生活区的东北菜馆里，韩梅加上篮球队的正选、后备以及帮忙打点的，共十人围成了一桌，大家说说笑笑，很快便熟悉了起来。

青春期的男孩子，本来就饭量惊人，又是剧烈运动后，端上来的菜在转盘上转过一圈就清空了。

韩梅看大家意犹未尽的样子，赶紧又要过餐牌点了一轮。

陈晨上趟洗手间的工夫，回来却发现韩梅的座位空了，忙问："韩老师上哪儿了？"

一帮吃货从碗里抬头，都茫然不语。

乔尼的新任女友——队里的啦啦队长，将刚剥好的虾喂进乔尼的嘴里才说："刚才好像看她拿着包出门了。"

陈晨去拨韩梅的电话，熟悉的铃声却从她挂在椅背的外套里传来。

乔尼劝道："韩老师那么大的人了，用得着那么紧张吗？"

陈晨转身就朝外走："埋单的走了还能不紧张？等下你洗碗。"

他在众人的哄笑和加油声中走出店门，心中自有不能言说的关心。

下楼转了一圈没找到人，他怕刚好和她错过，又回到楼上，从骑楼处往下张望。

等太阳完全沉下去了，他才终于见韩梅从远处漫步归来。

灰蓝的街面被烤串摊的烟雾熏染，小铺色调不一的灯光打在上面，她穿行而出，像是 20 世纪 80 年代电视剧里的下凡仙姑。

他快步走下去。

韩梅正低头翻钱包，一进楼梯间就一头撞进某人怀里。

她吓了一跳，抬头发现是陈晨，才拍了拍胸口道："你怎么出来啦？"

"出门也不知道带电话。"

韩梅翻了一下口袋才发觉没带。

"你干什么去了？"

"哦，取钱。"

"楼下就有 ATM，怎么走了那么远？"

"楼下的 ATM 要收跨行手续费，我这不得回学校饭堂的边上取吗？"

"为省那么点钱，跑那么远，"陈晨语带讥讽，"分明就是只铁公鸡，干吗还请客？"

韩梅白他一眼："不是你埋怨不能堂堂正正在众人的眼光下一起吃饭吗？"

"这样也算'和我吃饭'啊？"

韩梅一下子急了："这怎么不算啊？！为了哄你，我钱包都大出血了。"

他不反驳，低头微笑。

韩梅："你这是什么反应啊？"

陈晨乐得眼睛都眯起来了："没什么，就发觉你们老一辈的示爱方法还挺含蓄的呀。"

她被气着了，说道："你才老一辈！"

"那下次是什么时候？"

"再说吧。"她摸着干瘪的钱包，懊恼自己怎么像包了个小白脸，钱不声不响地就往外流。

"不吃饭，请我看电影也行。"陈晨笑嘻嘻地说，他最爱黑漆漆的地方了，干点什么都没人能看见。

韩梅想起新生军训周，夜晚要给他们放老电影呢，要不，也把陈晨叫上？

二人回到餐厅，大家已经酒足饭饱。

韩梅灌了杯冰镇饮料，正准备找餐巾纸擦汗，转盘上的面巾纸盒就正好停在她的面前。

她抬头，和从转盘上挪开手的陈晨相视一笑，然后若无其事地抽了一张，遮住了为这心有灵犀而悄悄上扬的嘴角。

饭后大家各有安排，便在餐馆门前各奔东西。

韩梅往宿舍走了一段，才发现陈晨远远落在了后头。

陈晨慢悠悠地上前："好巧，韩老师也这个方向吗？正好送送你吧。"

她觉得好笑："你回家不是这个方向吧？"

"我这不刚喝酒了嘛，走一段，散一下心！"

这借口还不错，韩梅微笑着转过身，默认了他同行。

两人并不说话。夏夜的暖风将她披在肩头的薄外套轻轻吹起，一下一下擦在陈晨的手臂上，仿佛是两人想靠近却又不能的心。

陈晨把人送到了还不想走，还旁敲侧击地问宿舍装空调了没有。

韩梅懒得搭理他，转头就上去了。

可等她洗漱完毕，躺在一片漆黑里，又隐隐有些后悔了。

冷水澡留在皮肤上的凉意没几分钟就散尽了，草席子很快被睡热了。

她把手贴到被风吹得鼓起来的蚊帐上，被滤过的凉意微弱得如同小动物的呼吸。

　　她脑中还有点酒后的微醺，血液在皮肤底下的奔涌循环，让她觉得口干舌燥。

　　室友的磨牙声，摇扇的嘎吱声，被这个闷热的小间放大。她翻来覆去，难以入眠。

　　她强迫自己闭眼。

　　好像知道她在想他似的，放在枕边的手机突然无声一亮。

　　韩梅点开了，是陈晨的短信："睡了没？"

　　韩梅把发烫的脸连同手机都埋进薄被里，噼噼啪啪地回过去："睡不着。"

　　"热？"

　　"嗯。"

　　"可惜我家那好几间空房呢，都有空调，二十二度。"

　　她咬着手指无声地笑了，好半天才发过去："有好几间呢？"

　　"嗯。"

　　"每间都有空调？"

　　"那可不！"陈晨闻弦歌而知雅意，马上提出，"要不，我现在就过去接你？"

　　陈晨说去接，韩梅没答应，怕他的车子太打眼。

　　她麻烦楼管阿姨开了门，自己打车过去。

　　已近半夜，她在宿舍区外等了好一会儿才打到车。

　　她一路上汇报位置，一下车，居然见人已在大门口等着了，热出了一头的汗。她觉得好笑："你都站这儿等着呢，还一路问我行踪！"

　　她匆匆跟他进了小区，一进屋门，顿时觉得纬度都不一样了。她不顾形象地站在空调下面，拎着衣领给脖子扇风。

　　陈晨一下子抱上去。

　　她哭笑不得地挣脱开："我脑袋都冒烟了，你不嫌热吗？"

　　他笑嘻嘻地贴近她的脖子，用皮肤亲测她的温度："不嫌，刚

160

好七成熟了，可以直接开吃。"

她好不容易才脱身进了浴室。冷水兜头冲下来，她绷紧的神经也立时舒缓下来。

等她从里头出来的时候，陈晨也在套间的小浴室里洗过一次了。

他光着上半身，只穿着运动长裤躺在双人大床上，拍打着床垫招呼她上来。

韩梅忍着笑，边擦头发边打量他的房间，问道："不是房间多吗？怎么你也睡这儿啊？"

他理所当然地道："大通铺环保呀，有助于节约能源！"

韩梅也不跟他打嘴仗了，直接躺进被窝，喊了句"睡觉"就把灯关了。

韩梅睡得香甜，第二天睁眼，还有一瞬间的不知今夕是何夕，好一阵才记起这是陈晨的房间。

她一转头，见陈晨也睁着眼呢，搂着她不知道看多久了。

他摩挲着她光溜溜的指根。那枚可笑的玻璃戒指当然早就摘下来了，钻戒也以安全为由被放到带锁的抽屉里。

韩梅仔细观察他的神色，看不出什么端倪来。

陈晨想了想，突然从床头抽屉里摸出一串钥匙来，然后郑重地把钥匙圈套进了她的无名指。

韩梅一愣："这是什么？"

"这里的钥匙。"

见她迎着晨光，将挂着钥匙的手举到眼前欣赏，陈晨心怀忐忑，紧张地在一旁敲边鼓："没有别的意思。这里就是你第二间宿舍，我就是室友。况且你也不想下次来，又害我被咬一身包吧？"

见她还不说话，陈晨又换了个说法："要不就当你来监督我呗，不管什么时候查勤，我肯定都乖乖的。"

她觉得好笑，过了好久才开口："我在想你找了这么多借口，到底是几点醒来想到现在的。"

同居之后，韩梅更加清楚陈晨的整个生活状态了。

如果说高考是千军万马过独木桥，那大四就是八仙过海各显神通，想就业的，想考研的，想出国的都积极准备起来。

莘莘学子跟包好的饺子一样，眼看水烧开，扑通扑通往下跳，看谁往下沉，谁往上浮。

这时候没人感叹千军万马过独木桥的考试不科学了，大家巴不得只靠考试来挑拣人。

有精打细算的，暑假才结束，三方协议都签好了。也有学生成绩单上满江红，连毕业都成问题，更不用说就业了。

眼看整个大四的同学都神经紧绷起来，貌似只有陈晨游离在状态之外。

她一早有课，上完课就直接在本部的研究生宿舍休息，第二天坐早班车来大学城，才听老彭在办公室里发牢骚说陈晨连小考都错过了。

自她被分派去管理大一新生后，工作上和他的交集自然就少了，二来她也不想跟在他屁股后头整天当老妈子，因而尽可能地不去管他的学业和毕业问题。

谁知这人三天不管，真敢上房拆瓦。

她赶紧打电话查勤，才得悉他居然身在北海道，说是在参加什么马拉松。

她气得一下子挂了电话。

陈晨知道坏菜了，比完赛就立马飞回来，见她开门进屋，就在塞着脏衣服的登山包里挑挑拣拣，挖出一枚奖牌来，献宝一样挂到韩梅脖子上："来！这个是送你的伴手礼！"

韩梅简直想把它摘了扔地上踩几脚，问道："你就为了这个罢考？"

"谁罢考了？我不是不知道嘛，就旷了节课，谁知道刚好要考试呢，马拉松比赛我可是四月份就报名了。"

"没考试就可以旷课了？你还想不想毕业了？"

"毕业证都烂大街了，我这个奖牌可不是人人都有的。乔尼想去得不行，成绩没达标！"

韩梅觉得心累，两人价值观不一样，如同夏虫不可以语于冰。

他看她不高兴，又马上掏出医生的假条，说肯定不会留下旷课记录。

她叹了口气，也没心情再管这事儿，问："你们年级上周发了就业调查表，你填好交上去了吗？"

他不敢说他连空表格都不知塞到哪个角落去了。

第二天回到教室，他第一件事就是借来生活委员的表格，涂掉了复印一张空白的。

韩梅晚上到家，见陈晨趴在客厅的茶几上填表，远远地问："都写什么了？"

陈晨对她露出一贯的不正经笑意，说道："辅导员的合法另一半！"

韩梅愣了一会儿才撇嘴："哼，我才不信！"

"信不信由你！"

韩梅努力掩饰面上的不淡定，说："胡说八道，另一半是职业吗？职业是社会中所从事的作为谋生方式并获得相应报酬的手段！"

陈晨笑意里有三分挑衅七分逗趣："我是不介意让你付费服务啦！"

见过不要脸的，见过这么臭不要脸的吗？韩梅才不愿跟他打嘴仗呢，跑去厨房热菜。

陈晨跟着过去："你不反对，那我明天就这样交上去了啊。"

"随你！"

她面上装着不急，可趁陈晨睡着了，又偷偷起床，从他的包里翻出表格，借手机的微光认真地看起来。

果然，所谓的"辅导员的合法另一半"只是骗她的。在毕业意向的一栏里，他只是老老实实地在"留申就业"的选项旁打了个钩。

这一刻，她鼻子突然有点酸。

她轻咬下唇，用指尖摩挲着这个蓝色的签字笔小钩，好像一块压在心头的大石，忽然化成一股浊气飞走了。

面对这段关系，她比表现出来的更卑微。

学生毕业要离开，就跟鸟大离巢一样，让身为辅导员的她找不到挽留的借口。

她不敢当面问他以后的打算，是怕他的无所谓会让自己抓狂，又怕答案说出来会让自己失望。

可这个小钩，仿佛一句天长地久的承诺。

她忘了是在偷看，立刻跑到床边拍醒陈晨："你真决定要留在这边找工作了？"

陈晨睡意正浓，勉强睁眼看她拿着张纸，嘟囔着又翻了个身，说道："否则呢？都说一丈以内才叫夫，隔着老远的，要我能干吗？"

他转身又睡过去了，全然不知这番话在她心里掀起怎样的轩然大波。

她抽了抽流到鼻腔里的泪，仔细帮他把被子盖好，将表格贴在自己胸口，好像这样能安慰她的心。

原来那个小孩，又把金表珍而重之地揣到了贴着胸口的口袋里。

陈晨第二天没课，睡到中午才起来，到学校交了表格，想起好久没打篮球了，就联系大家出来打一场。

篮球队里不少大四的学生，因为忙着找工作，训练少了好多。

有人提议趁着还没开始大规模笔试，去申市周边来个两天一夜的短途之旅。

陈晨本来兴致缺缺，被队长王大个儿一句"可以携眷"打动了。

王大个儿也是大四学生，他的女朋友比他低两级。他因为忙着找工作，和女友见面的次数锐减，被对方严正警告了。

王大个儿想公器私用，遭到多年单身人士光头的无情鄙视。

王大个儿叹了口气："等你有女朋友就知道了，泡妞不是问题，泡到手才是问题！她对我光顾找工作不陪她已经很不满了，要是我旅行也不带她，我回去铁定得跪键盘。"

陈晨看大家为此行的目的地争论不休，主动借出了亲戚家在瀛洲的别墅，邀大家去那边吃海鲜自助。

听见有赞助，大家当然高呼同意了。

他这才"顺口"提议道："咱也叫上韩老师呗，好歹谢谢人家上次请吃饭。"

光头还不乐意，说："让个辅导员来管东管西，不扫兴吗？"

最后还是王大个儿拍了板："出去玩，人自然是多多益善。叫上朋友可以，要是韩老师愿意来，咱当然也热烈欢迎！"

陈晨第一时间就去邀请韩梅，却被她一口拒绝："你们搞活动，我去干吗呀？"

陈晨打算用激将法："你就不怕别人说你仗着自己是小领导，所以不稀罕跟人民群众打成一片吗？还声称干学生工作的，高高在上，让大家怎么了解你？人品都是攒回来的好吗？现在连大明星都流行玩亲民了，微博上动不动就自曝自黑。你也该好好利用这个机会和大家贴近一些。"

韩梅撇撇嘴，心想他们又不是我学生！

他看准韩梅抠门，又撂下狠话："我钱都交了！你不去钱也不给退。"

谁知他的动之以情晓之以理不管用，他没办法，说："我跟你打赌，要是我赢了你就跟我去。"

韩梅觉得好笑，问："赌什么？"

陈晨也是临时起意，一时也没什么想法。

两个人正走去超市的路上，他远远看见有人在空地上玩街头三人篮球，指着那边说："赌投篮，我要是赢了他们你就跟我去。"

韩梅认真看了看，转头用看白痴的眼神盯着他："那群都是小学生吧，你一篮球队的，要是输了你就别回来了。"

他刚才没留意，放眼一看，还真是。

他死鸭子嘴硬，只好又闷闷地来了一句："说不准的，所谓英雄出少年嘛。"

他也不敢拿抛硬币石头剪子布这类游戏跟她赌，万一她运气好呢。

两人走到大商场前，看见几个声称是星探公司的拿着表格跟人索要联系方式。陈晨兴奋地拍拍韩梅的肩，打赌说自己一分钟里能拿到的手机号肯定比他们多。

这个一定不会输，他想，要女生号码可是他的强项！

谁知韩梅脸一拉，反问他平时跟哥们儿是不是经常这样玩。她头一扭，"噔噔噔"就先走了。

等回到家，韩梅在厨房里整理食物，还是背着身子不理他。

陈晨一会儿进厨房拿瓶汽水，一会儿开包薯片。放在平常，韩梅总爱念叨他"少吃这些没营养的东西"，这次居然一言不发。他灰溜溜地回到客厅看电视，过一阵又晃过去，说："哎，你最喜欢的《快乐男声》要播了。"

谁知韩梅还是不理不睬。

他磨磨蹭蹭踱到她身后，指着窗外正在运动的邻居妹妹说："我赌对面花园里那个肥妞跳绳不到二十下就得停。要是我赢了你就陪我去旅行吧。"

本以为他要来道歉或说些别的什么，结果还是为了这茬儿。

韩梅又好气又好笑，她摘掉橡胶手套，叠起来甩到水池边上，然后一言不发地打开橱柜，找到了买雪糕附送的木质雪糕棒。

她说："看着。"然后一把撕开纸包装，掏出雪糕棒，将一头咬在嘴里。

她转身掀开糖罐，随手抓了一把，然后垂直地将方糖一颗颗叠放在雪糕棒的另一头，只用牙齿的力量平衡着那头的重量。

等垒到第十颗，颤巍巍的小高楼才终于撑不住了倒塌在地。

陈晨不解其意，直到韩梅递给他一根新的雪糕棒，然后把方糖盒塞到他手里，他才明白她要干吗。

她笑眯眯地道："咱就赌这个，你要是能垒得比我多，我就跟你去。"

见陈晨目瞪口呆，韩梅笑了笑，嘚瑟地甩下一句"认输就算了"，说完就转身继续忙去了。

陈晨当然不服气。

晚饭后他就一直坐在客厅的地毯上练习。

韩梅看他练得起劲，招呼几次都没得到回应，就先上床休息了。

她不知不觉就眯着了，不知几点了，迷迷糊糊中感觉一只手一直在推自己。

她转身躲开，把头藏到被子底下继续睡。

巴掌却不依不饶地落到身上，还伴随着奇怪的"嗯啊"声。

她难耐地呻吟一声："别闹，闹钟还没响呢。"

那人直接掀开被子，把她从里头挖了出来。

她烦躁得想骂人，忽然什么东西噼里啪啦掉了一脸，吓得她猛地睁开眼。

陈晨跪在床边，嘴巴里还叼着雪糕棒，怒气冲冲地朝她吼："都怪你！我练习了一晚上才垒出来十一颗！"

她好半天才想起缘由，眼看陈晨还身穿昨晚的衣服，下巴上一层薄薄的胡楂儿，配上他一脸郁闷的样子，忍不住笑了起来："大笨蛋，你不会拍个照吗？"

"谁知道你会不会冤枉我是 PS 的？"

这趟旅行有那么重要吗？值当他那样熬了一夜？

她轻笑着问："几点？"

陈晨丧气地吐了雪糕棒，扭头看了看窗外，语气不算好："快六点了吧。"

韩梅伸手去摩挲他泛青的下巴，早起的声音里带点没睡醒的沙哑："我是问你，去旅行是几点？"

陈晨喜出望外，愣了好一会儿，又抢着答："七点集合。"

"哎，比我上班还早呢！"韩梅睡意满满的声音里带了撒娇的意味。

陈晨生怕她反悔，说道："没事儿，我免费提供叫早服务。"

"那免费早餐呢？"

"也得有啊！"

"就一天呀？"

他乐呵呵地从毛垫上弹起来，说："我现在就去买！"

韩梅看着他利索地穿衣出门，摸索到跌落枕边的一颗方糖，放进了嘴里。

有丝丝缕缕的甜香，在唇舌间萦绕，一直扩散到心坎。

那蜜意，无限接近于幸福！

虽然说一开始没想去，可答应后，韩梅也对这场旅行期待起来。

韩梅连着两天有课，回本部去了，打开书学习，思绪却不知飞到哪儿去了。书上的字，一会儿变成了路上的小花，一时又似海上沙鸥，让她心潮起伏，浮想联翩。

她接到陈晨来电，还以为他是约吃饭来的，谁知他开口就说自己要离开几天。

"你又出什么幺蛾子？这两天你都有课吧？"

陈晨的声音罕见地严肃："家里有点事，我马上就得出发。"

韩梅努力地掩饰住牵挂，说："那行，你记得跟老彭请假，到家了给我发个短信。"

陈晨还不忘安慰她："我算着时间呢，肯定不会错过周末旅行的。"

韩梅等了一整个下午，却都没接到报平安的短信。她还想着是不是飞机晚点。第二天还没收到消息，她的心头才渐渐被不安笼罩。

站在陈晨家的门廊处，看着那空无一人的客厅，她从没觉得房子这么空旷过。

原来她已经那么习惯两个人的日子了。

把碗端到客厅的小茶几上，就着电视屏幕里的热闹下饭，她还是觉得世界安静得不可思议。

洗完澡，她从床的左边滚到右边，右边滚到左边，第一次知道这床有这么大。

她寂寞地看着手机屏幕上的电子钟，安慰自己：说不定他一路奔波，下飞机就忙家里的事去了，肯定得空才能找她。

她几番怀疑是不是手机没电，可每次听到短信通知铃声，屏幕最终照亮的都只是她失望的眼睛。

陈晨这番失联，让韩梅接下去的几天，心思都放不到工作上。

她不敢错过任何一个陌生来电，手机不敢放包里。要是开会时迫不得已调了静音，就一直在手里攥着，隔一阵往下瞄一眼，被老彭瞪了几次，都厚着脸皮装没看见。

她心烦意乱，嘴角都急出了泡。

如此熬到第三天，都半夜时分了，她才终于从一通陌生号码的来电里听到陈晨的声音。

脑子里紧绷的弦骤然松弛，她的烦躁气苦，混杂着分拣不开的忧心和思念，顿时爆炸开来，怒不可遏地冲口而出："你这几天到底干吗去了！我多担心你知道吗？！"

陈晨语速平缓，好像还很享受她的焦急，道："嘿嘿，这么想我啊？"

韩梅心中突然涌上一股无力感，她自觉地把自己想成是被烽火戏弄的诸侯，忍不住满心失望道："你是真的听不出我的担心吗？还是很高兴看我笑话？"

陈晨踌躇了一阵，才开口解释："我这边碰上了点麻烦，真不是故意不给你打电话的。"

所幸陈晨已在回来的火车上了。

"你不是不爱坐火车吗？"

"我的女友这么身体力行地坚持节俭，我就不能学学她？"

好不容易联系上，她不愿意纠缠在不愉快的事情上，抓紧时间，她马上……跟他讲了快要截止的申请。

　　陈晨："你看吧，你说哪个好我就投哪个。"

　　"得你自己喜欢啊！"

　　"去哪儿还不是赚钱养家啊？我新换的卡，还没开网呢，要不你帮我填得了。"

　　她气还没消呢，说："就会指示我做事情，当我是你书童啊？"

　　"什么书童，怎么着也是小秘啊。"

　　他这么大言不惭，把她都气笑了。

▶ 第十一章
　　她是摸着石头过河

第二天一大早，天还没亮，韩梅就听见床头的手机在响。

她摸索着把手机摁通，耳边传来了独特的叫起词："早上好，现在是北京时间五点二十三分，您的叫醒时间已到，祝你一天都有个好心情！"

韩梅被他语调里的快乐感染，背景声里还能依稀听见到达广播和行李碰撞声，问道："你到了？"

"必须赶上啊！我在南站等着你了，咱会合了再去码头和大伙儿碰头。"

韩梅从床上跳起来，飞快地收拾好自己出门。

她扛了自己和陈晨两人的行李，却还觉得力气满满。

下了公交车换地铁，上扶手电梯时，想到那头就是他，她忍不住多跨了几步，就为了早一刻跑上月台。

周末的早晨人潮汹涌，她扫视周围，眼睛搜索到陈晨的身影，心才安定下来。

她把背上的登山包往上提了提攥紧，喜滋滋地朝他奔跑过去。

经历过短暂却煎熬的分离，他拥抱的双臂就像是覆盖到她身上的羽翼，心跳声带着体温从相贴的肌肤传递过来，叫她每一个毛孔都熨帖得舒展开来。

等两人到候船室，发现人已经来得差不多了。

篮球队的几个队员她上次已经见过了。此外又添了几个生面孔，除了队长王大个儿的女友肖雯、光头的表哥大苏，还有围着乔尼说话的三个背心热裤女孩。

韩梅前脚一一和大家打完招呼，陈晨后脚就进来了。他的视线触及背心热裤女孩，脸色突然变得难看起来。

韩梅心中奇怪，却也不便细问。

陈晨说自己是最后到的，主动揽了买船票的活儿就走开了。

大家听见广播响，才拿了票开始登船。

正排着队呢，背心热裤女孩中那个叫陆巧巧的，突然走到了韩梅身边，问过她的座位号就不客气地夺了她的票，说道："韩老师，你跟我换个座吧，我等下想跟陈晨学长一块儿坐呢。"

韩梅愣住了。

这什么情况？

当面撬墙脚？小三的宣战？

韩梅看了陈晨一眼，一时间不知如何反对。

陈晨气得要死，他主动揽了买票的活，还不是为着不着痕迹地跟韩梅凑个连号的座？谁料无端端就被这个半路杀出的程咬金破坏了！

陈晨吃了个哑巴亏，忍不住瞪了乔尼一眼，谁让他没事把陆巧巧叫来的？她暗恋自己他不知道吗？

他坐下来就想给韩梅发短信解释，可陆巧巧还在旁边絮絮叨叨，他便只好作罢。

他忽然有点羡慕起韩梅那台诺基亚。从小练就的盲打技艺，在触屏手机上，全无了用武之地。

陆巧巧生气陈晨不跟自己讲话，他黑着脸扔下一句"我晕船"，就掏出了耳机墨镜，全副武装地将自己与外界隔绝起来。

韩梅被换到了船中央的位置，和另外两个背心热裤小女生坐到了一起。

韩梅还是有心跟年轻人多交流的，便特意竖起一只耳朵来听听小女生嘴里的八卦。

那些明星到了她们嘴里，就跟自家亲戚一样。她好不容易听见一个熟悉的名字，高兴地搭话："你们也喜欢刘若英？"

两个女生稍稍愣了一下，不约而同地扑哧一声笑了："我们说的是奶茶妹好吗？才不是奶茶刘若英。"

"奶茶妹又是哪个？"

女生白眼一翻："网络红人啊，韩老师你们80后都不刷论坛吗？"

韩梅想：她十几岁的时候，对中外明星也是如数家珍的。

她正沉浸在追不上潮流的小郁闷里呢，从她的左后方突然递过来一包大白兔奶糖。

韩梅转头一看，对上了大苏眯缝成一条线的眼睛。

"请你们吃！"他笑眯眯地招呼几人道。

两个小女生嫌弃地瞥了一眼包装袋，摆摆手便继续她们的话题了。

只有韩梅高兴地拈起一颗放进嘴里，记忆中浓浓的奶香充盈口腔，她不禁感叹："好怀念的味道呀！"

大苏大有觅得知音之感，也高兴地吃了一颗，说道："大白兔奶糖果然是咱们的集体回忆。"

他说起小时候亲戚家给他送了一大包大白兔奶糖，他妈怕他生蛀牙，不给他多吃，他就偷偷抓了一大把藏到衣柜里，结果后来忘记了，招引了一大堆蚂蚁，害他差点让他妈打死。

两人聊开了，她才得知大苏读书的时候也是篮球队的，有时手痒了，去找表弟一起打球，一来二去就和篮球队混熟了，现在中学教体育。

大苏见韩梅和小女生们插不上话，撺掇着让她一道去跟光头他们打扑克。

两人走过去，他一手拍在光头肩上："你们这玩的什么呀？"

"大怪路子。"光头一转头，朝二人露出贴满字条的脸，像挂满了叶子的梧桐树。笑得大苏直接就把他从座位上轰起来了："赶紧让位吧，你这烂牌技还好意思丢人现眼！"

谁知他二话不说，又把韩梅推了上去。

韩梅的推拒刚出口，就被大苏用大掌牢牢地压在位子上："别怕，还有我当技术支援呢。来吧！80后，站直了，别趴下，别让孩子们看了笑话。"

韩梅能怎么办呢？她只好硬着头皮上了。

幸亏她理解能力不错，听完大苏的解说，觉得这大怪路子的玩法其实跟她会的争上游差不了多少，只不过从单人赛换成了团体赛。

经大苏指点过两次，她再出牌就游刃有余了。

等玩过两把，还能有余力拆自己的对子带同伴出牌，帮着他们队赢了几把。

原本横卧在两代人间的代沟，也很快在嬉笑玩闹中消弭不见了。

乔尼很快投降认输，站起来让大苏上场，自己站到一旁观战。

瞥见不远处的陈晨和陆巧巧两人，乔尼又忍不住叹了口气："看看这两个人，怎么跟斗鸡似的！"

"很明显，是神女有心襄王无梦呀。"肖雯转头看了一眼，说道。

"陆巧巧有哪儿不好呢？又从小就爱缠着陈晨。她听说陈晨正处于感情空窗期，死缠着我说要来。我想着恰好能缓冲一下队伍里的阴阳不调，就把人叫来了，谁知陈晨面对这送上门的肉，还是爱搭不理的。她长得又不差，是我就先答应了！"他耸耸肩说。

原来是这样啊！韩梅这才明白了陈晨见到陆巧巧时的那一愣。

不知道是不是由于刚下过小雨，下船的时候，空气顿时冷冽起来，大家真切地感受出秋的意味。

大家披上外套，很快坐上了王大个儿叫来的"黑面的"，摇摇晃晃地直奔西沙湿地而去。

大伙儿买了票，迫不及待地沿着木栈桥朝里走，很快便被西沙滩头的连天芦苇海包围了。

陆巧巧大概自觉一路上拿如花热脸贴了陈晨的冷屁股，小脾气上来了，直接回归到热裤三人小团队里了。

小年轻们像脱缰野马，吹着走音的口哨蹦蹦跳跳往前走，路边随意垛起的干芦苇，或是几座很有诗意的小凉亭，都能让他们大惊小怪地驻足欣赏；就是实在找不出值得入照的景观，他们也能不顾形象地各种摆拍。

自带单反的大苏，理所当然地成了随团的摄影师，等待着随时被征召。

韩梅不爱拍照，很自然地落到了队伍的后方。

她享受着这份远离喧嚣的自在，任海风肆意地吹乱她的长发，让肺部被甜香的空气充盈。

陈晨维持着船上那副人嫌狗不待见的模样，走在了队伍的最后方。

很快，有人在前头小茶坊旁发现了一条搁浅的小木船，吆喝大家过去拍照。

大苏答应着，走前还不忘招呼韩梅。

韩梅才准备慢慢跟上，手就被身后的人拉住了。

陈晨抬头，对她露出躲在鸭舌帽下的眼睛。

韩梅只觉得被他黑瞳仁里掠过的笑意晃了一下眼。像是孩子藏在舌底的糖果，甜丝丝的，冷不丁地让你看见一丁点，散发着让人无法拒绝的香甜气息。

陈晨对她做了个"嘘声"的手势，轻轻一纵，便先跳下了芦苇荡。

他站在快有一人高的草荡里，朝她无声地张开双臂，是司马相如引诱卓文君私奔的姿势。

韩梅都傻眼了，这人怎么想到一出是一出？

同伴的吵闹就在几十米外，而他定定地站着，对她露出了魅惑

小男友

的微笑。

她哪里还有得选？眼一闭，义无反顾地就往下一跃。

等睁开眼，她已被陈晨抱着落地。

他拨开长长的芦苇，拉着她，悄悄往来时的方向走。

她忍不住频频回头探看。

没等多久，大家便发现不见了两人，从远处传来了喊他们名字的声音。

韩梅吓得都呆住了。

陈晨一手就将她拉到了桥底下靠着木桩子站住了，有又急又快的脚步声恰巧从头顶经过，像是敲门声，声声都落在了韩梅紧绷的神经上。

韩梅睁着大眼，巴巴儿地向上张望着。

陈晨还故意逗她，凑到她耳边低声打趣："你当是一二三木头人吗？一叫唤就缩在那儿不动。"

韩梅又羞又急，气呼呼地去捂他的嘴。

灰尘和着阳光，随着被踩得震动的木板，纷纷扬扬地漏下来。

陈晨欣赏她被光斑点亮的眼，笑嘻嘻地去吻她的额头，惹来一阵敢怒不敢言的怒瞪。

他的话里酸味浓烈："谁刚刚在船上和金刚芭比眉来眼去的？"

什么金刚芭比？韩梅一愣，好一阵才想明白他说的是大苏，虽有一副壮硕的好身板，偏偏配了张秀气的白皮脸。

她一脸哭笑不得："说什么呢！大苏人好，见我和大家不熟，带我玩怎么了？"

人好，光是看着你就脸红？陈晨在心里怒驳，却不点醒她。

韩梅忍不住用手在鼻子前扇了扇："我怎么闻到好大一股酸味呀。"

"是我吃醋了怎么着？本来十二星座里面狮子座就是醋性最大的……"

这也算合理解释？

176

"那我还没说你的陆巧巧呢！"

"什么我的？你没看我一路洁身自好严防死守吗？"

她故意取笑他："所以才摆出一副被欠了几百万的表情吗？"

"要不是你一直不肯给我个名分，乔尼那厮至于乱点鸳鸯谱吗？"

陈晨见韩梅白眼都快翻上天了，问她："怎么，我说得不对吗？"

韩梅说："我就看看这天到底什么时候要飞霜。"

陈晨哼哼。

她稍稍露出脑袋，朝远处张望："他们走远了没？咱们什么时候上去呢？"

"路就那么一条，上去总会碰见的。"

"那怎么办？"韩梅的鞋跟上已经裹了一坨泥。

陈晨主动在她身前蹲下来："上来吧！"

韩梅说："哪那么娇气？我自己能走。"

陈晨坚持："就凭你那反应速度，说不定什么时候就被发现了。"

韩梅只好依言趴上去，陈晨背起她，拨开草丛往入口的方向走。

韩梅搂紧了他的脖子问："咱要是这姿势被碰见怎么办？"

他走得有点喘，想了想笑道："就说你摔倒了，我背你是为了尊师重道！"

正说着，陈晨的身上突然传来手机震动的声音。

他扭头和韩梅相视一眼，果然在对方眼里找到了同样的猜测。

韩梅不自觉地搂紧了他的脖子。

陈晨用眼神支使韩梅帮他拿手机。

她问道："放哪儿了？"

"你找下裤子口袋。"

韩梅手伸进去摸了摸，说："好像没有呀！"

"再找找。"

韩梅红着脸把手抽出来，狠狠地瞪了他一眼："根本没有！"

陈晨倒是忍不住笑了："那要不你看看外套里？"

果然在那儿！

韩梅忍不住打了他一下："臭流氓！"

陈晨挑起一边眉毛跟韩梅耳语："别光说我占你便宜了，我这算给你摸回来了呀。"

气得韩梅简直想勒死他。

只听他"嗯嗯啊啊"地跟那边应对，竟还倒打一耙："走着走着就不见了人，肯定是你们光顾拍照了，要不等下就在大门口会合吧。"

韩梅听得想笑，明明是他千方百计地想带她来，结果却想方设法带她走！

这么矛盾着，却让韩梅觉出不一样的味道来。

她把脸贴在他的脖子上，闭起了眼睛，幸福感似乎就是此刻吹动衣角的微风，笼罩到身上的暖意，芦苇擦过衣服时发出的沙沙声。

她越过肩膀去看他的侧脸，毫无缘由地感觉甜蜜。

"抱紧我，别摔了。"陈晨说。

韩梅得着了借口，趁机又将他搂紧了一些。

大部队慢悠悠地逛了两个小时才回到了大门口集合处，乔尼给陈晨打电话，才得知陈晨他们早就从里头出来了，说正在附近买东西。

大家又等了有十分钟，才见二人从另一条小路上走来，手上大包小包。

众人脸上都有点吃惊，乔尼的手里被塞了一个十斤重的大南瓜，满眼掩饰不住吃惊："这是什么？"

韩梅一脸兴奋："你们的晚餐啊！刚好碰见本地农户在摆摊，我居然还买到了毛蟹和沙蚬子，咱们自己动手丰衣足食！"

乔尼一脸惊诧："不是已经订好了酒店的海鲜自助吗？"

陈晨宠溺地看着仍旧沉浸在"买买买"余欢中的韩梅，随手就把乔尼的美梦捏碎了："我忘了订。"

乔尼还在大呼小叫的时候，大家已经抱着东西上车了。

老司机开着超载的七座小面包，带着大家左转右拐，开了有个把小时，才将一行人送到了陈晨亲戚家的别墅。

乡间别墅一共三层，带着前后花园，平时不住人，只有放假了亲戚才带着小孩子来享受一下农家生活。

韩梅放下东西四处摸摸看看，发现床铺被褥齐备，锅碗瓢盆也都刷得锃亮，可见是提前收拾过了的。

大家走进房后的小院。她一眼就喜欢上那个以鹅卵石和草坪分隔出的别致的休憩区，摆着一组舒适的藤编沙发，头顶上是攀满牵牛花的花棚。

恰是夕阳西下花开时，坐在那儿，抬头就是被花叶点缀的天空。

韩梅回屋就准备喊人将储存室的烤炉搬到庭院里，却发现只有大苏和王大个儿在主动收拾买回来的瓜果。她上楼去唤人，谁知敲开第一扇门就看见乔尼和光头正对坐着喝酒抽烟。

她挥开眼前的烟雾，道："你们这是干吗呢？还不赶紧下来帮忙？"

光头慌慌张张地把手里的半截烟塞进喝空的啤酒罐里，跳下床来找拖鞋。

乔尼却赖着没动，又喝了一口饮料，面色红润地说："韩老师，都放假了，能让人喘口气吗？"

韩梅用打趣的语气道："这烟雾缭绕的，能喘气吗？"她又催促了一句，"快下来吧。"说完转身走了。

乔尼也不管韩梅是不是会听见，嘟嘟囔囔道："真没劲，她自己愿意当宿管阿姨，就把咱当中学生？"

光头还在劝："算了算了。"

乔尼一脚就踢在了那个被当成烟灰缸的啤酒罐上。他也没料到罐子一倒一滚就碰到韩梅的脚跟，还带着火星的烟灰洒了她一脚。

韩梅吓得把脚一缩，幸亏还穿着袜子呢，倒没怎么被烫到，面上的惊诧都是吓得。

她还没来得及看清动静，身后就传来了乔尼的痛呼。

"陈晨！你干吗？！"

韩梅一扭头，居然见两人扭打在了一块儿。

她赶紧过去抱住陈晨，要不是拦阻及时，他一拳就又要下去了。

另一边的光头也缓过神来，飞快地将倒在地上的乔尼拉起来。

其余的人听见喧哗，纷纷聚集过来。

"冷静点！"大苏仗着年长几岁，出来主持大局，"这到底是怎么了？"

动手的二人对视着，嘴里只剩下粗重的喘息。

"你俩平常好得穿一条裤子都嫌肥，到底是什么事要用拳头说话？"大苏转向乔尼，问道。

后者摸着被打红的脸颊，一脸愤愤不平："问我干吗？谁知道这厮吃什么药了？"

陈晨威胁地用手指了指他，扭头就走了。

大家一时间面面相觑。

韩梅追着陈晨下了楼，将他拽进小厨房，拉过他的手一瞧，果然指关节都红了。

陈晨嘴里还在碎碎念："谁跟那个二百五穿一条裤子，敢动我衣服，看我不废了他手足！"

韩梅一愣，好半晌才想起这是在回大苏的话呢。

她觉得好笑，转身烧了水，煮了鸡蛋摁在红肿处，果然引出了他"嗞嗞"的痛呼。

她心里有点甜，又有点酸，说道："看你下次还上来就动手不。"

陈晨气还没消，看一眼韩梅的脚，确认真的没伤到皮肉，才冷哼一声："你不看看他的脸，肯定比我伤得厉害！"

陈晨得意地享受着她的温柔小意，转头见小锅里还有鸡蛋，立马就转喜为怒了："你煮这么多干啥？不会是给他弄的吧？"

韩梅说："反正也不多费什么工夫。"

陈晨把鸡蛋从锅里捞出来，还热着呢，三两下就剥掉蛋壳塞进嘴巴里，边说话渣渣就边往外喷："才不给他留！"

韩梅边叫边躲，又好气又好笑。

她也懒得再去关照后青春期男生们的间歇性狂躁症发作，下一顿还没着落呢，当务之急，要抓紧时间，召集大家做晚饭！

韩梅早就弄了张工作清单，让大家挑着自己会干的来。

这法子却推不动乔尼和"热裤三人组"这样的拈轻怕重之流。要让他们开了偷懒的头，多干了的也会不高兴。

怕三个和尚没水喝，大苏主动出来挑大梁："这样吧，最费工夫的海鲜就由我跟韩老师收拾，男生分头去买炭买饮料生炉子，女生们负责洗菜切瓜，这样可以了吧？"

怎么没问题？陈晨觉得问题很大！他立即摆了一副五讲四美三热爱的模样，说道："不行！都吃一样的东西，凭什么女生就可以少干活？咱们用比赛决定好了，输的人干重活。"

"热裤三人组"听了，生怕要比力气，马上提议："那玩'人间Zero'好了，咱也不分轻活重活，反正赢的人有权先挑任务。"

如此大家便达成一致意见了。

韩梅听说过这游戏，源于当红的综艺节目，玩游戏的人分成两组坐在相对的条凳上，攻方报数字，守方的人就要站起来，若站起的人数刚好等于喊的数字，那就算输。比的不光是参赛者反射弧长短，还有团体默契和运气。

大家抽签分了两组对战，韩梅对规则不熟，一路下来玩得战战兢兢，所幸几轮下来都无惊无险。

等又一轮开始，对面刚喊了个"2"，韩梅猛地站了起来，她正要庆幸只有自己一人，陈晨却也跟着站起来了。

韩梅瞠目结舌地看着他，被大家哄笑着赶出去了。

韩梅的出列像是开了个头，接下去几轮，也让剩下的人很快分出了输赢。

轮到韩梅的时候，采买、生炉、洗刷等等都被人挑走了，只剩了负责收拾生鲜食材的重头戏。

陈晨帮着韩梅将食材搬进了厨房，见韩梅拿围裙，得意地朝她张开了双臂。

　　韩梅撇撇嘴，踮起脚帮他把围裙挂到脖子上，转到他身后替他系带子的时候，才狠狠地戳了一下他的腰，压低声音声讨："你是故意的吧？提议玩游戏，又故意连累我，就是为了和我孤男寡女！"

　　"难不成你还想和谁孤男寡女？跟金刚芭比？"他问。

　　她借着没人看见，狠狠地打了他屁股一下，然后就把一袋子盐塞到他手里，让他放进水盆里帮着蛤蜊吐沙子。自己转身拿起小刷子，仔仔细细把螃蟹刷干净。

　　陈晨就想逗她说话呢，看着她手里的小刷子又问："这刷子怎么这么眼熟，不会是我的吧？"

　　笑死人了！她买的一排装的新牙刷，里头每支不都长一个样啊？

　　她故意要气他："是啊，有什么关系？反正这螃蟹也是放进你嘴里的。"

　　他掬起水池里的水作势要反击："那你也喝一喝八脚将军的洗澡水，反正螃蟹待会儿你也吃。"

　　吓得她猛地跳开了好远。

　　两人又笑又闹，边做菜还边打嘴仗。

　　陈晨借着拿东西或者找配料，时不时偷偷摸摸揩她点油，直接导致韩梅的工作效率大大降低。

　　她烦不胜烦，把陈晨撵到外头去处理腌制的肉，鸡块和牛肉粒配上切好的南瓜块和土豆片穿到竹签上做成串，鸡翅和猪扒也得装盘待烤！

　　韩梅一个人在厨房里收拾好了螃蟹，只等蒸好了切上姜丝配上白醋，原汁原味的就是一道菜。

　　另一半的南瓜和土豆，放到鱼汤里煮，加上蛤蜊和粉丝，弄成杂菜煲，秋日里吃，既鲜嫩又爽口。

　　饭后甜品是炙烤地瓜，洗净了切成块，用锡纸包起来，等炭火快熄灭时，再搁到炉里借余温烤熟。

乔尼跟三个女孩是胜出者，首先挑走了买饮料的任务。

不料回来的时候，活儿干完的已经吃了，他们也赶紧加入夺食大军。

陈晨正端着食物，一个人坐在花棚下吃东西。

乔尼摸了摸鼻子，主动给陈晨拿了一罐啤酒过去。

陈晨看了他好一阵，才把喝的接了过去。

两人不言不语，分坐在沙发两端。

乔尼给自己也开了瓶啤酒，喝的时候被酒液辣到了，忍不住发出"咝"的一声。

陈晨趁机鼻子里哼了一声，明明白白是"你活该"的意思。

乔尼冷不丁地问了："那什么，我以后是该叫她老师呢还是嫂子？"

陈晨转回头，神色戒备，眼睛跟探照灯一样审视他："你是什么时候知道的？"

乔尼倒吸一口凉气，眼睛瞪得老大。他不知道啊！他就是试探着问一下，谁知居然就真相大白了。

刚才去买饮料的路上，陆巧巧还对他狂轰滥炸，问韩梅跟陈晨是不是有一腿，要不怎么一起买完菜，还偏要一起做。他还给陈晨辟谣呢，说："怎么可能？陈晨又不是没断奶，找个大好几岁的干啥！"

陆巧巧恨恨地一跺脚："你看陈晨看她的眼神，只恨不得整个人黏上去了！"

他还信誓旦旦地说："哪个男的看美眉目光不是跟 X 射线一样？女人就是想太多！"

可当他给陈晨递啤酒的一刻，脑中突然浮现起了自己踢罐子的画面，整件事不正是从韩梅受伤开始的吗？

那一瞬间，他好像被人打通了任督二脉。陈晨这段时间的古里古怪，他忽然间就想明白了。比如陈晨之前还硬缠着韩梅，从山城回来突然就不折腾了；比如他一万年吊车尾，居然还自告奋勇要当班干部；还有明明他们篮球社的活动，偏还要拉上个辅导员……

他心中震撼不已：果然，女人有时候的智商仅次于爱因斯坦啊！

乔尼好久才平复下来，慢慢靠近他："你还记不记得，有一次，你手机打一半断电了，还专门借了我的手机给对方报备？"

陈晨白眼一翻，这他哪能记得！

"我还说什么时候见你这么贴心过呢，一好奇，我就去查通话记录了。我当时看见上面居然是学院办公室的号码，还在心里暗暗钦佩呢，想这厮为了给咱们当班长，还真是劳心劳力呀。现在看来，嘿，原来你都是在假公济私啊！"他手一拐，就把陈晨的脖子扣住了，"把我的敬佩之情还回来！！"

陈晨好不容易才挣脱开来，首先干的不是报复，而是捂住他的嘴："你小点声！"

"哟！还玩地下恋？"乔尼忍不住对陈晨笑了，"行啊陈晨，干得漂亮呀！"

陈晨摸了摸鼻子，也忍不住笑了。

乔尼早饿了，从陈晨的碗里顺过来一个鸡翅，吃完又跑到别人那儿搜刮了两个，回来就忍不住跟陈晨念叨："哎，你们买的鸡翅不是残次品吧？怎么每只都没了翅尖？"

陈晨这才若无其事地掀开了身边盖住的小碗，露出了满满一碗的烤翅尖来，说道："你嫂子就爱吃翅尖，我专给她留了。"

看得乔尼目瞪口呆。陈晨是被外星人附体了？

正说着呢，韩梅端着洗好的水果就从厨房里出来了，看见陈晨和乔尼已经尽弃前嫌坐在了一起，她心里还是挺安慰的。

乔尼站起身，一张嘴就想喊"嫂子"，可第一个字才出口，就被人在后头狠狠地踹了一脚。

他恼怒地扭头，被陈晨的目光一扫，才回过神来，把话结结巴巴地改成了："勺、勺子……有吗？"

"有手有脚的，你不会自己去拿呀？"陈晨趁机把电灯泡赶走。

韩梅给乔尼指了位置，又没好气地对陈晨说："你也有手有脚，见我拿着东西呢，不会帮一下忙吗？"

陈晨横躺在整张沙发上，闻言抬了抬手，从她端着的果盘里抓过一把青葡萄放进嘴里嚼："这样有没有好一点？"

韩梅要气死了，把果盘搁在他的肚子上，推开他的腿在沙发上坐下来，说道："光吃不干活。"

陈晨可是一点都不生气。

这人怎么这么讨厌呢？得了便宜还卖乖，要不是大庭广众的，韩梅真想掐死他。

陈晨见她真要恼了，才忙哄道："知道你爱这花棚，我一直坐镇这里给你占座呢，劳苦功高得很，否则你现在哪能坐得这么舒服？喝着水也别忘了我这个挖井人。"

韩梅毫不犹豫地给他扔过去两颗卫生球，说道："合着一下午，你就给我干了一件大事，还是用屁股干的？"

陈晨这才把盖住碗的纸碟拿开，朝她推了过去。

韩梅一看，里头除了烤得金黄的鸡翅尖，还有给她剥好的蟹黄和蟹肉。

"我才不给那些臭小子干活呢，"他说，"我只伺候我喜欢的人！"

大伙儿一开始对韩梅这个烧烤的提议还不甚在意，谁知等吃的一上桌，大家就都恨不得有八个胃。

到最后，大家把买来的食材扫荡得精光还觉得不过瘾，连包装零食鱿鱼丝都拿来放到铁网上烤，等鱿鱼丝轻轻卷起来，淋上酱油和日本芥末佐啤酒，误打误撞地做出了另一番风味来。

大家吃饱喝足，嫌火炉边热，纷纷移到花棚底下吃水果。

篮球队里好几个都是毕业在即的，张嘴便不离找工作，甚至还有主动向韩梅打听起就业形势来的。

韩梅自己不带毕业班，只好拿出当学生时看来的经验跟大家分享，比如投简历即便是广撒网，也得有针对性，在申请不同的职位时，还要微调一下，做到突出重点，活生生又开了一次毕业动员会。

大家纷纷说着自己的毕业计划。

趁着陈晨刚好去拿喝的，有女生问起陈晨，光头忍不住就酸上了："还用问吗？肯定是政法系统。"

陆巧巧却冷不丁地抛出一句："他爸早就定好要让他出国的，不信你问乔尼，他俩一起上的托福班。"

见韩梅一脸惊疑的模样，乔尼顿时支支吾吾起来："问我干吗？我就是去凑热闹的。"

陆巧巧用手肘推乔尼："谦虚什么呢？你都泡多少妹子了？"

乔尼远远看见陈晨回来，生怕又被牵累，赶紧站起来巧转话题："难得放假，还聊这些扫兴的干吗？都玩游戏去！那些在船上赢了牌的，都给我等着！"

此处前后都是农居，天一黑就黑灯瞎火的。

大家吃饱喝足，关起门来玩游戏，什么数七、什么萝卜蹲，一一玩过来，输了的人就要被贴字条。

几轮下来，陈晨即使是输了，也仍旧靠着一张好看的脸，骗得女孩们手下留情。

连名花有主的肖雯也被他看得脸红红地说道："哎呀，字条用完了嘛，我就不罚他了。"

韩梅看不过去了，从包包里掏出水笔站起来："小年轻，你们还很不够啊！校草怎么了？全世界仅此一棵怎么了？怎么能那么容易被美色动摇？没了字条，还有这个啊。"韩梅上前就在他脑门上画了只大乌龟。

她在心里得意，这下看你还怎么当个安静的美男子！让你随随便便惹那么多狂蜂浪蝶！

谁知她的幸灾乐祸没能持续多久，等下一轮输回去，就遭到来自陈晨的如同狂风暴雨的报复。

他仗着身高优势，长手一捞，就将她拉进怀里，不顾她挣扎，用腿将人固定住，用水笔将她画成了一个大花脸，还掏出手机，非要拍下来留念。

韩梅被闹得眼泪都笑出来了，气喘吁吁地喊了停，进洗手间一照镜子，才被自己那媲美包公脸谱的"妆容"吓了一跳。

这算不算是偷鸡不成蚀把米？

她拿手在脸上使劲搓了两下，又忍不住笑了。还当着大家的面呢，陈晨真是人来疯！

她低头看看，居然连外套的领子上也沾染了墨水痕。

幸亏是不吸水的风衣，韩梅脱掉了外套，用洗手液把脏处搓洗干净，才开始打泡沫洗脸。

她顶着一脸水去摸纸，几次都没摸着，却被塞了一把进手里。

韩梅吓得猛一睁眼，见镜子里陆巧巧正站在她身后，双手交叉在胸前，下巴高抬，一副神色莫测的模样。

韩梅尴尬地说了声"谢谢"，道："可能水声太大了，刚才我没听见你敲门。"

她以为是占用太久了，陆巧巧等不及用，于是几下收拾好自己的东西，赶紧将位置腾出来。

陆巧巧却动也不动："我说，你们俩感情挺不错的。"

韩梅一愣："你说谁？"

"还有谁，陈晨呀。"

韩梅猜，肯定是刚才玩游戏时，两人的小互动被陆巧巧看出点什么来了。她心里也浮起一丝后悔，便努力地装傻充愣，准备来个打死不认账："哦，他是我的老班长了，人来疯的性子，玩得嗨起来，不管不顾。"

她笑嘻嘻地打着太极，留下一句"你慢用"，就准备转身出去。

"这么说，你也知道他对你不过是玩玩而已？"

韩梅不禁脚步一顿，面色也为对方话里的不礼貌而冷凝下来。

陆巧巧冷笑道："陈晨毕业就要出国的——"她加重了语气。

"要不是他爸怕他一人在外面学坏了，没人帮着擦屁股，早就把人送出去了。不管陈晨跟你许了什么愿，胳膊总是拧不过大腿的。

为他，我可是连申请的学校和旁边的房子都安排好了！韩老师你呢？"

韩梅不悦地打断她的话："我怎么听不懂你在说什么？"

陆巧巧走到韩梅身边，冷手突然摸上了她的脸。

韩梅下意识地一缩，才看见她手里是纸巾屑。

陆巧巧厌弃地扔掉纸屑，边洗手边笑着说："你可以当我在可怜你。明明比我大那么多，想法却还那么天真。"

韩梅气得胸口都疼了，偏还得装出不懂的样子。

陆巧巧达到目的，得意地一笑，转身越过她，先出去了。

等韩梅收拾好下楼，乔尼正拿出孔明灯，邀大家一起去放。

陆巧巧手里抓了一盏，硬拉着陈晨让他陪自己放。

看见韩梅跟着下来，她还指派两个小姐妹："你们俩跟韩老师一组吧！"

陈晨立刻发现了韩梅脸色不太对劲，他挣脱开了陆巧巧，迎着走向楼梯口问道："你怎么了吗？"

她摇摇头："没什么。"

她下楼前，面上已经看不见那被人故意踩一脚的怨气，对着陈晨的欲言又止和陆巧巧的示威，她大度地摆出笑脸来，婉拒道："放孔明灯我就不去了，你们注意安全，别玩得太晚。"

陈晨站着不肯动。

"快走呀。"她悄声劝道，"我是干一天活累了而已。"

陈晨还不想走，耐不住大伙催促，便跟他们一道出了门。

空落落的房间里，终于只剩了韩梅一人。

她拿起没喝完的可乐，回到房间边晾头发，边慢慢享用。

灌下一大口，她才突然发觉瓶身上有黑色的一点，似乎怎么都擦不掉。

她疑惑地又喝下两口，少了液体的遮掩，透明的瓶身上渐渐露出了完整的图案。

那居然是用黑色马克笔写的"I LOVE U（我爱你）"字样。

韩梅觉得好笑，不用想也知道是谁的杰作。

她不顾形象地将身子蜷缩到凳子上，心中那点因陆巧巧的挑衅而起的郁闷，随着长长的嗝，仿佛都一起吐出来了。

从这段感情一开始，她就是摸着石头过河。

她靠着一点孤勇，在一片迷雾中前行。

是为了陈晨的真心，她才努力说服自己相信他，可是总有这样那样的时刻，让她觉得心累。

她是真的累了，于是躲起来了，想偷偷地自己消化掉这股不安。

她觉得这才是成年人的感情，包容、坚定。

她正想着，手机突然响了。

她翻开手机一瞧，是陈晨发的一条彩信。

她下载，打开。短视频像素不高，一开始是一片白色，上头歪歪扭扭地写了硕大的"在"字。

等画面晃悠着拉开了，她才看出拍的原来是一盏孔明灯，在热气作用下慢慢腾空飞起，向上攀升。

到了某处，一阵风陡然吹来，空中越变越小的孔明灯忽地打了一个旋儿，转出一直看不见的另一面，是"一起"两个字。

在视频的嘈杂声里，她的心却仿佛落入了十分安静的所在。

那照不亮天空的点点灯光，透过手机屏幕，奇异地煨暖了她的心。

原来，她藏起来的不安，他还是发觉了。他用这种方式来安慰她的心。

她微笑着回了个"好"字，然后合上手机盖，将它摁在了胸口处。

有还没熄灭的微光从翻盖的边缘漏出来，暖融融的，仿佛罩住了她被喜悦充盈的心。

第二天，大家在森林公园玩了大半天，又在农家乐吃完晚饭，才收拾东西踏上归程。

饭馆位置偏僻，韩梅怕开车师傅找不到人，就提前站到饭店外面的大路上等。

晚霞一瞬间就没了，黑黢黢的街道上，店家自己挂起的钨丝灯泡像是一颗被夜色催熟的水果，周围是大群不知名的飞虫，"嘤嘤嗡嗡"地聚拢着。

她想着天气还不算冷，所以只穿了条短裤，等被蚊子叮了好几口，却后悔也来不及了。

她尴尬地边看手机边跺脚，左右手不时拍打在手臂上，远远看着，就跟四肢不协调的提线木偶一样，时不时地抽搐一下。

大苏从饭店出来看见了，觉得好笑，回去问女生借了瓶花露水，放轻了脚步走过去，一声不响地喷在韩梅的手臂上，果然把她吓了一跳。

他看着韩梅瞪得老大的眼睛，笑嘻嘻地把瓶子递过去："给你用。"

他说完也不走开，边抽烟边陪韩梅聊天，还不时体贴地用手替她扇走周围的蚊虫。

他没话找话地说："韩老师，你做菜手艺真不错，比这农家乐的还好吃，以后搞野餐也请你来指导吧。"

韩梅以为他就是说客套话，还挺高兴，顺嘴说了句"好"。

谁知大苏真的掏出手机，问韩梅要手机号："说定了，安排好了就给你发短信。"

韩梅有点诧异，半晌愣怔。

陈晨付完账出来，刚好就看见两人把手机收起来，他眉头一皱。刚好车来了，他过去吩咐韩梅先上车，又指挥想要跟上去的大苏去帮后面的人拿行李。

见大苏依言走了，陈晨抢先一步将韩梅安排在最后一排的角落里，把守韩梅旁边的位置，借着摆放行李的由头把一整排的座位都塞满了。

等大苏忙完上车，陈晨也正好完美收工，顺势坐在了韩梅身旁唯一的空座上。

大苏一看这阵势，只好灰溜溜地在坐到前面去了。

韩梅早就被陈晨的动作逗得想笑，苦于不能在人前表现出来，只能忍着将视线转向窗外。

　　陈晨调整了一下坐姿，得意地把腿伸得直直的。

　　大家昨天睡得晚，又疯玩了一整天，等上了包车，顿觉困意浓浓。

　　车子碾在泥路上一摇一晃，仿佛小摇篮，车厢里很快便鼾声一片。

　　韩梅也忍不住头一点一点地，左摇右晃总找不到落点。

　　她下一刻就要睡着，车子突然一颠，害她差点就磕在了玻璃上，一只大手扶在了她的额头上，并不声不响地趁机将她的头拨靠到肩膀上。

　　韩梅下意识地皱眉，想要离开，却被人摁了回去。

　　陈晨悄声说："你现在睡着了，所以别乱动！"

　　她嘴角一翘，闭上了眼睛，真的在他肩上打起瞌睡来。

　　他们的身体隐在黑暗的车厢里，只有行驶中一闪而过的路灯光，短暂地掠过那双交握的手。

如果，故事结束在这一刻就好了。

韩梅多少次都在梦里对自己说，如果这样，她就能错把这刹那的美好当作永恒，永远抱着美满团圆的错觉，而无须面对这辆面包车带着两人驶向的，那个分崩离析的未来。

鼻端的碘酊味，模糊了现实与虚幻的分界。

韩梅的意识还在从瀛洲岛回程的车厢中，她把头搁在陈晨的肩膀上，想笑，下意识地哼哼出声。

"醒了？"冰冷而无甚起伏的女声，像刺穿帷幕的一把利剑，将梦境刺破。

韩梅猛地睁眼，浑身的疼痛将意识带回到了现在。

她侧头一看，手背上是针头，连接的管子接在了吊瓶上。

再旁边，一名面无表情的白袍女子正替她调整输液的速度，胸牌上写的是申市交通大学附属第一医院呼吸外科医生柳琳。

她想动，却浑身无力，如同生锈的机械，或者陷入泥里的车马。

"我这是怎么了？"韩梅张嘴，才发觉自己连嗓子也像被强力胶水粘住了，轻轻一扯似乎都要撕开血口子来。她艰难地咽下炙热的口水，平复疼痛引起的耳鸣。

"大叶型肺炎！"女医师宣布，"你胆子够肥的，感冒了还淋雨。"

医生的话像是碰触到了她记忆闸门的开关，弃车而走的一幕，顿时汹涌着回到了眼前。

她记得自己是躺在自己的床上，怎么醒来会在医院呢？

她还没来得及发问，女医生一声"张嘴"，不由分说就把压舌板塞进她嘴里。

喉头异物感弄得她胃里酸水直冒，喉咙一抽搐，又是一阵拉扯着的痛。

女医生对此并没注意，放开了她的嘴，又上手拉开了她的衣服。听诊器贴在她的胸口上，冻得她整个人猛地一个激灵。

"你得好好养养呢，躺着吧。"柳医生直起身，在病例板上添了几笔，就转身出去了。

不知道是不是药力开始发挥作用，她昏昏沉沉又想睡，不知过了多久，听见"砰"的一声闷响，才又醒了过来。

她想抬头看情况，被人摁住了："你别动，让我来！"

是黄宝儿。

终于碰见熟人，韩梅长舒了一口气："我怎么在这儿？是你送我来医院的？"

黄宝儿放下手里的包，弯身捡起一个东西。

韩梅才发现原来是暖水袋被她踢到地上了。

暖水袋外头，还细心地包了件西服外套。韩梅看着黄宝儿用那件早已经被压得如咸菜一般的西服外套把暖水袋按原样包了起来，塞回到自己被子里，面上浮起一抹古怪的打趣表情："我之前怎么不知道你跟陈老师那么熟？"

韩梅顿时一愣。

黄宝儿看她的神色不像作假，才解释："我刚好到别的楼层借方便面去了。亏得陈老师来找你，发现敲不开门，叫楼管阿姨拿钥匙开了，才发现你高烧晕过去了。"

黄宝儿说着说着双眼发光，捧起自己的大书包，就在一边演示起来："他二话不说，给你一个公主抱，直接就将你抱进车里送医院了，简直不要太帅哦！我说你好了以后，可得好好谢谢人家，昨天付钱跑腿陪夜都是他，我熬不住回去眯了一会儿，刚刚接到他电话，让我来替他。"

黄宝儿那羡慕的目光，让韩梅不自在极了。

她看了看输液的进度，说："我感觉现在好像好多了，要不吊完这一瓶，咱们就出院吧！"

黄宝儿目瞪口呆："你脑子烧坏了吧？我换洗的衣服刚帮你拿来，原封不动就要扛回去？"

"我的身体，我自己有数，反正就是吃药输液嘛，学校那么近，每天过来打点滴就行。"韩梅说。

黄宝儿犟不过她，索性搬了医生出来。

她的原意是让医生嘱咐她安心休息的。谁知柳医生听见韩梅张嘴说要出院，拿笔头敲了敲桌子，问道："陈律师怎么说？他这费尽心思从人家手里抢来的 VIP 房，住一天又退了？"

韩梅没料到他们原来认识，更没想到这里面有他这样的安排，她稍微一愣，去意愈加坚决了："那更不好意思再麻烦你们了，我好多了，接下来会遵医嘱每天过来打针的。"

柳医生默默打量了韩梅好久，无甚表情的脸上突然有了点笑意，居然真就在出院单上签了字，说道："行吧，你也不用排队挂号了，有什么情况到五楼找我就行。"

黄宝儿没想到事情在她们俩的合计下，居然就这么诡异地定下了。

她等韩梅换好衣服，再次扛起那个半人高的大背包，气呼呼地揽着韩梅下楼办手续去了。

医院里不好打车，黄宝儿让韩梅在住院大楼的门口等着，自己跑到外面去叫出租车。

所以，当赶来的陈晨急急忙忙地跑到住院大楼前，看见的就是这么一幕。

韩梅瑟瑟发抖地靠在廊柱边，将半张脸埋进毛衣竖起的大领子里。

巴掌大的小脸无血色，车厢中对峙时的张牙舞爪不见了踪影，只剩委屈和可怜。

她一只手还摁着针口上的棉花，受伤的手别扭地伸进打开的包里取手机，用肩膀蹭开耳际的头发，将手机夹起来，中途笨手笨脚地还几乎把手机摔了。

那一刻的她，跟美丽完全不沾边，甚至有一种被淋湿的动物幼崽躲在墙角独自舔舐伤口的肮脏、慌乱和孱弱。

可世界上，总是有些事是没有道理可讲的。

比如，为什么他那狂怒而急躁的心，在望见她的刹那，便找回了平静。

像是他手机里那首不惊艳的歌，让他一再单曲循环。

陈晨慢慢走过去，才发现她絮絮叨叨地正跟院里销假。

他一伸手就夺了她的手机。

韩梅惊吓转头，终于发现了他的所在。

他简短地命令道："给我回去。"

她狼狈地收起惊讶，眼睛里怒火熊熊，摆出一副不吃嗟来之食的样儿："我不去！"

陈晨难以置信地瞪着她。

这女人，明明混得那么惨了，还要坚持拒绝自己的好意吗？

他只觉得人生所有的挫败，都几乎发生在韩梅身上。

一天一夜的睡眠不足，因她逃院所致的神经紧绷，终于在一瞬间爆发了。

陈晨一把拽住她的手臂："有本事你照顾好自己，不然老老实实地让我来照顾你！"

在医院门口被陈晨拽住的那一刻，韩梅冥冥中已有预感，历史又要在他俩身上重演。

果然，韩梅"越狱"失败，除了被送回了原本的 VIP 病房，执行原本没服完的"刑期"，陈晨还找了个看护，以照顾之名，对她行监视之实。

　　看护阿姨是个农村妇女，学识不高，却有着中年妇女被生活磨砺出来的敏锐，韩梅稍有异动，她就尽职尽责地给陈老板打小报告。

　　韩梅住了几天，病好了一点，动起要换到普通病房去的心思。

　　看护阿姨可不像黄宝儿那么耳根子软。

　　她不仅不帮她问医生，还拿嫌弃的小眼神瞄她："下头住院部挤得跟菜市场似的，连走廊都睡满了，晚上那些人痛得睡不着就骂人，喊痛，吵得人脑子都疼，哪有这儿高床暖枕？"直把她当成不懂事的小姑娘。

　　韩梅书没得看，手机也被没收了，闷得都快要发霉了。

　　她被迫卧床静养，唯一的娱乐就只剩看电视了。

　　她郁闷地侧卧在床上，用遥控器打开电视机，正在播放日本"311"海啸六周年的纪念特辑。

　　韩梅看着那无声的镜头下，一道高达 23 米的海浪，在天边划出一条昏黄的水线，顷刻之间，以摧枯拉朽之势，鲸吞万里农田房屋，直将沿岸的岩手县、宫城县以及福岛县瞬间夷为平地。

　　她的胸中无端地滋生出一种汗毛倒竖的同理心。

　　她觉得自己跟那些貌似坚强的小房子没两样，自以为能笑对风浪，可陈晨的一句话，便能让她的世界轰然崩塌，天翻地覆。

　　黄宝儿说她傻："他愿意对你好，你就受着呗，又不是你求着他帮忙的。"

　　是她自己控制不住想太多。

　　都说无欲则刚，韩梅知道她在陈晨面前从来刚强不起来，她对他有太多幻想，太多怀念。

　　她恨自己意志不坚，怕往前一步，就会万劫不复。

　　她快刀斩乱麻地想逃开他，是怕快乐的回忆会麻痹她的神经，是怕病中的软弱会软化她好不容易筑起的高墙。

重重的敲门声响起，纠结中的韩梅回过神来。

黄宝儿把身子藏在外面，缩头缩脑地朝里张望："看守不在？"

韩梅觉得好笑，说道："阿姨吃饭去了。"

黄宝儿松了一口气，才将手里的两大袋东西都放到韩梅床上。

韩梅看着床上的一摞书忍不住欢呼。她想着论文的开题报告都被导师催好几次了，经多番拜托，才成功让黄宝儿在午休时帮她把参考资料和笔记本电脑拿来了，刚好趁着被困医院赶赶进度。

"别让阿姨知道是我送的，否则我脊梁骨也要被她戳断。"

黄宝儿看她光顾着摆弄东西，也不解道："我说你一女孩子读什么博啊？"

"谁让我是剩女呢，找不到男人，工作学习就是我的长期饭票。"

黄宝儿毫不客气地拿起别人探病时送韩梅的饮料就喝了起来，说道："你还找不到男人？你都住进金丝雀笼里了。"

这病房间隔宽敞，配套齐全，不说还让人以为是酒店房间呢。

韩梅一脸别扭，不肯接她的话茬儿。

黄宝儿贴近她坐："哎，跟我说说你俩的事儿呗！"

韩梅却闭上嘴巴什么话都不说，就跟锯了嘴的葫芦一样。

黄宝儿快要好奇死了，她把书一收，威胁道："你不说，我可把东西扛回去了呀！"

"我们哪有什么？"韩梅这才急了，拉住她的手，可想来想去也不知道该怎么描述。

被黄宝儿的目光一扫，她只好补充道："就是有，那也是好多年前的事了。"

黄宝儿一脸八卦道："嘿嘿，没关系，允许你用过去时描述一番。"

韩梅心情复杂，开口十分艰难："他以前……是我男朋友。"

黄宝儿满脸兴奋："哈哈哈！看嘛！我就说你们有奸情！然后呢？你们怎么分开了？"

韩梅尴尬地看了她一眼："他后来毕业了嘛，出国了。"

"等等！"黄宝儿好久才把话里话外的逻辑捋顺了，突然"哇"

的一声，大掌猛地拍在韩梅背上，"师生恋啊？真看不出来你居然这么猛！"

韩梅也羞得不行，小声补充道："我没直接带他啦，那时我是别的年级兼职的辅导员。"

黄宝儿双眼发光地看着韩梅："怪不得你一直单着呢，原来是除却巫山不是云啊！"她自动"脑补"出来一段被棒打鸳鸯的凄美恋情，有感而发地总结道，"那你正好守得云开见月明了嘛，反正也不是师生了，趁此机会，要近水楼台先得月！"

韩梅在心中苦笑，二十六岁的自己尚且没有胜算，三十开外的自己，还能期待一个怎样的结局？

如果当年和他好上，还能赖自己涉世不深，意乱情迷。那摔过、痛过，还能在同一个坑跌倒第二次，只能说明不是她越挫越勇，而是她智商欠费。

年轻时大胆无畏，是因为不知道后面等着自己的会是怎样的苦果。等经受切肤之痛后，她怎么敢轻易再试？

韩梅低下头："我好歹过了涉世未深的年龄了，金刚不坏之身没练成，可趋利避害还是懂的。"

"你都古墓派'剩'女了，好不容易再相见，还能避到哪儿去？"这人简直是皇帝不急，急死太监。

韩梅想起逃车时，看见陈晨手上那一闪而过的亮光，感觉心中刺痛："他都使君有妇了，还来招惹我干什么？"

黄宝儿坐下来认真地对她说："你看见他女朋友了？我怎么没听说他有女朋友？就凭我的情报网，不是我自夸，他就是有点小艳遇，那也绝不可能逃过我的法眼。"

"你没看见他左手中指上戴了戒指？"

"哼！这个哪说得准啊！英语学院之前不是公派了一个女老师去美国读硕士吗？她回来，天天手上顶着巨硕无比的一枚戒指，有人上去找她要喜糖吃，恭喜她出国还赚了个洋女婿，被她骂了个狗血喷头。原来外国的大学流行弄个毕业戒指，方便毕业生时刻秀一下学历啥的，她其实还是单身。陈晨不是也留洋吗？说不定也是这样。"

韩梅的心思一动，立刻想起校庆吃饭时的那通电话。

那通话里提到的那位 Ms.Liu 呢？也是她听错了？而他明明默认是为了她才回来的。

黄宝儿听得来气，一拍床板道："韩梅！现在你才是原配好吗，不能拿出点糟糠之妻的气概来啊？就算他真有看对眼的，也还没结婚，你调教出来的男人，无缘无故凭什么让别的女人坐享其成？网上有句话说得好，放眼望去，谁的新欢不是别人的旧爱？各自成家生了娃，都还能再次走到一起呢，你们干吗就不行？"

韩梅本来就心烦，被说了几句，更是不知如何是好。

她打开书本盖在了脑袋上，用书页遮住耳朵："天哪！你就放过我吧！"

黄宝儿怒其不争，还想教训她，看看自己午休时间不多了，走到门前还不忘转身道："我就看你能嘴硬多久。我跟你说，再要强的女人，老病交加时也忍不住会想男人的。"她还指了指韩梅说，"就像你现在这样的。"

韩梅简直要被她气死了，现在谁老病交加了？

"滚滚滚！"

护工阿姨哪里能想到自己到饭堂吃个饭的工夫，韩梅的阵仗就摆开了。

病床上，各种书本和笔记本组成了复杂的五行阵。

她坐在阵法中心，用厚被子将自己裹成了蚕宝宝，双手在笔记本上运指如风，间或咳嗽一声，近视眼镜就顺着鼻梁往下滑。

阿姨苦口婆心地让韩梅好好休息，谁知她嘴上答应得好好的，却拖了十分钟又十分钟，那副德行，简直跟她五岁小孙子耍赖不想关电视去睡觉一个模样。

阿姨治不了韩梅，只好给陈律师发消息打小报告。她还以为他正在忙，未必能马上看见短信，不料没到下班时间，陈晨就出现在了病房门口。

陈晨对阿姨点点头，示意自己接手。等人走了，他才走过去道："在床上都这么努力呢？"

韩梅听得手上顿了一下，靠着深深呼吸，好不容易才咽下那口要呕出来的血。

她在心中念过十遍"大人不记小人过"，才继续投入到论文写作之中。

"还是你多拼这两小时，打算把这几天的住院费赚回来？"

韩梅又顿了一下，念过了佛经，才强迫自己继续手上的非暴力不合作运动。

陈晨眯起双眼，施施然走到墙边，手里轻轻拽着电脑的电源线，慢悠悠地从十开始倒数。

韩梅这才急了，她猛地抬起头，和他狠狠对视。

都说男人三十以前无知，三十以后无耻。这人三十不到，怎么就提前发作了呢？

看着电源线被越拉越直，她气呼呼地合上笔记本的盖子，张嘴想骂人，想起自己是在"失声"中，便又气呼呼地躺回床上，用单薄的后背表达自己的不满。

陈晨这才好整以暇地坐到床边的凳子上，笑眯眯地问："你这咽炎间歇性发作还挺规律的，平常没事，在我跟前才说不来话。"

被揭穿的韩梅顿时涨红了脸。

她早几天病情反复，导致声带充血，出不了声，都是靠打手势或者发消息跟别人沟通，歪打正着避免了和陈晨说话，顺带着好了也没让他知道。

她扭头横了他一眼："明知道我好了，还硬逼我继续住院？"

激动之下，她声音不自觉大了，喉头一痒，又咳嗽连连。

陈晨慢悠悠地用手点着膝盖道："看你，骂人还没顺溜呢。自己人身安全都保证不了的人，还嚷嚷什么人身自由。"

"你这是赤裸裸的非法拘禁！违法犯罪。"

"你确定要跟律师讨论定罪量刑的问题？现在有人拦着你离开了吗？只是你出院时，记得还清我垫付的费用就好。"

提起这个，她的心都在滴血。

她早就问过了，VIP房属于特需服务，不仅医保不能报销，且金额超过她的信用卡上限了。

"谁让你安排我住这儿的？我债台高筑也是你害的！你这个吃人不吐骨头的周扒皮。"

她激动起来，咳嗽憋在喉咙里又是一轮闷哼。

陈晨不以为忤地一笑："你没听有人说律师就是跳蚤一样的职业吗——只有等客户死了才会停止吸血。说起来，我不光给你垫钱，还替你治病，这么善良，大概会是第一个上天堂的律师。"

韩梅气结："你以为强迫消费有用吗？老赖不都是还得起的先还，还不起的不还，你小心我把心一横，索性一赖到底！"

陈晨轻笑着道："这个就不用你担心了。钱是我的，打水漂了也是我的事，实在不行你就钱债肉偿吧。"

韩梅被噎得面红耳赤，却还是不愿认输，豁出去地自嘲："就这几两肉，就是论斤卖也是你吃亏！"

陈晨居然还笑："行啊，那就这么说定了。"

什么说定了？！她什么都没答应！

她倏然住了口，闹不懂怎么原本的针锋相对忽然就暧昧起来了，一时间不知如何回应。

幸亏陈晨也没继续这个话题的意思。

他一言不发地站起来，弯下腰，帮着她把床的上半部分调起来。

韩梅被动着抬起身来，被忽然贴近的男性气息吓得呼吸一滞。

两人在呼吸相交间视线一接触，韩梅就先怵了，移开了视线。

陈晨嘴角一扬，跨过她的身子，帮她把笔记本和书本收拾好，合上书本时，居然还细心地帮她用书签线夹好了。

他做完这些就转过身去。

压迫骤然解除，韩梅暗自松了一口气。

可看他将刚脱下的外套随手就朝小沙发上一扔，和她的衣服搭在一起，她便感觉别扭极了，好像能感觉到他遗留的体温。

陈晨从小厨房里传出的声音打断了她的胡思乱想："你粥怎么还没吃？"

韩梅白眼一翻，那医院配送的白粥，连肉丝都不见一点，她接连着吃了那么多顿病人餐，嘴巴都淡出鸟来了。

听见微波炉开启的声音，她负气道："别热了。你热了我也不吃！"

陈晨端着碗走出来，说道："那你要怎么办？绝食抗议吗？不会以为饿死就一了百了了吧？"

韩梅看他问了，馋虫拱动，忍不住讪讪开口："那换点别的吃嘛，我最近挺想食堂二楼的水煮鱼，还有上校家的香辣鸡翅，还有变态辣的周黑鸭。"

陈晨冷笑一声："你没有一点病人的自觉吗？吃辣是呼吸道疾病大忌不知道？饿不死想换成辣死吗？"

"不给就不给，要不要这么上纲上线？"韩梅气得腮帮子都鼓起来了，一双眉头皱成了两个耐克标志。

陈晨把粥端到她面前，看她勉勉强强吃两口就扔下了调羹，无奈地摇头，掏出手机就往外走。

病房门没关，韩梅依稀能听见他在走廊上说什么全家桶什么鸡腿堡的，似乎还报了医院地址，她心头一喜，口水"滋滋"地就往外涌了。

看他从外面回来，韩梅双眼里都是垂涎欲滴的光："您刚刚是订宅急送了吗？"

她居然还"您"上了！

陈晨忍住笑，也不回答，就骄矜地坐到门边的沙发上用手机回电邮。

韩梅嘟起嘴巴，无聊地坐在床上戳着白粥玩，没等多久，鼻子一动，果然抬眼就见小护士提了两大袋东西过来了。

陈晨接过了其中一小袋，让护士将剩下的拿去分了。

等陈晨交接完回来，韩梅已找出两张报纸铺在病床的小桌上，满眼期待地等着了，神情恭敬如同要以红毯迎接明星到场。

陈晨把塑料袋往桌上一搁。

韩梅兴冲冲地往上一趴，一股浓辣的香味扑面而来，她深深一嗅，魂魄都要被勾出来了。

她吞了吞口水，刚想伸爪，却被一只大手擒住了。

她说："我用消毒湿巾擦过手了。"

"不好意思，这是我一个人的量。"他残忍宣布，然后挽起袖子，抓了根鸡腿放嘴里嚼，一边把粥推回她面前，"你的晚餐怎么不吃了？一会儿冷了还要再热一回。"

韩梅那个气啊！顿时她眼中都能冒出火来了。她原本就嫌味淡，这下闻见了这香气，她吃得下才有鬼！

陈晨隔着懒人桌直接坐在了她的床上，可恶地抓起一块炸鸡伸到韩梅的鼻子前："要不让你闻闻？过过瘾。"

韩梅简直要疯啊：当她是鬼啊？！光闻闻就能饱。她气呼呼地躺回床上，觉得还不够，用棉被裹住脑袋，以期隔绝那馋人的香味。

陈晨隔了一阵才拉开被子，挑了块小的递过去，跟她商量："你要是肯把粥喝光，我就准你吃一小块。"

韩梅任由头发乱糟糟地披散在脸上，一动不动。

陈晨耸耸肩："不要算了。"

他刚要缩回手，手指忽然被人含住了。

暖暖的唇将他的手上下包裹，舌头一卷，攀上了他的指尖。

韩梅如获至宝地把肉叼过来，然后尽情享受着口中的麻辣美味。

她舍不得一口吃掉，眼睛欣喜地眯缝起来，含在嘴里咂着，满脸都是幸福。

因为这场病，她的脸瘦下去不少，眼睛水汪汪的显得特别大。

等吃完一块，她意犹未尽地抬眼瞟了他一下，不由得让陈晨想起了小时候外公家的喜鹊。

他刚开始喂它吃东西，它总是要露出一副战战兢兢的样子不敢过去，只围着他的手蹦跳打转，又是看又是嗅，等确定了没啥威胁，才肯靠近啄食。

那硬硬的鸟喙点在了手心，引起一阵难言的微痒，像一下子挠到了他的心头。

等吃没了，它眼中就会完全消退了原来的生疏，黑眼珠定定地瞅着陈晨，露出一副"这就没有了吗"的可怜相，简直跟此时的韩梅一模一样。

他握了握拳头，好不容易才忍住心中的骚动，打趣道："有人给你科普过吗？都说盖过一床被，吃过全家桶，就算一家人了。"

韩梅差点噎到，忙道："谁跟你说的？"

"不大记得了。大概是办公室的女同事？"

"哼！哪个老相好吧？"韩梅翻了翻白眼，十分鄙视他的桃花体质。

"不能吧？"他顺着话头笑答，"我的相好里，好像就你比我老。"

韩梅被记忆中相似的对话刺得倏然住了嘴。

她一愣，这才回过神来，自己刚刚居然和他那么自然而然地斗起嘴来，中间的七年仿佛从没存在过。

病房被骤然而至的沉默笼罩。

陈晨刚要说话，门把手突然一响，房门毫无预警地被人从外头打开了。

一阵响亮的脚步声踱进来。两人都一愣："柳医生。"

柳医生看着二人，眉头一皱："你们这是在干什么？"

韩梅紧张地舔了舔嘴角，下意识就要把偷吃的罪证遮挡起来。

柳医生却早看见了，张嘴问的却是陈晨："晚上咱不是约了爸爸吃饭吗？你还在吃这个？"

韩梅一愣，见陈晨眨了眨眼，笑答："当然没忘，谈药厂上市的事情嘛。"

柳医生抿嘴笑了："没忘就好……你开车了吗？我车刚好拿去

修了，你等下送我过去？"

"当然没问题。"

她看了眼手表说："我差不多该下班了，咱们在电梯口见？"

陈晨点头说："成。"

韩梅才回过神来，柳医生已经将病历板挂回床尾转身走了，脑后的马尾耀武扬威地扬起了娇俏的弧度。

陈晨松了一口气，掏出手机看了看日程表，摸摸鼻子说："差点把这事忘了。"

韩梅解释不清心中的郁闷，她努力想摆出一副不在意的样子："那还不赶快去，人家还等着你呢。"

陈晨看着她的表情，庆幸要是光听她说话，肯定要被里头的假豁达骗到。

他好笑地看了她一阵才问："要不我把阿姨叫回来陪你？"

韩梅撇撇嘴："我又不是生活不能自理！"

陈晨把粥往她面前一推，吩咐道："那行，答应好的，给我好好喝粥吧。"

陈晨居然穿上外套真走了。

韩梅郁闷地把全家桶拿过来一瞧，却发现桶里的鸡块早被消灭了个精光。

"还说要跟人家长辈吃大餐，撑死你！"她撇撇嘴，恨恨地把空桶扔开，突然觉得满室的油香也招人恨得很。

她索性下床，把空桶扔到外面去。她在经过护士站时，不期然地听了一耳朵的八卦。

甲说："我看呀，柳医生这次主动出击，对陈律师是志在必得啊。"

"不是吧？陈律师不是那个肺炎病人的男友吗？她要撬自己病人的墙脚？"乙惊诧地说。

甲用肯定的语气道："怎么不是？我在更衣间听见柳医生跟她妈聊电话，说晚上要见家长呢。"

丙也加入，说道："见家长有什么奇怪的？柳医生跟陈律师是相亲对象呀，就连这个病房也是陈律师拜托她帮忙找的。"

乙吃惊地道："这么说那女病人不是陈律师女朋友了？"

丙说："是也没戏吧，你不看看柳医生外公和妈妈是谁？她爸的医药公司也马上要上市了。我看呀，找个律师当女婿正好，肥水不流外人田。"

甲说："柳医生这么有背景？看不出来啊！"

丙笑："小看人家了吧？我跟你说，这白大褂就相当于油王老婆的黑罩袍，一掀开，嘿嘿，闪瞎你！"

韩梅早就没有听下去的心思了。

她默默地走回房间，把专业书翻出来。

难得没人再阻止了，可书摊开在大腿上，她一个字都看不进去。

她嘴角扯出一抹笑，她怎么会傻到上娱乐版去搜他跟女模特大明星的绯闻？能跟陈晨一同戴上戒指的，当然得是身价相当的"富二代"。

像长久缺失的拼图终于找回最后一块。

柳医生就是他电话里的 Ms.Liu 吧？

他就是为她回来的，为了和她共结连理。

韩梅心烦意乱，连在指间把玩的水笔也"呼"的一声甩飞出去了。

韩梅下床去捡，才发觉她随手抓来的笔不是自己的。

钢笔通身低调的黑，只在盖子上嵌着一朵象征身价的小白花，仔细看，才能发现铂金笔夹上的限量版编号。

也只有他才能留下这么贵重的东西吧。

韩梅赤脚蹲在了地上，怅惘地记起：连自己这转笔的习惯，好像也是跟他学的。

她以前为了监督他学习，经常陪他一起做作业，潜言默化之下，连这个他思考时的小动作，她也学会了。

她打开笔帽，确认笔头没摔坏，又接着旋开笔管，却惊奇地发现笔芯外卷了一张字条，形状有几分像学生考试时用的抽拉式的作弊笔。

难道……她无意间发现了陈律师开庭时夹带的小抄？

好奇心驱使之下，她忍不住打开来看。却在视线触及的一刻，整个人像被施了个定身咒。

她以为被尘封的记忆，一瞬间又回到了眼前。

这是他当初填下的毕业志愿书。

瀛洲岛那场两天一夜的旅行，于韩梅和陈晨，都无异于送药的蜜钱——能让人从大四找工作的苦闷中稍稍缓口气，却改变不了迷茫的未来。

回到校园，大家又踏入宣讲海报的包围圈中。

等十月来临，很多企业陆续发出了第一轮笔试的通知。

韩梅怕陈晨第一轮就被刷了下来，还特意找了同乡的学姐，牵桥搭线地拿到她们公司的往年的考试题，据说每年的区别不是很大。

她把资料整理打印好，发短信让陈晨去办公室拿。

谁知陈晨回了句人在外面，晚点再找她，就再没有消息了。

她从下课等到饭点，又从华灯初上等到夜色已深，到宿舍快拉电才收到陈晨的语音短信。

她问他在哪儿。

"回家路上了。你呢？"

"早躺床上了。"

韩梅本想埋怨他，陈晨却有意把它往歪了听："是洗干净在床上等我了吗？"

韩梅给他发了一个"晕"的表情。

"怎么又回去了？"

"哼，都入秋了，不稀罕你的空调了呗。"

她才不会告诉他，她害怕再经历一次独自在空落落的房子里等待。

陈晨回复："别介啊。我这边还有人肉暖炉呢，二十四小时供暖的。"

"去你的。"

韩梅在他看不见的那头嘴角上挑，一下午的小郁闷终于因为他的插科打诨霎时烟消云散："你过来吧，我还有资料给你。"

挂了电话，她又忍不住想，怪不得有人说相思是一种病，见不到时心急火燎，几句话又能云销雨霁。

这一切，她无能为力，又甘之如饴。

等他把车开到了宿舍区外面，她已经在路灯下等着了。韩梅走过去，从落下的车窗把资料递给他，嘱咐他回去看。

她对他说再见，手却被他从车窗里拽住。

他倦眼半垂，却掩不住里头浓浓的缱绻之情："哎，有你这么当老师的吗？资料扔给学生就不管了，不亲自辅导吗？"

韩梅苦笑："我还当什么老师啊，都给你带小抄了。"

陈晨不说话了，摩挲着她的手说："那你就不怕我相思成疾？"

韩梅咬了咬唇，鬼鬼祟祟地朝四周张望一下，然后不顾还穿着睡衣拖鞋，迅速拉开门就上了车。

陈晨偷笑着，赶紧发动车子离开。

韩梅一上车就忍不住说他："明天都笔试了，还整天地不见人，是到哪儿疯去了？难不成真等着工作自己来找你？"

"怎么，怕我养不起你？"

"还养我？就凭你的实力？"她嫌弃地看他一眼，"不过你好歹算脑子灵活，见识、眼界也很不错，面试的时候记得要扬长避短，懂吗？"

她以为他会长篇大论地反驳，又耀武扬威地自夸一番，谁知他只是轻轻"嗯"了一声。

韩梅看他一副倦怠模样，还是忍不住把久藏在心中的问题问出来了："你家里怎么说，也在帮忙介绍吗？"

陈晨只盯着路面，面上没什么笑意："他们管不着我。"

韩梅定定地看着他的侧脸，朦胧的怅惘中又生出一种自豪，她主动攥了他的右手，笑着鼓励他："对，咱们靠自己也会成功的！"她想这样就能把力量传过去。

陈晨回握。

韩梅马上又开口了："哦，对了！过两天大学城有个招聘会，大型的，你记得抽时间去瞧瞧。"

陈晨气得白眼一翻，他情话还没出口呢，她要不要这么煞风景！

等陈晨洗完澡出来，韩梅正坐在房间正中央的羊毛地摊上上网。

他整个人都压到了韩梅的背上，热水澡后带着薄荷香的水汽笼罩下来，将她眼镜都熏白了。

韩梅怪叫着用手挡住键盘，说道："哎，你头发怎么还在滴水？快去擦擦。"

陈晨"嘿嘿"笑着把毛巾递给她："我怎么能抢你的活儿？"

韩梅瞪他一眼，无奈地挣脱开他的控制，将电脑放在茶几上，跪坐到他身后给他擦头发。

电脑屏幕上正是过两天招聘会上参展单位的招聘信息。

他才看了一眼就嫌弃得不行。

韩梅把陈晨的脸扭正了，说道："给我好好看，最好先把有意的单位调出来，写简历时才能有的放矢。"

陈晨翻白眼："这都是些什么单位？工资那么少，都不够我一个星期花的。"

韩梅没好气，心想你大少爷挥霍成性，什么时候才知道生活不易。

她刚教育了他两句，陈晨就挥了挥她给的笔试资料，把她的长篇大论如烟般挥散开："行了，我脑子只有一个，你挑，我是看这个还是背题？”

韩梅只好闭上嘴帮他吹头发了。

她拨弄着他的头发，突然摸到头皮上有点硬，拨开头发一看，居然是个痂。

她吓了一跳，忙问他怎么回事。

陈晨还想糊弄过去，拨乱了自己的头发说："打球摔的，别大惊小怪。"

韩梅不依不饶道："到底怎么弄的？撞到脑袋可大可小，你可不能不当一回事！"

韩梅絮絮叨叨，看他一语不发，低头一看才发现陈晨嘴角上翘。

她被他笑得发毛，碰了碰他的肩膀："说你呢，嬉皮笑脸干吗？"

"享受呗，不行啊？"

那些絮絮叨叨，翻译过来每一句都是情真意切的。因为爱，所以才不厌其烦殷切嘱咐："我听懂了，你说很心疼我，让我以后小心。"

陈晨笑笑，目光转回资料上，又用手从后往上摸了摸韩梅的脑袋，像是反手扣篮一样，轻轻地安抚她浮躁的心。

韩梅突然感觉眼睛湿润了。

她也不说话了，软软地依偎过去，搂住了他的脖子，将自己的心，隔着宽厚的背，对上他心口的位置。

找工作的事情，毕竟陈晨自己才是主力。

韩梅要兼顾工作和学习，本来事情就不少。

她正在办公室整理材料，听见有人跟她说再见。

抬起头，韩梅认出是之前带过的大四年级的班干部。

韩梅跟她点头示意，随口招呼："这就走了吗？"

女孩说："嗯，今天大学城有个招聘会，我约了室友一道过去投简历。"

韩梅才想起之前跟陈晨提过的招聘会就是在今天，心想也不知道陈晨去没去。

她看了看表，心思一动，索性早点下班去会场瞧一眼。可惜紧赶慢赶，等工作完成也五点了。

她到达场地，接近收尾了，可人流还是不少。她碰见几个本院的大四生一脸疲惫地往外走，赶紧过去关心了几句。

他们摇摇头，说听天命吧，人不是一般多，招聘单位的人让把简历放下就走，看都不看一眼。

还有人插嘴说看见有单位把简历放在桌面上，拿大风扇对着吹，剩下的才通知面试。

就业形势严峻，韩梅只好努力安慰了他们一番。

她进到里面的时候，里头半数摊位已经人去楼空，清洁工开始清垃圾，把大堆的简历连同塑料盒、饮料罐一起往外扫。

韩梅看得一阵无奈，谁爱被人挑挑拣拣呢？没想到自己保了研又准备留校了，还会亲身经历一次大学生就业的无助与茫然。

难得来一趟，她还是准备绕一圈再走。

她没想到，会在这个时间，这个场景下碰见陈晨。

他正站在某个准备清场的展位前，和里头的工作人员聊天，两人说了几句，陈晨居然脱掉了西服外套，卷起衬衣的袖子，主动帮他们搬东西。

大概那人不熟悉大学城的路，陈晨搬着大箱子将他们领到了停车场。

韩梅远远尾随着出去，见陈晨跟摊位负责人演示完，又亲自走过去跟司机说了一阵，这才帮着把东西搬上了车后座。

这不是学雷锋的时候，做好事不留名，乐于助人当然也是有目的的。陈晨把对方送上车，将包里的简历拿出来，又恭敬地递给对方。

负责人点点头，当着他的面把简历用封套夹好了，放进自己的手提包里。

陈晨笑着和那人挥手示意，目送对方的车离开。

他在带着凉意的夕阳中站了好一阵，刚回头要走，看见韩梅时愣了一下。

他一瞬间从刚才落落大方的求职者，变成害羞的大男孩了。

他摸摸后脑袋，问："怎么你也在？"

她笑了笑，突然觉得之前的担心忙活都值了。

原来两个人的未来，不只有她一个人在努力。

韩梅看四周没人，主动上去拖住他的手，面上是满足的笑意，说："来预习一下接小男友下班。"

陈晨笑眯眯地不作声，被她拉着往前走。

她又回过头看他一眼："请你吃雪糕，去不去？"

她忘了他是怎么回答的了。

当时的一切，甜蜜得像一个梦。而她所期待的，不过是这么平凡而又规律的日子罢了。

她晓得日子会有开心的也会有闹心的，每天欢欢乐乐当然好，然而吵架也不要紧，只要他们不放开对方的手，总会和好的。

她憧憬着这样的小确幸，却没想到等来的会是陈晨的突然失联。

他的电话突然就打不通了，短信没人回，课也没去上。

毕竟有先例，她以为他脑子又抽筋了，或者他又到哪儿玩去了。

她从生气到心焦，越等越不安，一周过去了，一个月过去了，她却对他的去向一无所知。

更可怜的是，她发觉两人的联系那么脆弱，她甚至找不到自己从熟人那儿一而再再而三追问陈晨行踪的合理理由。

她实在忍不住，才终于顾不得避嫌，照着学生档案里他父亲的座机电话拨了过去。

是个秘书模样的人接起来，问她是哪位。

她只好含糊地说自己是陈晨的辅导员。

"我怎么记得他的现任辅导员是位男性？"

韩梅害怕得想直接把电话挂了。

可她忍住了。

她沉默着在那头无声流泪，却不肯挂电话。

好久，对方不知道是不是听见了这边的动静，叹一口气，才告诉她陈晨人已经在国外了，准备直接在国外升学。

她听着那个答案，不知怎么形容那种晴天霹雳的感觉。

她在脑中不断地拷问自己，是她太烦人了，让陈晨终于玩腻了这个游戏，所以才无声无息地将她抛弃吗？

不解和伤心像是腐蚀品，在不断地回想中侵蚀她的记忆，扭曲他的嘴脸，她甚至难以想起当初两人是怎么在一起的，明明是那么可笑的一段关系，明明是这么无望的两个人。

痛恨，似乎是唯一的救赎。

可如果他真的如她想象一般决绝离开，那他为什么还要将这张可笑的字条藏在触手可及之处？

连她也几乎忘了它的存在，这表格却被他当宝贝一样藏在了时光的最深处，并终于在此刻，突然出现在她眼前，扰乱她以为安如磐石的心。

韩梅呆呆地蹲在地上，直到听见经过的小护士在房间门口朝她喊"你吊水怎么都不盯着呀"，才发现回忆中的惊痛，跨过了岁月悠长、严寒酷暑，真实地传到了手背上。

眼看连接针头的一大截管子都红了，她好一阵才反应过来。

小护士麻利地上去夹住塑料滴管，帮她把针头拔掉。

她本来血管就细，每次扎针找血管都要历一番磨难，本来打完点滴，都尽量把针头留着，好省去第二天再找一次血管的苦。此刻看着被扔进搪瓷盆里的针头，她只觉得万分不舍。

小护士帮她处理好了伤口，换了个位置打吊针，见没问题才转身离开了。

她躺在再度冷清下来的病房里，眼睛看着伤口，脑子里却自发地幻想出陈晨调侃她的风凉话，"怕别人不知道你连感冒都能把自己整医院了，还特意留个记号""这下好了，本来就是猪脑袋，加一双猪蹄，刚好配成对"之类的。

等回过神来，她唾弃自己无端端又想到陈晨身上去了。

那边厢，陈晨按柳琳指引，把车开进洋房小花园里。

白墙身红瓦片的旧公馆，被改造成了门口不挂招牌的私人会所。

车一停下，就有侍者过来开车门迎客。

陈晨留意到后院里停着的四辆车都用黑布遮盖了车身，扭头对侍者笑了一下："这么晚了，还罩这个？"

经理过来解释："鉴于来的都是社会名流，我们出于保护隐私，会一律罩上。"

"哦，那要是狗仔伪装成客户进来怎么办？"

"这个基本不会，第一我们是会员制的，放人只'刷脸'，再者我们同一时间通常只招待一拨客人。"

"这样啊？"既然只有一拨客人，那就说明四辆车都是今晚吃饭来的，他说，"今晚来的人可不少。"

柳琳愣了一下。

陈晨没有抓住不放，对经理点了点头："私密好，是个卖点。"

在等电梯的间隙，柳琳说："我妈就喜欢这里安静。"

他道："是挺清静。"

可包间门一开，这清静就结束了。

柳琳笑着迎上去，问好："陈叔叔，文阿姨，还有表弟都在呀？"

柳琳的妈妈上前来拉住了女儿的手："你跟爸爸打电话约吃饭的时候，刚好我和你文婧阿姨也在旁边，说起来大家好久都没见了，不如顺道一起吃个饭。至于你表弟，那不是陈晨的铁哥儿们吗？"

陈晨的视线在陈瑜和所谓的未来后妈文婧，以及柳琳父母身上一一扫过，忍不住在心中道：这母女俩，戏倒是做得挺足。

表弟乔尼早在柳琳妈提到自己时站了起来，亲热地上前拥抱。

陈晨寒暄完也不放开，借着拥抱小声问他："哥们儿，你今晚是哪边的呀？"

乔尼嘿嘿笑，轻声回答："坐是坐那边，人还是你的人。"

陈晨作势给了他一拳。两人相视一笑，各自落座。

陈晨招呼柳琳父母："柳董，何总。"

柳琳妈妈嗔怪着："怎么这么生分，叫叔叔阿姨就好。"

陈晨笑着点头，等站起身给长辈倒茶时，便像把对话忘了，称呼还是："柳董，何总。"

柳琳妈妈听得暗自皱眉。

倒是柳琳乖巧，张嘴就是"陈叔文姨"，还不时殷勤地替长辈续茶布菜。

这顿名义上的工作餐，谁的心思也没在生意上。

柳琳妈妈见缝插针地夸女儿，说她品性学识甚至待人接物都很拿得出手。

文婧作为柳琳妈妈的铁杆闺密，使劲配合，说柳琳是田字脸，旺夫命，谁娶到家真是有福。

柳琳好几次转头看陈晨，含羞等待他接话，谁知他只顾吃菜和看手机。

菜才上到第二道，他看了条短信，就站了起来说所里有事，要先去忙。

陈瑜说了这个晚上的第一句话："什么事这么着急？你柳叔叔何阿姨还在呢，明天弄不行吗？"

陈晨面上似笑非笑，才又坐了回去："呵，也没什么不行。反正这客户也是你介绍来的。"

柳琳妈妈和文婧对视一眼，忍不住替女儿开口："我看陈晨年纪也不小了，事业做得不小，也该成了吧，打算什么时候定下来？"

陈晨笑得没心没肺："是不小了。这不我女朋友感冒不注意，转肺炎了，正在柳医生医院休养呢，等她一好我们就结婚。"

整个屋子倏地静了下来，柳家人听得眼睛不是眼睛，鼻子不是鼻子的。

陈晨还端起酒杯去碰柳琳的，客气地道："一直麻烦柳医生呢，等她病好了，一定带她来给长辈们见礼。"趁大家来不及反应，陈晨再次站起来道，"也不知她有没有好好吃饭，我先回医院看一下，各位在这儿慢慢吃，我先走了。"

说着他抓起外套，扔下众人就往外走，连陈瑜的那声"逆子"也当没听见。

柳家长辈当然脸黑无比。

乔尼见势，赶紧站起身，说："我去看看！"

柳琳却猛地站起，抢在了乔尼的前面出了包房门，并成功将陈晨拦在了电梯口。

一晚的发酵升温，让她遭受的冷遇爆发成尖锐的质问："陈晨，你在故意让我难堪。"

陈晨回头一笑："怎么可能？我可是诚心诚意来给法律意见的。"

可谁不知道这顿饭醉翁之意不在酒啊！

"你能解释清楚韩梅到底是何方神圣吗？免得长辈问起，我都不知道怎么解释。"

乔尼震惊莫名："什么？！韩老师？你们复合了？"可惜争吵中的两人都把他当成了空气。

陈晨转向柳琳道："结婚对象啊，我刚刚不是说了吗？"

柳琳觉得十分可笑。

她打小就是听着他的斑斑劣迹长大的，多年不关注，等再听见他的名字，已经是大学毕业后了。

妈妈突然跟她说："哎？你不是想去美国吗？我跟你文姨说一声，让陈家小子接待你，他正好在美国读书呢。"

她吓了一跳，问："陈晨？你不怕这坏小子把我卖了呀？"

妈妈轻啐一口："你是谁的女儿？他敢对你胡来？"妈妈"啧啧"一声，"男人逢场作戏有什么？招苍蝇的才是好肉。我听你文姨说，他出国以后，就突然懂事起来了。"

她想了想，是呀，从小到大，自己见过的长辈平辈中，也没几个能当柳下惠的。

她终于接受了安排，由他开车带着去游览拉斯维加斯。

一路上他没有特别献殷勤，总体来说还是彬彬有礼的。

谁知她上了个洗手间的工夫，回来就见陈晨和赌厅的女招待在逗趣了。

埋单的时候，女招待在收银夹里夹了张字条。

她一眼瞄见上头的手机号，冷笑着问他："怎么，要打过去吗？"

陈晨换进去一张美元，笑着将字条递给她："你决定。"

那一刻，她忽然觉得男人的逢场作戏也不是那么难以接受的，只要他知道最后的决定权要放在她手里。

所以陈晨回国后，妈妈和文姨商量着把两人的婚事提上日程，她也是乐见其成的。

她以为他也是如此。

看见陈晨为了女同事来求自己，她不是没有怀疑，不过她一直把韩梅当成又一个女招待罢了。

她愿意给他这样的面子。

谁能想到，等到了长辈面前，他才叫她如此丢份儿。

"那你到底把我当什么？"她厉声质问。

陈晨没有回答她，嘴角却泄露出一抹讥讽的笑："如果你在连自己是我什么人都搞不清的情况下就安排让我来见家长，那是不是说明你的三观也有点儿问题？"他用的是一种打趣的语气，说话却丝毫不给人留余地，"还是你觉得无论如何，只要拿长辈压我，我就得乖乖向你大小姐臣服？"陈晨双眼微眯，"还有一点忘了告诉你，想让文婧操我的心，好歹等她过得了门再说。"

柳琳没有忽略他提到文婧时眼里迸发出的怒意，她无心触及他家里的事情，当下也有些尴尬，说道："文姨是我妈校友，一起吃个饭也不算什么。"

"哦，然后顺便让她把她妞头也带上？"

柳琳没料到陈晨会这么说自己爸爸，一时间哑口无言。

陈晨冷笑："柳琳，凭你这样的人才，上赶着攒在男人后头，有意思吗？"

柳琳一辈子都没受过这样的抢白，原以为是心照不宣的事，却被他说成她一个人的花痴!

她气得浑身发抖,双手握拳,颧骨上浮起两朵激动的潮红:"谁撵谁后头了?你别自我感觉太好了。"

"这么说,你其实也对我没意思?"陈晨笑道,"原来都是我误会了。"

柳琳被堵得怎么说都不是。

好律师更擅长不战而屈人之兵。他扬眉一笑:"既然这样,咱们就不要再互相勉强了,我也知道我的名声不好,想必你也不需要多费唇舌解释什么。"

电梯门"叮"的一声开,他一手插兜,毫无愧疚感地走进去,将气急败坏的柳琳和无所适从的乔尼留在了外头。

柳琳愤恨地看着楼层显示屏上的数字一路变小,突然问:"你之前就认识她?"

"谁?"乔尼好一会儿才意识到是问自己,他被柳琳瞪了一眼,赶紧识相地补充道,"韩梅?认识啊,咱以前的辅导员嘛。"

柳琳的惊诧很快变成冷笑:"那他还真是荤素不忌。"

乔尼回想他们以前的"丰功伟绩",摸摸鼻子,也摇头笑了。

他推开窗户,手肘支到窗棂上,掏出烟来点着,说道:"唉!我要是早知道他又跟韩梅一起,就会劝你别挑战了,白费劲。"

柳琳满脸不屑:"怎么,她哪里比我好?"

他吐了口烟,眼睛稍稍被迷到,让他想起来那年因为抽烟,和陈晨在瀛洲岛打的那一架。他说:"我不知道她有多好。可到了她面前,陈晨就从泰迪变成了牧羊犬。"

柳琳掀起一边嘴角,大概想摆出取笑的表情,可惜只僵硬地呈现出一种愤愤的狰狞之态:"那他现在是记起旧情人来了,又准备吃回头草?"

乔尼却说:"忘掉过的,才能叫记起吧。"

"说人话!"

小男友

乔尼被呛了一下，再开口，话语中不无感叹："从分别那天开始，他大概一直留在那个叫韩梅的女人的噩梦里，从来没有醒。"

柳琳话里有怎么也掩饰不住的酸味："开什么国际玩笑，他不是号称'万花丛中过，片叶不沾身'吗？你在跟我说他其实是情圣？"

乔尼面上混杂着感伤和怅然，缓缓说道："本科毕业后，他本想留在申市工作的。是老陈不肯，把人召了回去，二话不说就狠狠抽了一顿，命令他出国。陈晨不服软，老陈就关着他，任他头破血流。你想得出来吗？那厮这样的情况，居然还能跳窗逃走！他为了她高兴，等伤口好，就高高兴兴地回去，陪她旅行。老陈气得要死，发了话要封杀他，说谁雇用他，就是公然和自己作对。他就偷偷找了个小律所实习。那个小律所抠得要死，每天让他加班到八九点，连饭补都没有，他办事还得开自己的车，我就笑他，估计一个月赚的钱都不够加油。那家伙累得跟狗一样，晚上回到大学城都半夜了，第二天还得照样上班打卡。谁知道就是那么个小地方，最终还是被陈瑜知道了。陈晨第二天就被开了。他没了办法，只好去招聘会上碰运气。为了给招聘单位留个好印象，他还主动去帮参展商跑腿搬东西。有个初创企业小老板，见他不计较地帮忙，居然还真给他发了offer（录取通知）。什么公司规模，什么专业对口，陈晨都不在意了，高高兴兴地来跟我炫耀。可姜还是老的辣，就在那当口，老陈找人把他药昏了，拿着医院证明，安排了俩大汉将他架上飞机。那阵仗，简直跟美国政府绑架恐怖分子回国受审一样。等他意识复苏，迷迷糊糊已经在太平洋上空了……"乔尼叹了口气，"要不是发生那么些事，大概他们孩子都会打酱油了。"

"那又怎么样？他总归是离不开家里帮助的！"

乔尼挥了挥眼前的烟，一脸讥嘲。

柳琳道："就当你说的是真的，他忘不掉她，就能这样糟践我？"

乔尼觉得不理解，说道："我觉得他没吊着你，是好事啊，占着茅坑不拉屎才是罪过吧。"

柳琳怒目圆睁："反正我不能就这么算了。他想借我在长辈面前给韩梅正名立威，门儿都没有！我得不着好，他也别想快活！"

乔尼张口结舌，最后只能无声一叹：不能得罪女人啊！

韩梅是被一阵窸窸窣窣的摩擦声弄醒的。

她的眼皮掀开了一条小缝，等慢慢地适应光线后，才见床头橘黄的小灯将陈晨的脸笼在一片半明半暗的暖色里。

他的眉头轻蹙，嘴唇不自觉地抿成一条直线，视线凝聚在手中的物事上。

韩梅这才发现，这个平常吃苹果连皮都懒得削的人，正借着微弱的灯光，拿了把小折刀，专心致志地坐在床边削土豆。

他的西装外套已经脱掉了，衬衫的袖口挽到手肘处，露出那因为用力而绷紧的肌肉纹路。

他小心地削出一片，就轻轻地搁到她手背上。

谁知土豆片硬邦邦的，像跷跷板一样支在她的针口处。

他把它拿掉，又低头继续削。

可土豆片一薄，就会不争气地断掉。

陈晨气不过，索性将断掉的零头碎尾，拼贴着敷在了伤口处，并轻轻地用手指压了压。

做完这些，他像完成了件大事一样，轻轻地舒了口气，一抬头，不期然对上了韩梅半睁的睡眼。

陈晨微微一笑，像是怕惊醒她，声音低低地说："睡吧，给你手消肿呢。"

韩梅看了自己的手背一阵，才想起这个消肿的法子，还是当年陈晨肠胃炎住院的时候，她教的。

"手肿了怎么不给我打电话？我到医院的时候，附近超市都关门了。"他说。

韩梅一下子想起他和柳琳爸爸的那顿饭来，问道："你不是吃饭去了吗？"

"谁让你都不好好吃饭，我来看你有没有遵守约定。"

搁平常韩梅肯定会反唇相讥，此时不知道是因为她刚醒过来反应迟钝，还是因为手疼导致心情不好，所以嘴巴只是紧紧抿住了，并不作声。

　　他小心翼翼地将她手背上快要流下来的土豆汁液揩掉。

　　他的温柔是把钝刀，在她的心上来回拉。

　　她想起护士们的闲话，忽然嗓子眼儿一堵，鼻子一酸，有泪水顺着眼角滑入了鬓角。

　　她慌里慌张地用另一只手盖住眼睛。

　　"怎么？灯太亮了？"陈晨问。

　　韩梅齉着鼻子说："没什么。"

　　陈晨辨出她声音里的哽咽，伸手去抚摸她的额头："很痛吗？"

　　她不说话，借扭头把泪揩在枕头上。

　　"睡吧，我看着你。"他不等她反对就摁灭了台灯，蜷缩着躺到了一旁的陪护床上。

　　韩梅咬着下唇，将千言万语都藏在黑暗里。

　　她睁着眼，自我抚慰着被烧成灰的心，叫陈晨轻轻吹了口气，眼中又不争气地透出了几丝暗红来。

　　韩梅发出轻轻的一声叹息："你别对我那么好。"

　　陈晨微微一笑："睡吧。"

　　他那心爱的人啊，是太宰治笔卜的会被幸福伤害的胆小鬼，连幸福都害怕，碰到棉花会受伤。

▶ 第十四章
她不是无动于衷

所以一夜气得睡不着的柳琳，第二天起了个大早，驱车到了医院，直接来到 VIP 病房，从玻璃小窗看见的，就是这样一幕。

昨晚那个撇下众人扬长而去的陈晨，正侧卧在韩梅的小陪床上，长手长脚像是被打死的蜘蛛一样可怜地蜷缩着。

韩梅睁着大眼，将手臂垫在头下，从病床上凝神俯视他，瞳仁里跃动着患得患失的光。

好一幅郎情妾意的水墨画。

可惜，不是她喜欢的画风。

柳琳一扭把手就将门推开了，门板在墙上撞出"砰"的一声巨响，把里头的两人都吓了一跳。

陈晨惊坐而起，不小心撞在了床头，呻吟着摩挲脑袋。一眼望见门口柳琳那一副准备开打的模样，他认命地搓搓脸站起来："有话咱外面说去。"

柳琳盯了他一阵，转身出去的时候，心里还在冷笑：果然到了她面前就好说话了。

陈晨抓了抓睡乱的头发，跟着柳琳走进被清场后的护士站。

柳琳见他拿了一摞纸杯，还警惕地退了一步，说道："你把房里纸杯子带出来干吗？打算说不过就拿水泼我脸？"

陈晨无奈，指指旁边的病房道："我在防她偷听！"

律所里人多嘴杂，有时候加班到很晚，就有人翻别人电脑、笔记、垃圾桶。他就亲眼碰见过有人拿着杯子顶在会议室的门上偷听里头高级合伙人开会。

他出来的时候看见了门口的纸杯，以防万一，顺便把作案工具先拿走。

柳琳听着这说辞被他一本正经地说出来，简直目瞪口呆……这人到了韩梅面前，还真是个傻子。

可恨的是，他居然还被这么个傻子耍了！

"所以呢？你想说什么？"

柳琳直截了当道："这是我善良的最后通牒，你带着你的相好识相地离开。"

"为什么？医院是你家开的？"

"你当这儿是你的金屋了？当着大家的面，就大模大样地躺一块儿了。"

陈晨一脸莫名其妙："这怎么叫躺一块儿呢？女主角还受着伤呢，我也不可能在这儿乱来啊。"

所以他才不喜欢这样的女人，以自我为中心，什么都看不过眼，发作起来就跟犯了病一样。

柳琳听得更恨了：他是在炫耀自己没温香软玉在怀，还心甘情愿地陪床吗？

柳琳刚要回击，陈晨电话就响了，他手往柳琳的方向一按，去听那头的话，没等那头说完，他就匆匆指示："行，你们先开始，我现在立马过去。"

他懒得再理会柳琳的质问，扔下一句"我有个会，咱再说吧"便转身出了护士站。

他转回病房，披上衣服就走，一边在电话里吩咐什么，一边往衬衫上套领带。

柳琳被弄得上不去也下不来。等他消失在走廊转角，视线对上了房间里那双同样刚从陈晨背上移开的眼睛。

呵呵！正主走了，还剩下个病人镇守大本营呢。

柳琳冷笑着径直走进病房，还没张嘴，韩梅就开口了："柳医生，我想出院。"

柳琳一愣，她还没出招呢，敌人自己就认输了？

情形仿佛回到了韩梅上一次要出院那会儿，柳琳问的还是那一句。只是，这次她的表情更为微妙："陈晨知道吗？"

韩梅咬着下唇道："我自己能决定！"

韩梅想，她早就该离开，那么辛苦才开始适应他不在的日子，却被轻而易举地养出了依赖性。

她总是一边贪恋他的温柔，又一边鄙视自己的脆弱。

长此以往，等身体好了，她的心病又要犯了。

她抬头对上柳琳的眼睛："柳医生，你别误会，我跟他并没什么。"

她在跟自己解释？柳琳在一片荒谬感中点点头，突然笑了，嘴里念叨着乔尼的那句："怪不得说一物降一物呢。"

她本还想着要闹一场的，谁知对方不战而降。

陈晨的事情是真的急。

要不是陈瑜拦着，他昨晚就该处理了。

电话里秘书说客户上门大闹，他只好赶回所里，亲自主持大局。

等安抚完客户，他召集助理进自己办公室商讨对策。

刚听助们汇报了两句，听见手机短信提示音，他一心二用地拿起手机，看见屏幕上有两条未读短信。

他点开第一条，发信人是韩梅，内容只有四个字："我出院了。"

不是商量，而是通知。

第二条，大概是她良心发现，又补上了八个字："谢谢，钱我会还你的。"

陈晨一脸平静地盯着屏幕看了好几秒，轻轻哼了一声，像是冷笑。

又这样。他想。

陈晨面无表情地把手机扔回了桌上，继续开会去了。

可当视线转回文件上，他耳边的报告声却像是苍蝇的嗡嗡声。他的视线停留在一个单词上，却翻来覆去弄不懂意思，脑中反反复复都是她的不知好歹。

他忽然恨恨地把手上的资料扔回桌上，对被响声吓一跳的下属们说："休息十分钟！"

大门一关，他就把脸藏在了手掌后面，让自己淹没到失望里。

她总是不信他。

七年过去了，他以为强大起来的自己，会得到她的敞怀相迎。

她明明不是无动于衷的，可刚要贴近，却又避他如蛇蝎。

陈晨心中充满了无奈与不甘。

烦躁中，手机又响起来了，屏幕上闪烁起了柳琳的名字，他没过脑子就点开了。

听见对面那声不怀好意的"喂"，陈晨积累的怒气仿佛找到了发泄的出口："你就这么当医生吗？病人没好全就把人赶走，还有没有点职业道德？"

面对他的兴师问罪，柳琳毫无愧疚，反倒哈哈大笑起来："听见你不开心，我真高兴！我打来是想告诉你，是你女朋友自己要求出院的呢。哦！不，不是你的女朋友。她说跟你没关系。真是善恶终有报，天道好轮回！"

陈晨气得肝疼，没等她说完，就"啪"的一声摔了电话。

韩梅知道自己当了个逃兵。

她以为回到宿舍的自己，会遭到黄宝儿的强烈谴责。

出乎意料的是，她居然得到闺密的赞成和支持："不知道就算了，知道了他们俩的关系，你还不走是要怎么样？"

韩梅做的时候不觉得怎样，可这么一听，心里就不舒服了。她一时也疑心黄宝儿是在说反话，问道："那你之前不是说我才是原配吗？还不是你让我去宣示主权的？"

"宣示主权哪有人身安全重要啊大姐？她要是抽起风来，给你下点什么慢性毒药怎么办？"

就她这想象力，韩梅也是服了！

韩梅以为自己会在挣扎和不舍中消沉很久。

谁知西南的一场地震，将整个节奏打乱了。

一时间，铺天盖地的媒体播报，将她的这点小情绪完全压了下去。

虽然各方反应迅速，连日的大雨却加大了救灾的难度，阻碍了救援的进展。

有师生家就在灾区，恨不得插翅回去，却因为知道自己无能为力，只能在岗位上默默等待消息。

整个校园的情绪低落下来，原本的各种欢庆活动也取消了。她像鸵鸟一样埋头在工作中，将名为陈晨的小念头都驱逐在外。

学院收到指示，为彰显一方有难八方支援的积极态度，要把捐款工作落实好。

死命令一下，法学院也没什么好方法，就打算将年前玉树地震时使过的招数故伎重施，搞个英雄榜，实名制，到时候把谁捐了多少钱，从多到少依次排列，往大楼门口布告栏上一贴，让走过路过的都能看见。

韩梅虽然也关心救灾，可作为穷孩子出身，她从来都觉得这英雄榜也是穷人的耻辱柱，标榜了多捐者，也打了少捐者的脸。

她打从心里觉得，同样是一顿饭钱，穷人和富人的心意应该被同等对待。

即使社会现实就是用金钱和财富将人分出三六九等，可至少在校园里，她应该努力维护这份纯粹。

她自然晓得自己人微言轻，可还是忍不住跃跃欲试，想了个搞卖物会把善款捐给灾区的点子，在教职员会议上提出来。

会上有赞同的，也有对成效存疑的，领导沉吟良久，还是赞同保守的方案。

韩梅的失望都写在了脸上。

散会后，老彭过去小声劝解："院领导这次压力挺大。"

韩梅点点头："我知道。"

她何尝不知道直接收钱最省事，可当她一天工作完毕躺到床上，卖物会的念头就像弹窗一样蹦出来。

她不死心，摸黑爬起来，点亮小台灯，熬夜把点子完善成文案。为了确保成效，除了搞卖物会，她还打算同时设立捐款箱，又邀请商家提供赞助，然后把场地图、架构表、活动细节、拟邀团体都拟出来了，整出来一份像模像样的建议书，第二天一早就捧着东西站到了院长办公室门前。

院长第二天上班，看见韩梅翘首以待地站在门前，还愣了一下。

韩梅刚说出来意，就被院长打断了："这个问题，咱们开会不是研究过了吗？"

"我根据昨天大家的反馈，完善了方案，想跟您汇报一下。"

韩梅跟在院长身后进门，迫不及待地展开手里的流程图，不料才说两句，院长桌面的电话就响了。他话匣子打开了就关不上，韩梅站在旁边听着，走也不是不走也不是，脚尖不耐烦地在地上画圈。

不料身后传来两声敲门声，院长一见来人，立马挂了电话，亲热地招呼他进来坐："陈老师！"

韩梅瞪一眼来人，气得直嗑牙花子，凭什么他就能加塞儿！

院长说最近得了点新茶，还指派韩梅去倒水。

她前一秒还在怨自己的存在感低，下一秒简直想哭，院长您还是继续晾着我得了……

韩梅看着陈晨大少爷一样跷起了二郎腿，又低头看了看手里的计划书，还是忍着郁闷听命去了。

等伺候完两位爷，她正准备百无聊赖地继续站军姿，却不料被下了逐客令。

韩梅急了，有点尴尬地朝院长递了递手里的计划书，说道："可这个我还没给您展示完呢。比起捐父母给的零用钱，我觉得卖物会可以让孩子们有更深的感受。"

宋院长指指案头："行，你放着吧，我得空看。"

韩梅灰溜溜地出去了，正要把门带上，依稀听见里头问起提案来。

她故意放慢了关门的速度，听见宋院长说："搞这个是有意思，可要是人力物力花出去了，最后筹集到的善款倒少了，那不是得不偿失？"

她暗叹一口气，原来刚才的那通等，都是为了让她知难而退。

她在门前暗自消沉了好一阵，才灰溜溜地去了。

却不料第二天一个电话，韩梅就被叫到了院长办公室，说看完她留下来的计划书，觉得非常有意义，因此打算倾全院之力配合支持。

院长拍着她的肩语重心长地道："这机会来之不易，你要好好表现。"

韩梅抱着院长签好的文件，感动得无法言说。

一回到办公室，她整个人就跟打了鸡血一样，立刻联系各有关单位，发动了能发动到的所有人，要将卖物会搞得红火起来。

没过几天，饭堂旁边的空地就如期热闹了起来。

看见生意这么红火，看见学生这么投入，她心里是真的高兴。

世界上还有什么事，比真心实意地付出然后获得回报来得幸福？

她既要忙辅导员的工作，每天又要抽时间监督卖物会的进展，很多时候连午饭也顾不上好好吃。

那天她正在边啃玉米边拿着计算器点算收益，巨大的阴影倾覆下来，将她整个人罩在了黑暗中。

她抬头，目瞪口呆之下，嘴里没嚼完的玉米粒都差点掉了出来。

"你是……乔尼？"她好不容易才把面前的白胖子跟以前的精壮篮球队中锋联系起来。那鼓起来的肚子十足像是十月怀胎。

"你……真的变了不少啊！"她忍不住感叹。

她有好几年没见过他了吧？五年？六年？

似乎陈晨消失之后，他这个焦不离孟、孟不离焦的好哥们儿也随之消失了踪影。

听说他在爸爸的集团公司当副总，当年法学院四个班的毕业生工资一下子就"被平均"上去了好几千。

还没等她感叹完，乔尼就笑着开口："韩老师，你的病这么快就好了？我还想去医院看你来着。陈晨呢，怎么他没在？"

韩梅愕然道："他为什么要在？"

"来给你站台啊！我这个外援都来了，他怎么敢不来？"他指指旁边的几台冷冻柜和里面的各式饮料，说道，"那是我公司的新品，拉过来给你加油的。"

韩梅手里那半穗玉米一时间不知道往哪里放，说："我们不是……"

他嘿嘿一乐，抓过一罐饮料塞进她手里，自己又开了一罐，说道："你们和好真是太对了。老陈当年怎能这样棒打鸳鸯？都说虎毒不食子，可他每次对陈晨都是真打……"

韩梅面色一僵，突然站起来，吓了旁边的乔尼一大跳。

他正想自己是不是说错话了，却见韩梅匆匆走向货摊前，问正在摆货的生活部干事："原本放在这儿的围巾呢？"

女干事高兴地说："哦，刚刚卖掉了。"

"卖掉了？"韩梅忍不住惊呼。

"对呀，有个女学生一眼看中了，说要买走，还问我这个是不是叫情人结。我哪懂那些，见它这么丑还有人要，又见上头也没标价，就随便报了个价卖了。那个女生还讲就是看中它丑，要当成自己的手织物，去向喜欢的人表白。"

"韩老师？"女干事没说完，就被韩梅那张惊闻噩耗的脸吓到了。

韩梅没有说话，她轻轻挪开了那个倒下的价码牌，露出被盖住的编织教程来，说道："围巾是做样板的，要卖的是这本编织教程。"

"呀！"女干事顿时也慌了，不知要怎么跟物主交代，一时间说话都带哭腔了。

韩梅拍着女孩的肩膀劝慰："算了，好歹也算为灾区人民出力了，这围巾卖得不冤。往好的方面看，书咱们还能再卖一遍呢。"

"那要怎么跟物主交代呢？"

"没关系的。"韩梅笑了笑，没说那是自己的东西。

她还记得，那时电视上正好有部热播剧，讲述女主角给男主角送条手织的围巾做定情信物，陈晨不知道哪根筋抽了，眼红地突发奇想也跟她要。

她耐不住他的央求，就跟风学着织了一条。不过因为手艺不佳，织出来针脚不齐，纹路时紧时松，她最后都没好意思送出手，又在商场买了一条送他。

要不是这次卖物会让她翻箱倒柜了一番，这围巾都要被遗忘在柜底了。上天让她找到它，又再次见证它的失去，大概是想提醒她不要重蹈覆辙。

等韩梅收完摊，在饭堂吃完饭，回到宿舍已经快八点了，打开门，见黄宝儿正盘腿坐在椅子上吃泡面。

韩梅换了拖鞋，将快要散架的身体甩在床上，闻着那诱人的红烧牛肉面香味，才突然想起来什么，问道："你今天不是约了相亲对象吃日本菜吗？"

"别提了，还说什么外企高管，鞋一脱，那双汗脚把我熏得要吐了！连传菜的服务员小姐都捂鼻子走了。我吃得下才有鬼呢。"

韩梅忍不住笑道："那你下次约个吃饭不用脱鞋的地儿。"

黄宝儿哼哼道："才不呢，下次还约日本菜！务必在见第一面时就把汗脚的、袜子带破洞的都刷下去。"

两个大龄女青年对视一眼，都忍不住笑了。

韩梅听着吸面的声音，看了一阵天花板，突然提议："等我义卖忙完了，跟你一道去相亲吧。"

黄宝儿从纸碗里抬头，嘴里还含着面条，不敢相信地道："连陈老师你都看不上，你还能相回来个比他好的？"

作为业务老手，黄宝儿对新人的好高骛远非常不认同，她一只脚竖起在凳面上，摆出了《食神》里火鸡姐的霸气姿势，说道："你以为相亲是什么简单的事吗？相亲就是饿着肚子找吃的！如果抱着非山珍海味不吃的信念，那就等着饿死吧。等你被歪瓜裂枣摧毁了审美，刷新下限，再不得不跟现实屈服。什么相亲让我更加了解自己，什么相亲帮助我认清社会现实，通通都是胡说。说白了就是让女孩子认识到，别做公主梦了，丑小鸭能变天鹅是因为人家父母就是白天鹅。"黄宝儿用木筷子指向她，眼里都是愤懑，"而你……一顿满汉全席摆在面前你不吃，还硬要去跟人抢面汤喝，简直是在乞丐碗里抢饭的行为！"

韩梅把头抵在膝盖上，笑里都是挥不去的疲倦和苦意："可要是你明知自己吃了就会过敏呢？既然这样，是不是该叫自己吃饱了，好死了这条春心？"

韩梅想起还没盘点今天卖物会的收益，站起来去拿包，腿肚子突然抽筋，便又跌坐回床上去了。

看她那么吃力，黄宝儿赶紧咬断了面条，起身去帮她把包递过来。

黄宝儿看着被摊到桌面上的一堆钢镚儿，嘴里"啧啧"有声："你站得腿都要断了，就赚来这么点啊？"

韩梅不满地道："哪有！这只是今天的好吗？你没看见饭点时那热闹的阵势！"

黄宝儿誓将埋汰进行到底："跳蚤市场还不是逛的人多买的人少。就那些一块钱几毛钱的小东西，卖得的钱也是杯水车薪。还想得表扬？不叫人批评就好了。说说吧，到现在卖了多少钱？"

韩梅数完今天的，又加上过去几天的金额，老老实实地报了个数。

黄宝儿忍不住发出"呵"的一声："所以说你脑子被驴踢了。看别的学院的辅导员，啥都没干，跟下边人吩咐把钱收上来，也跟你劳师动众一周的钱差不离。"

被这么一通奚落，她还真的有点心虚。

等活动圆满结束，拿着去给院长报告的时候，她心里还挺不是滋味的，生怕辜负了他的期待。

谁知宋院长一点没介意，还表扬了韩梅几句，说让她辛苦了。

她预感到结果不会太好看，虽然知道活动的意义更大，可说心情完全不受影响也是假的。韩梅灰溜溜地从院长那儿出来，在踱回办公室的路上，就被人叫住了。

她才想起自己只顾着自伤自怜，居然忘了绕开复印室走了。

看管复印室的张老师之前在下班路上被电瓶车撞了，弄折了腿，住了几个星期医院，又在家打了两个月石膏，闷得快要发霉了，终于忍不住，一拐一拐地也坚持要来上班。

从此打印室就成了景阳冈，谁经过都逃不过张老师天南地北各种聊，于是张老师在背后得了个"拦路虎"的称号。

韩梅尴尬地笑着和她打了个招呼："张老师，你是有东西要我拿上楼吗？"

"没有，好久没见你，想来跟你说说话。"

"昨天中午就是我来帮你打的饭呢。"

张老师当没听见，拽着韩梅，灵光一闪地一拍大腿："对了，小韩，你的个人问题还没解决吧？"

话题转得太快，韩梅一时间没反应过来，愣了一下才道："是还没……"

"正好！我侄子还没结婚呢，他在大地产公司做项目经理。要不我介绍你们相相看？"

韩梅一愣，这是想瞌睡，就有人来送枕头了？

张老师本来就是说一不二的性格，一锤定音地帮两人约了周六吃饭。

韩梅也不知道这算不算病急乱投医。

都说忘记一段感情的最佳方法，就是开始一段新感情。

她觉得，至少，她得试着努力一下。

晚上回宿舍，她跟黄宝儿一说这事儿，就被泼冷水了："那你小心点吧，学校里至少一半未婚女教师被她推销过她侄子。”

韩梅难以置信："或许张老师有好几个侄子呢。"

黄宝儿不置可否地一笑，又转回她的相亲对象统计表上去。

韩梅给她递过去一个梨，等她咬了一口，才问："怎样，这梨好吃吗？"

"挑得挺好，又脆又甜。"

"那我就放心了。"韩梅自己也攥了个梨，高兴地自我安慰道，"都说女孩挑水果的手艺会延续到挑男人上呢，我预感这次会面应该很好。"

黄专家都要笑出声儿了："哼！你以为挑水果是怎么一回事呢？挑水果，不就是看上去外皮光滑的吃起来又硬又涩，香甜多汁的就又皱又丑吗？有没有又好看又好吃的？"

她眉毛高挑，自问自答："有！大超市货架上都是，就看你是不是买得起了。可谁让天上明明掉了个西瓜，你却偏要扔了去捡芝麻。这一次嘛，"黄宝儿从下往上扫视她一眼，"我觉得你最多能碰上个中华丑梨。"

韩梅气不过，说道："什么中华丑梨？张老师说那人五官端正，有一百八呢。"

黄宝儿呵呵笑："一百八是身高还是体重？"

韩梅"呸"她："你少乌鸦嘴了！"

黄宝儿轻叹一声："反正我算看出来了，你就是个不撞南墙不回头的性子，要不会自讨苦吃搞卖物会吗？不拦你，去了你就知道了。"

"我肯定去。"韩梅扔掉梨核要出去洗手，却突然被黄宝儿叫住了。

"哎，对了，要不我把我妹借你得了。你看见对方长得帅，就让她喊你姐，要是长得丑，就喊你妈。"

时间很快就到周末，韩梅没理黄宝儿的调侃，打扮一新，来到张老师约的中餐馆。

张老师口中的抢手货叫古家贤，三十六七岁的年纪，一百八也的确是身高而非体重，可因为他有点含胸，因此看上去并没有那么高。

不过刚走近他，韩梅就闻到他身上有一股酸酸的气味，果然在握手时，韩梅通过发黄的指甲确认对方是个老烟民。

韩梅轻轻皱了皱眉头，在心里头又做了一遍心理建设，才笑着和二人一起落座。

因为是奔着过日子去的，张老师上来就帮着二人一五一十地比条件："咱阿贤工资高，他拿着香港水平的工资，到这边来工作还有补贴呢。他家在香港有两套房呢，一套爸妈住着，妹妹妹夫自己也有房子。"

古家贤对在寸土寸金的香港能拥有自己的物业还是很自豪的，他说："行了姑妈，别卖花赞花香。"

张老师又大致讲了一下韩梅的年龄和职业，古家贤好奇地问："辅导员是干什么的？"

韩梅说："也会带一下课，但主要工作是行政方面的，全称是生活指导老师。"

古家贤很是不解："大学生都成年了吧，生活还要人指导？这个也是中国特色？"

张老师赶紧给侄子解释："韩梅可是博士生。辅导员就是个跳板，如果不转任教书，还能往行政方向走，兼个党支部副书记什么的，算双肩挑，地位不低，工作不累，但就是拖时间熬资历。是吧，韩梅？"

见张老师已经帮她铺好台阶，她点点头："希望如此。"

古家贤这才热情起来。他为了多多表现自己，一边吃饭，一边口沫横飞地讲述工作上的事情。因为涉及很多专业术语，韩梅听得云里雾里，不知如何搭话。

他给她夹菜，下筷之前，还不忘舔了一下沾在上头的饭粒。

韩梅看着碗里的菜，是吃也不是，扔也不是，只好端起水来掩饰尴尬，一顿下来也没吃个半饱。

这次见面，韩梅才算知道什么叫话不投机半句多。

她为了抵抗相思病，等古家贤再邀请她去唱K，她还是硬着头皮去了。

因为约的是下午场，两人就先到旁边的餐厅吃了中饭。

他看时间差不多了，先起身走人，女孩子东西比较多，等韩梅收拾好包包跟着走过去，见古家贤站在结账台前边，正一手插兜地看她。

韩梅这才想起来上次吃饭时是他付的钱，这次大概是要她来埋单了。

她赶紧掏钱包，果然听见古家贤在一边说："等下我请你唱K。"

韩梅只尴尬地一笑。

等两人到达，古家贤的朋友已经开好包房了。

里头一对男女，男的是他公司的香港同事，女的据说是他用"摇一摇"认识的女友，才一周下来，他们已经旁若无人地搂搂抱抱了，看得韩梅受不了。

幸亏古家贤是真喜欢唱歌，他上来就点了一堆歌，唱完一首又一首，并没空对她动手动脚。韩梅就安静地坐在旁边当听众。

好不容易等到另一个女孩子点的慢歌响起前奏，那对连体婴儿终于分开。古家贤带着同事和她聊天。

同事问起韩梅有没有去过香港。

韩梅笑着说多年前去过，逛了半个书展，结果人太多，没买到东西就出来了。

同事却忽然用手肘捅了古家贤一下，问记不记得两人去排队买写真的经历。

韩梅装作天真地吸了一口杯子里的西瓜汁，面上还保持着礼貌的微笑。

香港之旅后，她往后看港剧，都会有意无意地跟着学几句，渐渐地，不说能完全听懂，可连蒙带猜，也能懂一半。

韩梅等他们换了话题，又坐了一会儿，才偷偷给手机设了个闹钟，装着有急事要先走。

古家贤还挽留她。

她抱歉地说，真的不行。

她在心里想，她三十都过了，好歹不勉强自己的资格还是有的吧？

等坐上回宿舍的公交车，韩梅把头靠在窗玻璃上，疲惫地叹了口气。原来对没好感的人强颜欢笑，是要花上这么多力气的。

她忽然佩服起黄宝儿的不知疲倦，又深感她的预言是如此灵验。

她看着车玻璃上自己那灰败的半张脸，心想，她也不是没有努力过的。

她也曾耐着性子去寻找古家贤身上的闪光点，可惜好感实在不是一件可以光靠意志力就能扭转的事情。

就跟你硬要喜欢吃甜豆腐脑的人，去给豆腐脑放酱油一样。

对方不经意外露的低级趣味，不过是压垮骆驼的最后一根稻草。

她回想自己面对古家贤的时候，做得最多的就是走神。

这一周下来，她想起陈晨的时间更多了。

比如在古家贤给她发冷笑话的时候，想起陈晨的各种花招、甜言蜜语，又比如在古家贤吃饭挠胳肢窝的时候，想起陈晨那干净白皙的手指。

她搞不清这是种怎样的逻辑关系。

是因为古家贤的奇葩，才让韩梅想念起陈晨的好；还是因为她心中先有了比较，所以才满眼里都是古家贤的缺点？

有时候，她甚至突发奇想，这厮会不会是陈晨暗中派来的，为的就是衬托他的好？

她明明是想逃避陈晨的，结果越用力，越无力。

一种名为"陈晨"的瘾，在她身上无声无息地复发了。

他虽然没有再频繁出现在她的面前，却在她的舌头、耳朵和眼睛里。

比如她在看爱情小说的时候，字里行间会闪过两人过去的旖旎时光；又比如在她闻到方便面香味的时候，会不由自主去分辨这是不是陈晨最喜欢的口味。

　　她知道自己得病了，这病她不知怎么去治，因此烦躁、愤恨，关键还无计可施。

▶ 第十五章
我拿自己赔你呢

　　韩梅以为她对古家贤的态度已经够明显的了，谁知接二连三仍旧收到他的邀约。

　　她推得多了，发觉连找借口都糟心，更后悔自己没事找事，搬了石头砸自己的脚。

　　所幸工作出乎意料地顺利。

　　隔周的升旗礼上，副校长上台讲话，提到之前的赈灾活动，还特意褒奖了法学院的义卖，说活动形式新颖，调动了广大师生的积极性，捐款数额全校第一。

　　韩梅听得直流汗，赶紧走到老彭身边，压低声音问："是不是出错啦？"

　　老彭转头看她一眼："什么错了？"

　　"校长的数据呀！我们的捐款额怎么可能第一呢？不是说英语学院一个年级收的也基本上能达到咱们一周的数吗？"

　　老彭奇怪地看着她，说："从校长嘴里说出的话，怎么可能有错呢？"

　　韩梅一愣，那难道管财务的黄宝儿会搞错？！

散会以后，她的思绪还停留在捐款结果上。

她一边往茶水间走，一边还想着给黄宝儿发微信，等迈步进去后，才突然意识到里头飘荡着一阵浓郁的咖啡香。

韩梅抬头，见一人正端着开水壶，慢条斯理地往装满咖啡粉的滤纸里倒开水。

有阳光透过明净的窗玻璃斜射进屋，照亮了他的半张脸。

韩梅的心忽然"咯噔"一下，耳边响起了那句歌词：有生之年，狭路相逢，终不能幸免。

陈晨听见脚步声，往旁边扫了一眼。

四目相对，只见他腮边的咬肌隐隐一动，还没等她想好怎么开口，他便又把目光挪开了。

两人站在开水房的两端，都没有说话，气氛在沉默中尴尬起来。

大概因为她擅自出院，他心中有气，她心中有愧，即便在公开场合碰见，两人也没交流。

韩梅在心中感叹，觉得二人好比被堵在车流中的计程车，计费器在慢慢跳动，他们的关系却停滞不前。

她咬住下唇，走到饮水机前，打算速战速决。

不料大门处突然响起一阵响亮的招呼，终于拆掉了石膏的张老师兴奋地拄拐而来，一下子就将韩梅搂住了："小韩，周日你和阿贤约会，怎么样了？"

韩梅顿时感觉如芒在背。

张老师无视她的神色，生怕旁人不知道她为院里解决了老大难问题似的说道："阿贤让我问你怎么总不回他微信呢。虽说女孩子要矜持，你也可以适当主动一点的嘛。这男女间谈朋友啊，跟你们学的《合同法》里说的要约邀请是一个意思，你得学会给喜欢的男生适当地展现好感，他才晓得正式给你发 offer 啊。不过吧，"张老师凑近了韩梅，一脸严肃地问，"小韩，你还是处女吧？"

"什么？"韩梅被这直白得近乎无礼的问话吓得整个人呆住了。

张老师勾紧了韩梅的手臂，继续着实际上谁都能听见的"悄悄话"："不是张老师封建啊，关键是我们阿贤还是处男呢。他家里比较传统，也想让他找个处女来交朋友。"

韩梅立刻就想挖个洞，把自己埋了。

再不打断张老师，她感觉脸都要丢光了。

她机灵地抢过张老师的水杯，推搡着要把她推出门去："张老师，您脚刚好，这样站着挺累的吧。您赶紧先回办公室，这水我帮你倒好了拿进去。"

张老师半个身子被顶出门了，却还是用力地扭过身道："看你，还害羞！"

她越过韩梅的肩膀，还对里头的陈晨笑了一下："咱陈老师也不是外人啊。这女大当嫁，多正常的事情。"

她话还没完，韩梅身后突然响起一声尖锐的铁器击打声，她都能想象陈晨将手中铁勺重重地甩进水池子里的画面。

面前的张老师被吓了一跳，即刻住了嘴。

张老师干笑着拄起拐杖，悄声对韩梅嘱咐："我喝暖的哦。"她把杯子塞进韩梅手里，便匆匆走了。

韩梅恨不得要跟着掩面而去。

身后的人却发声了："你水不倒了？"

韩梅可以感受到那平静下的静水流深。

她呆呆地立了好一阵，才硬着头皮转回饮水机前。

她妄图低头来避开那炙热的视线。

陈晨却将整个人转向了她。他把后腰抵靠在料理台边，把铁勺子洗干净，又放进咖啡杯里"哐哐当当"地搅个不停，问道："怎么，相亲去了？"

韩梅努力抑制住被抓奸的错觉，毅然地"嗯"了一声。

"对方是张老师的熟人吧？"

韩梅又"嗯"了一声。

短暂的沉默后，陈晨突然狞笑："照我看，你肯定不好意思跟她坦白自己不是处女的事儿了。要不我这个肇事者亲自去帮你说一声？"

　　韩梅猛然转身。

　　她盯着陈晨，眼里激愤、窘迫、爱而不得扭成了一股绳，要不是她脑中还残存一丝理智，上去就将对方勒死了。

　　陈晨忍着怒火，把杯子举到嘴边呷了一口："怪我，你病都没好全，就急匆匆出院相亲，却早早叫我坏了第二春。"

　　韩梅因怒生怨，也口不择言起来："难不成呢？我就该不知羞耻地继续待在你对象的眼皮子底下，然后心甘情愿地活在你制造的幻象里？"

　　陈晨把杯子一放，也提高了音量："幻象？我才知道，我每天公司医院两头跑，没日没夜地陪护你，都是我自己想出来的。"

　　韩梅眼神一暗，道："做戏做全套，你从来玩得认真。"

　　"柳琳跟你讲的？说我玩你？"

　　"我也不是傻子。她是你家里安排的相亲对象，这难道是假的？"

　　"所以你又一次对我的付出视若无睹，一言不发就定我的罪，然后转身就找别人！"陈晨狠狠瞪着她，好像她是杀人放火的大恶人。

　　"我当然还记着自己欠你医药费呢。你付的钱，我会慢慢还你的……"说到这个，韩梅便自觉矮了一截。

　　陈晨却一下就将杯子扫进水池子里。那应声炸裂的碎片，混着咖啡飞溅出来，在陈晨的左颊划出了一道细小的血口。

　　韩梅被他这突如其来的举动吓得捂嘴后退。

　　她想上前伸手察看，却被他盯得一句话都说不出来。

　　那里头有熊熊烈火，也有千般苦楚。

　　"是我脑子有坑！"他冷笑一声，"就是把钱扔到水里，还能听到个响声呢。"他对韩梅甩下这一句，便扔下一地玻璃碎片，头也不回地离开了。

　　陈晨冲口而出的那些话，韩梅没立即听懂。

　　她是后来才在黄宝儿那里得到答案的。

　　"你们院的义卖，原来早有人包了底，无论卖出去多少，都保证最终数额。怪不得你们院长要改主意呢。"黄宝儿在电话那头用手指弹着支票的复印件问她,"你猜捐款人是谁?"

韩梅默然。

黄宝儿不无羡慕地慨叹:"没想到呀!"

韩梅挂了电话,一时忍不住多想,一时又生怕自己想多了。

这么一分心,直接导致她一天下来都魂不守舍。

在连着干完了想问一班的事情却叫来了二班班长,要发给学生的通知错粘到老师群里的蠢事后,老彭终于看不过眼,将她赶出了办公室:"你晚上不是在本部有课吗?赶紧去坐车吧。"

本来还想先到食堂吃个饭的,路没走到一半,大雨就哗哗地落下来了。

为免淋得更湿,她索性在小卖部买了牛奶和煮玉米,坐到候车区等车来。

灰蒙蒙的雨幕中,五颜六色的伞次第绽放,给这单调的画面也点上了星星亮彩。

韩梅戴上耳机,点开收音机,就听到了容祖儿的一首老歌:"逃避你,却又期待我可跟你做情人,而用情的心可天昏地暗。逃避你,爱是遥又远得很,而我始终不敢靠近,还是不相信能和你合衬。"

她听得心虚,连忙把歌切掉。

才收起电话,铃声便又响了起来,韩梅掏出一看,妈妈怎么在这个时间来电话了?

高玉兰上来就给她派任务:"三姨妈的农友有个儿子,刚刚调到申市分公司去工作,你看星期六或者星期天选一天跟人见个面嘛,带人家到处去耍一哈儿逛一哈儿嘛。"

韩梅一口回绝说自己没空。

高玉兰一顶不友爱的帽子就压下来了:"咋个了嘛,他人生地不熟,喊你照顾一哈儿,哪个恁个多话也(怎么那么多话呢)?"

"睁眼说瞎话!不要以为我不晓得你在打啥子歪主意!"

"我打啥子主意了吗？还不是看你已经老大不小了，还一天天地不着调！见个面又咋了嘛，我又不是逼你一定要跟他结婚，你要真的看不上，难道我还能鼓捣你上花轿？"

韩梅想：这人早不来，晚不来，等她被陈晨撞破一次相亲才出现，她现在都有阴影了！

韩梅打算使拖字诀："那行嘛，你把他的微信给我嘛，我先在网上了解一下。"

"搞啥子嘛？少学些小年轻搞网恋，你以为是淘宝？买回来不好还可以退货差评。男的离了婚还是二手房，女的离了婚，连二手车都当不到！"

高玉兰说话惯是直来直去的，韩梅被逼到角落，只好讲真心话："那我自己一个人也能过。"

"哎呀，妈妈跟你说嘛，这女人的福分跟逍遥日子都是有数的，你现在倒是放任自由了，哪天老了病了没人照顾了你后悔都来不及了！"

韩梅撇撇嘴："这个哪个说得准嘛，要是忍过无数小三小四还不离不弃才算是高风亮节，才得到那个会犯'全天下男人都会犯的错'的老公的信任，我是肯定熬不住的！要是运气不好再生个啃老族，那还不如我一个人抱着存款过！"

"所以才喊你亲自去看，你仔细去挑嘛！"

韩梅还要推托，高玉兰一锤定音："反正我已经帮你跟人约好了，你不去也要去！"

她哪还能抗命？

她回去把妈妈的话跟黄宝儿一学，黄宝儿都快笑死了："阿姨还真是个段子手！她怎么不去《非诚勿扰》当嘉宾主持人呢？我感觉她能红。"黄宝儿擦着笑出来的眼泪问，"那你要去吗？"

韩梅皱眉叹了口气："否则怎么办？太后懿旨都下了，展示一下同乡之谊呗。"

她担心对方人生地不熟，特意约了在对方公司附近见面。

　　韩梅从大学城出来，倒完了地铁换公交车，等到了约定地点，刚好离约定时间还差五分钟。

　　她推开餐厅的门，见窗边已坐了个微胖男子，他三十开外的年纪，圆脑袋配着粗框眼镜，笑眯眯地抬手朝她招呼。

　　"是郝工吗？"她问。

　　男人点点头，礼貌地站起来给她拖凳子，露出了将衬衫上的格子花纹撑成了平行四边形的啤酒肚。

　　他帮韩梅拉开凳子，解释说因为看过了高玉兰给的照片，所以一眼就认出了她，又客气地询问韩梅是怎么过来的。

　　韩梅说了一下路线，他还贴心地建议她下次换别的车，能少绕一点路。

　　韩梅奇怪地道："你不是从外地刚调职过来吗？怎么好像对这儿挺熟的样子。"

　　"我是刚调到申市分公司，不过我大学就是在余杭读的，那儿不是号称申市后花园吗？"

　　韩梅摸着包里那本《申市旅游指南》，一口老血卡在喉咙里。

　　"怎么了韩老师？"他疑惑地看看她。

　　韩梅把手从包里抽回来，说道："没什么，才发现围巾落在宿舍里了。"

　　他立刻把椅背上的风衣递了过去。

　　韩梅本想婉拒的，可耐不住真冷。她也不是要风度不要温度的人，想想别亲没相成，倒弄个伤风感冒回去，便顺着对方的好意披上了。

　　韩梅道："你直接叫我名字就好。"

　　"那我就叫你梅梅了。"他趁机改口，"那你也别叫我郝工了，多见外，叫'俺猪'吧，我朋友都是这么称呼我的。"

　　"这不大好吧？"韩梅表情尴尬又怪异，很快便自作聪明地说，"哦！'猪'是您的乳名吧？"

　　谁知对方脸色红了又白，良久才憋出了一句："俺猪……是英文名。"

韩梅费了好大劲才把"俺猪"和"Andrew"联系起来，羞得她立刻将脑袋躲到餐牌后面。

正尴尬着，韩梅的头顶飘来了一片乌云，将餐牌上的光也遮去了。

她疑惑着抬头，被眼前的身影吓了一大跳。

陈晨正一手插兜，好整以暇地站在旁边与她对视："好巧啊，韩老师。"

韩梅霎时间如临大敌。

"俺猪"左看看右看看，闹不清这是什么状况，愣愣地问韩梅："怎么，熟人吗？"

韩梅收起慌张，勉强应对："嗯，我同事。"

"哦，你好！""俺猪"站起身，忙掏出名片跟陈晨寒暄。

陈晨接过来，捏在手里正反面都看了看，面上似笑非笑，还瞥了韩梅一眼："呵，软件工程师。"

陈晨主动地伸手，"俺猪"抬手一接，两人久久握住，一番对视，耗得"俺猪"面上的笑意都变僵硬了。

"俺猪"尴尬地清了清嗓子，试探着提醒陈晨："陈老师，您是一个人来的？"

他本想提醒陈晨识相地离开，谁知却被厚脸皮地当成了客套邀约："是呀，都说相请不如偶遇，索性咱一起坐得了。"

陈晨说完，也不等"俺猪"答应，拖开韩梅旁边的椅子，便径自坐了下来。

韩梅目瞪口呆。

"俺猪"也瞠目结舌。

他被尴尬地晾在了一边，想坐下，又不甘心，想赶人走，又不好意思，起身坐下两三次，才忍不住说了一句："陈老师，那个，其实吧，我们俩在相亲！"

陈晨重重地"哦"了一声。

韩梅额角一跳，心中突然浮起不好的预感。

"俺猪"摸着后脑勺，憨厚地低头微笑。

陈晨轻轻一笑，拿起盘子上叠好的餐巾，"哗"的一声一手扬开，斯文地铺在了自己跷起的二郎腿上。

"相吧，"他说，"刚好我也挺了解韩老师的，她到时哪儿说不清楚，说不定我还可以帮着补充一下。"

韩梅一下被自己的口水呛着了。

"俺猪"呆若木鸡。他只恨自己脸皮薄，实在说不出那句赶人的话，只好悻悻地坐下。

没人知道陈晨已经想好了后招，要是再被赶，他就直接坐到两步之外的那张空桌旁去，以便随时监视和插话。

见目的达成，陈晨高高兴兴地把服务员招过来点菜。

好好的相亲变成了三人行，其他二人的脸上都不大好看。

韩梅随手翻到首页厨师推荐的餐牌，目光才在墨鱼天使面上停留，就听见身边一声轻笑："哦，白沙湾那一次，我还给你做过现钓的墨鱼意面呢。"

一瞬间，那段张狂旖旎的过往，穿过了时光隧道，顺着味蕾涌回脑中，叫她慌张又尴尬。

"不记得了！"韩梅红着脸否认，一下就把餐牌合上了。

记得厨师推荐上就两款，她随手就把餐牌递还给服务生："我要另一款。"

"吃什么杧果？你不怕过敏？"陈晨再次出声拦阻。

她都没注意自己点的是杧果糯米饭。

她从来贪嘴，有次杧果吃多了，睡到半夜浑身发痒才知道原来自己对杧果过敏，连夜让陈晨陪着看的急诊。

此刻面对"俺猪"那疑惑的目光，她只能硬着头皮狡辩："你应该是记错人了。"

陈晨斜眼看她，要把菜牌还给服务生时，才不声不响地偷偷塞了张便笺纸到服务生手里。

郝、韩二人聊着笑着，饭菜很快便被送到面前。

陈晨还推了推自己那盘墨鱼天使面，问她："跟你换吧？"

　　韩梅怎么可以接受？

　　众目睽睽之下，韩梅也不好不吃，想着吃上一两口应该没问题，杞果只碰了下唇，吃的都是糯米饭。

　　"俺猪"笑着清了清喉咙，问："那个，梅梅，你平常都有什么兴趣爱好？"

　　韩梅擦了擦嘴角，微微一笑，难得对方是个靠谱的相亲对象，起码他没把户口工资挂在嘴边，首先在乎的是志趣相投。

　　陈晨却忽然冷笑出声："她哪有这东西？一早上八点到校，一整天下来开会，做文件，给学生做咨询，就是下了班，每周三晚要赶班车去本部上夜课，说不定连晚饭都得带到车上吃，剩下的几晚要是有点什么团学联活动她肯定得去，好不容易盼来个双休，又接了个成教班的活儿。连搞对象的时间都够呛，哪还有时间搞爱好？"

　　这下不仅"俺猪"，就连韩梅本人也听得愣了，她完全没想到陈晨对自己的日程如此了如指掌。

　　她正要反驳，"俺猪"却忽然指了指她的脸："梅梅，你脸好红啊。"

　　韩梅羞愤地挠了挠腮边，心想，这人站哪边的呀，怎么拆她台呢？

　　她抓完脸，觉得手臂也有点痒，正要伸手，被陈晨钳制住了脸扭过来，说道："唇也肿了。"

　　韩梅吓得不轻，掏出镜子要照。

　　陈晨已经让服务生拿来了刚买来的抗过敏药，抠出来两片，放到了她的掌心："还敢不敢瞎闹腾？快吃药！"

　　她也知道害怕了，一言不发地就着他手里的水吞了药。

　　"俺猪"只是实诚，他又不傻，看着两人互动，再怎么迟钝也看出这两个人的猫腻来了。

　　男女间的事，就算嘴上否认，举手投足间的小默契也是骗不了人的。哪有普通同事连饮食宜忌都门儿清的，那不是骗人吗？

　　他心中转怒，连对韩梅的称呼也转变过来了："韩老师，你给我句实话，你和这位……不只是同事吧？"

陈晨欢喜地看着终于醒悟的"俺猪"道:"我是她男朋友!"

韩梅被这话吓了一跳,紧张地想澄清,冲口而出的却是暧昧的两个字:"前任!"

"我不记得答应过分手。"

"还需要答应吗?明明是你自己一走了之!"

"那你呢,你对我何曾有过一点信任?"

"够了!""俺猪"脸上一阵红一阵白,这两个人是当他死了吗?他一把扯出塞在领口的餐巾,往盘子上一扔,怒道,"你们这简直是耍人嘛!"

韩梅站起来想解释,可人家已经头也不回地走了。

她气馁地坐回凳子上,不敢猜测这事传到高玉兰耳中会是什么样。

陈晨拉过韩梅的胳膊让她走。

韩梅攒了一肚子的气,睬也不睬他,屁股贴着座位就是不肯动。

"怎么,还想吃完你的杧果?"

陈晨数出几张钞票扔在盘子上,身子一弯就把韩梅打横抱起来了。

"你干什么?"韩梅惊叫一声。

陈晨用眼神示意她看周围,说道:"你再嚷大声些,托你的福,叫我也上个微博热搜。"

韩梅嘴闭上了,可身体还是坚持反抗。

陈晨烦不胜烦,电梯门一开,就将人关了进去。

"你干什么?"密闭的空间终于让韩梅恢复了嘴上的威风。

"阻止你继续丢人现眼!"

"还不是你害的!"说起这个韩梅就郁闷,她说,"为了坏我姻缘,你简直坑蒙拐骗都干齐了!"

"我怎么不知道自己干过这些?"

电梯"叮"的一声到站,陈晨要拽她出去。

她死死抓住扶手不放,陈晨把人直接当成货物,头冲下就扛了起来。

她一路上尖叫捶踢,连鞋也甩飞了一只。

陈晨打开了副驾驶座的门，就把人塞了进去。

韩梅被扛得脑充血，好不容易止住眩晕爬了起来，才把门推开一条缝，陈晨已经从另一头坐了进来，"嘀"一声上了中控。

韩梅满脸狼狈，拨开乱糟糟贴在脸上的乱发，冲着陈晨吼道："你放我出去！"

陈晨只当作未闻。

她指指门外，语带无奈地道："你开门！我鞋落在外头了！"

陈晨盯住她肩头的外套，越想越恨："你还真不嫌脏，才见几次就把人家衣服穿上了！"

韩梅这才想起他衣服还在自己这儿呢，她下意识低头去看，却被陈晨看作是不舍。

"他们哪一点比我好了？之前那个搞土木的，又土又木，现在换了个软件工程师，你就不怕他又软又贱？"

她听得眉头一皱："人家哪里得罪你了？有必要这么说他吗？"

"才见一面，你就帮他说上话了？"

"你管不着！"

"让你看看我管不管得了你！"陈晨上手就去拽那件衣服。

他使了大劲，拽住空袖管就往自己这边扯。

韩梅下意识去摁，衣服很快忍受不住，发出"刺啦"的脱线声。

韩梅拉不过他，人也随着被夺的衣服往前扑。

陈晨将烂衫夺过来后，往车窗外一扔，接着就上手去解她的下一件。

韩梅这下可是真着急了，喊道："喂，这件是我自己的！"

陈晨恍若未闻。

你争我夺之下，车厢里温度渐升，响起让人浮想联翩的喘息。

皮肤接触到冷空气，韩梅瑟缩，那句"你松开"里也带上了一丝狼狈的羞意！

她挣扎着想扭开头，可才一脱开，便马上又被捉回去了。

他的眼睛里仿佛藏了个小黑洞，她"嗖"的一声被吸进去，然后眼前都是星空。

好像积存的委屈终于找到了出口，她毫不克制地大哭特哭。

陈晨的怀抱，体温，安慰，都像是眼泪的催化剂。它们像终于找回了当年那个缺失的怀抱，没有顾忌地补回来。

等她发泄得差不多了，陈晨拿衬衫袖子给她揩眼泪："哭完了？"

韩梅才看见把他衣服都哭花了，才又羞红脸坐回去了。

陈晨发动车子，径直开到附近的商场。

"来这里干什么？"韩梅吸了吸鼻子。

陈晨看了一眼她的脚说："鞋子不是丢了吗？赔你一双。"

他不等她回答就开门出去，转到另一头，背过身在她面前蹲下。

"你干吗？"韩梅羞得不肯动，说道，"大庭广众的，我才不要被围观。"

陈晨略微不爽地站起来："否则呢？别奢望让我像《我的野蛮女友》里那样把鞋脱下来让你穿。"

"谁要你的鞋？我自己可以。"韩梅推开他，倔强地站起来，单脚跳着就往前走。

陈晨慢悠悠地锁好车，才跟在后面往里走，遛狗一样欣赏她跳几下就歇一歇，也没有上前扶一把的意思。

等韩梅终于蹦进商场，腿肚子酸得都快要抽筋了。

她跳进离自己最近的鞋店，在试鞋沙发上一屁股坐下，按摩小腿时忍不住发出了"咻咻"的喘息声。

柜台后俩店员相视不语，一个用手肘捅了碰了碰同事，让对方上前看看。

陈晨一进店，指间就夹着张信用卡，递给服务员："橱窗那款荷叶边凉鞋，拿双三十七码的给这位女士。"

服务员愣愣地伸手接过。

韩梅一下子就跳起来了，说道："谁要你付钱？我自己来！"

陈晨在心中暗道了一句：这只纸老虎！

他想明白了，也不生气，甚至有些好笑地收起了信用卡，对韩梅说："那行，你自己来吧。"

店员已经把陈晨看中的鞋子拿了一双过来，并伺候韩梅穿上，看韩梅踱到镜子前，不吝赞美地夸道："这鞋您穿真合适，就跟按着你的气质和脚型设计的一样。"

韩梅当然知道这是溢美之词，不过试着走了几步，还的确挺舒服的。

对着镜子前后一扭，小高跟衬得小腿修长，想挑剔说点什么，一时间也找不出话来。

店员看到韩梅眼里的满意，笑着说："先生果然是好眼光，那么，就这双了吧？"

韩梅转身回沙发，正要答应，忽然翻过鞋底一看，被上头的标价吓得倒吸一口凉气。

得花她两个月工资呢，掏她倒是掏得出来，可确实很心痛啊！

陈晨凑过来看一眼，嗤笑："怎么样，要不要我帮你付个零头？"

韩梅咬着牙瞪他，然后不好意思地把鞋递还给店员："那个，我想起家里有双差不多的，要不我再看看别的。"

韩梅也没去看陈晨的表情，站起来就往外走。

她这下也不跳了，把剩下的那只鞋拿在手里，不顾旁人的目光，倔强地赤脚而行。

等走到商场大门前，她一回头，却发现陈晨没跟在后面。

她一愣，心中顿时一空。

她又唾弃自己："瞎矫情！"

身后有人进来，商场的自动门"呼啦"一声打开，吹进来一阵湿湿的风。

她茫然地转向门外，才发现原来外头下雨了，地上湿漉漉的。

她隔着雨帘远眺外面的公交站，思考赤脚跑回宿舍的可能性。

地面冰凉，她脚掌受不住，下意识地踏在另一只脚面上取暖。等站累了想换一只脚，她却突然踏到了一片绵软上。她低头一看，是一件还带着体温的西服。

"两只脚都站到上面来吧。"陈晨半蹲着对她说。

她面上有点惊讶，又有点茫然，问道："你怎么还在？"

"否则呢？"他将一个鞋盒搁在了旁边，没好气地抬头道，"你是怎么做到只穿一只鞋还走这么快的？下次校职工运动会我得提名你去参加竞走比赛。"

她鼻子一酸，心里头有委屈涌出，别开头不看他。

"我说，你气性怎么这么大呢？在相亲对象面前不是百依百顺的吗？怎么到了我这里就那么斤斤计较，明明比我大那么多，一点容让的意思都没有。"

韩梅咬紧牙，道："剩女嘛，网上总结的八大性格缺陷之一不就是脾气暴躁？"

陈晨想起下雪天送她回宿舍的路上随口说的要挽救剩女的话，忍不住笑了："小心眼！"

陈晨把鞋盒盖打开，将方才看中的那双鞋拿出来，放到她的脚边："来吧，灰姑娘，穿上鞋，让我们从此过上没羞没臊的幸福日子。"

韩梅猛地一缩腿，说道："这鞋不合适。"

陈晨装作听不懂她话里有话，问道："怎么不合适了？不是三十七码吗？"

"每天把万把块钱踩脚底下也是需要底气的。太贵的东西，我消费不起，这鞋是，你也是。"

他没想到她居然这么直白地说出来了。

陈晨笑着低下头，把鞋又往她那儿推："我允许你分期付款。当年离开是我的错。谁也没让你马上就恢复到对我爱得死去活来的程度。过去的事情谁都没办法改变，可心冷掉，咱们是能慢慢让它热回来的。"

他托起她的脚，炽热的手温让她全身一颤。

陈晨亲手帮她把鞋子穿上，又仔细地把鞋带打了个漂亮的蝴蝶结，才又抬头看她："先爱我一点好了。比如在我饿的时候给我煮个面，天冷的时候发条加衣的提示短信。以前我们走得太快，不知不觉走了岔道。这次我们慢慢走，总有一天会回到从前那样的。"

韩梅愣住了，她鼻子发酸，眼眶里渐渐蓄满了泪。

她声音沙哑地问道："会吗？"

"只要你想。"陈晨肯定地回答。

有晶莹的泪珠要从鼻尖滴下来，她狼狈地擦掉，说："你给我点时间想想。"

"那是多久？"

韩梅居然觉得他的表情有点可怜。

她眼神慌乱，有理智和情感在里头激烈撕扯，最后还是说："你让我想想。"

陈晨站起身，叹了口气，轻轻梳理她被吹乱的头发，然后拉起她的手往外走："行吧。反正往后还有一辈子呢，不在乎这一时半会儿的。"

陈晨的车直接开到了韩梅宿舍区门口。

她刚要下车，陈晨忽然拉住她的手，依依不舍地提醒她："想好了给我打电话。"

韩梅回过头，借着交握的手，清晰地看见了他手上那枚铂金戒指。

她犹豫好久，问："这个……是毕业戒指吗？"

陈晨顺着她的目光，慢慢地抬头看了她一眼，然后摇了摇头，说："不是。"

"那是……订婚戒指？"她紧张得连呼吸都屏住了。

陈晨没说话。

韩梅心一沉，说了句"我懂了"便猛地想挣开，却被陈晨拽紧了。

"在你回复我之前，这个什么都不是。"他说。

陈晨当着她的面把戒指摘了下来，说道："或者你可以当成是我这人喜欢炫富，所以在中指上戴戒指。"

胡说八道！韩梅气得瞪了他一眼。

陈晨摩挲着她的手，抬头注视她，笑了笑："等你回答我，我就都告诉你。"

韩梅心不在焉地往宿舍区走，像是突然收到中奖短信，晕乎乎地想相信，又十分怀疑是个骗局。

碰见路过的学生跟她打招呼，她抬头答应一声，才发觉自己不知不觉走过了头。

她转回自己的宿舍楼，等终于把门关上，才像被抽掉了全身的力气一样倒在地上，仿佛具象化了她那好不容易筑起，却又如细沙般溃散的心墙。

要不是靠死命盯着他手上的戒指，刚刚他拉住她的手那一刻，她几乎就对他说"好"了。

包里忽然响起了手机铃声。

她犹豫好久才掏出来，一接通，还没来得及开口，对方就迫不及待地喊道："梅梅！"

第十六章 ◄
白头到老的理由

陈晨好久没试过这种感觉了。

像第一次开庭前，两个掌心都是湿的，写完字盖上笔盖时他才发现手在抖。

又像是临睡前才灌下了一大杯浓咖啡，兴奋在每一个细胞里跳跃，他整宿翻来覆去没睡着。

他脑子里乱糟糟的，既想她早点回应，又怕过早等来的是拒绝。

第二天天刚亮，他实在忍不住，满怀激动和紧张就给她打电话。

电话那头，一个冷冰冰的女声说："您拨打的用户已关机。"他再打，还是一样。

难道是太早了，她还没起？

他转念又想，辅导员不是要求二十四小时开机的吗？就算是调了静音也不会是这个提示音呀。

陈晨索性把电话拨到她宿舍。

接电话的是哈欠连天的黄宝儿。她抓着乱糟糟的头发，转头看一眼韩梅平整的床铺，说道："韩梅不在呀。昨晚回来就没看见她……"

陈晨有不好的预感。他努力稳住自己的声音道："你去看看她东西少了没有。"

黄宝儿愣了一下，马上说："你等一下。"

话筒被搁下，远远传来一阵翻箱倒柜的声音，等黄宝儿再接起来，声调已变成了惊诧："她衣柜里原本有个小行李包，好像不见了……"

陈晨没听完，手机就"啪"的一声摔落地上。

多么可笑，角色对调，事件重演？

她总是这样！

在给了他为之努力的希望后，她才叫他发现路的尽头只是死胡同！

地上七零八落的手机部件，就像他此刻的心情一样杂乱。

他闭上眼睛，眼前晃过韩梅年轻的笑脸，闪过那七年难熬的岁月，最后是她泪眼汪汪地问自己："会吗？"

陈晨跑进洗手间，把冷水泼在脸上，发热的头脑才慢慢地冷静下来。

他看着镜子里的自己，不管怎么样，就是死，他也得死个明白。

他擦掉脸上的水，捡起了手机，确认不能用了，便拆出电话卡，随便装在了一台旧手机上。

他刚装好卡，黄宝儿的电话就打过来了："陈老师，你手机怎么一直打不通呀？宿舍阿姨说看见她昨天傍晚回来过，可没待十分钟就急匆匆地走了。"

陈晨平静地说："好，我现在去院里打听消息，她要离开，肯定要先跟院里请假的。"

黄宝儿点点头，想到他看不见，又说了声"好"。

陈晨已经把车开上了大路，刚要挂电话，黄宝儿犹豫着开了口："你会去找她吧？"

"我先去问清楚消息。"陈晨的声音里是掩饰不住的疲惫。见绿灯亮起，他才匆匆挂了手机。

从车上下来，陈晨直接往辅导员办公室走，正要跑上楼梯，却被经过的教刑法课的胡教授叫住了。

胡教授挺着啤酒肚，小跑着赶上他，问："小陈，你认识在山城的律师吗？"

"怎么了？"

"咱们院的辅导员小韩你认得吧？她父亲在家碰到点事情，找到我了。我给她咨询没问题，可我执业证都还回司法局了，会见取证都搞不了……"

陈晨一愣："你说谁？"

韩梅才走到大厅，电话就响了。

还以为是胡教授的回电，她急忙掏出手机，却看见上面显示的是陈晨的号码。

她面上有一瞬的愣怔，又有刹那的释然。

接到妈妈涕泪交零的哭诉，她当然着急忙慌，不知怎么办之下，她第一时间是想找陈晨帮忙的。

当点开电话的一瞬间，她又犹豫了。

万一，他会因此嫌弃她呢？

韩梅心中本来就乱糟糟的，此刻更害怕面对这样的可能。

与其要赌他的心，那还不如等她自己把事情先了结了，再处理二人的关系。

她又翻了一遍通讯录，转而致电教刑法的胡教授，可惜她自己本就所知不详，在电话里三言两语也讲不明白。商量之下，她便决定先请假回家看看再说。

韩梅把电话接通了放到耳边，好久不知该不该解释些什么。

陈晨先开了口，他低声唤道："韩梅？"

韩梅憋着气，轻轻地"嗯"了一声。

陈晨放缓了语速，声音却十分坚定："等我，我现在就去机场，坐最快的一班飞机到山城。"

韩梅捂着嘴，两行泪就下来了。

韩梅挂了电话，出了机场，便脚步不停地打车回家。

平常家里高玉兰负责骂骂咧咧，韩红兵主管唯唯诺诺，其实遇到大事，一贯惜字如金的爸爸才是主心骨。

此时家里突然没了顶梁柱，高玉兰平常的强悍都不见了踪影，韩梅回家一看，见她头发也顾不得打理，乱糟糟地披散着，因为着急，眼底都见了青，心中很是不舒服。

高玉兰看见归来的女儿，面上的淅沥小雨顿时成滂沱大雨。

韩梅的忐忑不敢表现出来，强撑着安抚了母亲，又做了点东西逼着她好歹吃了，再看了看墙上的钟，快中午十二点了。

韩梅忧心韩红兵的情况，把大姨叫过来照顾妈妈睡下，打算去派出所先问问情况。

大姨送她出门，说道："你一个女孩子家，怎么好一个人去跟那么多人打交道？要不等你姨父下班跟你一起吧？"

韩梅说："没事的，我有朋友要来帮忙，我只是先去问问情况。"

她按着高玉兰说的，先到了附近派出所，人家却告诉她案件交到刑侦大队去了。

韩梅心中一紧，又赶紧打车过去，好不容易找对了地方。

韩梅说自己是韩红兵家属，想找负责的民警问问案件情况。

工作人员问："他是犯事儿的还是被害的？"

韩梅低声回答是嫌疑人。

工作人员在键盘上敲敲打打，看了一眼记录，说："哦，就是那个故意伤害的吧？正拘留着呢。"

她再问别的，女警就一概不知了，说："那能告诉你吗？案件正处于侦查阶段呢。"

"我只是想知道什么情况！"韩梅听得气愤，冲口而出，"我爸平常连蚂蚁都舍不得踩死，他无缘无故是绝不会出手伤人的。"

那工作人员眉头一皱，说道："说得跟真的似的。你在现场吗？反正现在受害人在医院躺着呢，我们难道会随便抓人？"

韩梅登时红了眼。她心里顿时空荡荡的，想争辩，张了张嘴，却说不出话。

身后突然有人帮她说了一句："刑法规定'未经人民法院依法判决，对任何人都不得确定有罪'，这案子才刚立，您张嘴就给当事人下判决呀？"

韩梅转身看去。

陈晨白衬衫黑领带，外面套一件卡其色的中长款风衣，仿佛从天而降，威风凛凛地从大门外迈进来。

韩梅愣怔间，陈晨已经走到她身边，一手扶住她的肩，像有力量透过掌心源源不断地传递过来。

她抬头仰视他。他的到来，让她瞬间安心。

陈晨给她介绍身后黑瘦的中年人："这是我们山城分所专搞刑辩的尹律师。"

尹律师跟韩梅握了手，开门见山就询问案子的情况。

韩梅一问三不知，反被弄得紧张起来。

尹律师连忙打住话头，笑着说没事。

他打了个电话，又跟接待的那女警说了几句，熟门熟路地就把人带了上楼，找到负责民警。

警察看了他们几眼，还笑着调侃："哟，这种小案子怎么还劳您亲自出马？"

尹律师指指陈、韩二人说道："这不是大水冲了龙王庙了吗？碰到麻烦的是咱陈律师的家人。"

警察和煦地冲他们点了点头。

怕影响他们工作，韩梅就在走廊外等，十来分钟后，陈晨才迎着韩梅的目光从办公室里走出来。

他拉着韩梅往外走，凑到她耳边安抚道："尹律师跟负责的民警复印材料去了，我先送你回家。"

韩梅坐上出租车，才得知了案件的情况。

韩红兵如常在小商品市场里摆摊，市场管理中心派去催租的人和他旁边的一户摊贩起了争执，韩红兵上前劝解，混乱中，有人摔下了楼梯，正是去收租的。有人说目击了韩红兵动手，由于现场没有摄像头，但能证实两人之前确实有过龃龉，大队以涉嫌故意伤害对韩红兵实施强制措施。

"怎么会这样？那摔伤的人很严重吗？"

"据说到现在还没醒。"

韩梅表情呆滞，看着虚空中的某一点，喃喃自语道："我爸心善，他不会故意伤人的。"

陈晨看她一脸疲惫，将她的头轻轻摁在了肩上。他拽住她的手说："别担心，有我在呢。"

韩梅长出了一口气，无声地靠进他的怀中。

两人一路没再说话，可那交握的手，似有默默温情在流转。

巷子路窄，他们在路口下了车。两人往韩梅家走，远远能看见筒子楼下围了一圈人。

韩梅心头一紧，快步走过去，只见高玉兰手上挎着个菜篮子，被几个壮汉堵在了楼梯口。

高玉兰硬闯不成，气得满面通红，又叉着腰扭动身体想把人甩开，却被推搡得眼镜都歪在鼻梁上。

下楼来接应的大姨被挡在了一层楼梯间，只能朝下嚷嚷："你们不要欺负人！"

陈晨立刻上前，挡在了高玉兰和壮汉中间，说道："你们是谁？有事说事，拉拉扯扯的干吗？"

那仨大老爷们一看就知道是干力气活儿的，面上有一种泛油的黑腻，手臂肌肉虬结，捏起拳头就在韩梅面前晃悠："你家老头把我兄弟打残了，人现在还睡医院里呢，你们说怎么办！"

陈晨转头对韩梅说："你先带阿姨上去吧，这里交给我来料理。"

韩梅脚步不动，还有点不放心，陈晨拍了拍她的手说："没事，我马上也上来了。"

几人眼睛瞪得比铜铃还大，骂道："你算哪根葱？"

陈晨自报了家门，又亮过律师证，说道："我受韩红兵家人委托，担任他的辩护律师，你们有合理诉求，我们都可以心平气和地沟通。可你们在这儿动手动脚，要是惊动了警察，给你们个寻衅滋事的罪名，你们也讨不到好。"

几人本来就是仗着人多势众，想来捞一笔，此时对看几眼，也不敢太放肆。

有个小个子男人问："他打伤了人，赔点医药费不应该吗？"

陈晨问："你也在场？是亲眼见他伤人了吗？"

对方脖子一缩，立刻就不吱声了。

陈晨眼里精光一闪，还记得偷偷打手势，让韩梅带母亲、大姨先上了楼。

大姨这才知道后怕，边上楼边抚着胸口顺气，问道："刚刚你带回来的人是哪个啊？"

高玉兰对当年留宿家中的陈晨还有点印象，问韩梅："刚刚那个崽儿是你学生？"

韩梅"嗯"了一声，说道："他现在当律师了，听见爸爸出事，专门过来帮忙的。"

大姨喊了句："幸亏有他啊。"

高玉兰也叹了口气："也是很难得！从来锦上添花的多，雪中送炭的少。梅梅你确实该好生感谢人家。"

她们仨在楼上等来等去不见陈晨的踪影，刚想去问问情况，他的电话就来了，说打算同闹事的三人去医院看看伤者。

韩梅忙说要一道去，等下了楼，陈晨已经叫好车在等着了。

一行人到了医院的时候，伤者意识已经恢复了，却说不出整句话来。他绷带裹头，连病房都排不上，躺在走廊通道里，"咿咿呀呀"地呻吟。

陈晨站了一会儿，便转身去找医生了解情况。

韩梅被拉住了听几人诉苦，不是埋怨住宿条件差就是忧心医药费。

韩梅被唠叨得心中发紧，终于等到陈晨回来，赶紧拉他躲到一边，从包里掏出张银行卡，说道："这是我每月给我妈打的钱，原本是打算给家里建房的……你看看要不给了他们吧，听说伤者谅解也可以帮助减刑。"

　　陈晨趁那几个闹事的没看见，包住她的手把卡摁回口袋里，说道："钱是得给，但不是这么个给法，现在情势不明，也谈不上谅解的事儿。我已经跟医院这边谈好了，都交给我吧。"

　　那几人见二人回转，却没有要拿钱的意思，脸色都不大好看。

　　没想到不多久，就有护士来通知已经给伤患安排好病房了，给了个宽敞的二人间。

　　陈晨跟他们说，已经让医生尽力救治，让他们不用担心医药费的事情，但也不能再去骚扰韩梅家人。

　　他和韩梅从医院出来，就接到尹律师的电话，说已经回了所里。二人便又跑去所里跟尹律师会合。

　　陈晨飞速看了一遍尹律师刚拿回来的证人口供，里头只有一个人说亲眼看见韩红兵推了人，别人都是人摔下去后才听说的，他认得，那人正是方才来闹事者里那个眼神闪烁的。

　　尹律师手里拿着韩红兵的笔录，说道："按说，这事本来跟你爸没关系，在他旁边摆摊的那个寡妇要被清走，叫人粗手粗脚地摔坏了不少东西，韩红兵看不过去，才上前说了两句。根据他的说法，混乱之中，他还挨了两下打才听见有人喊'有人摔下去'的。案发的位置没有摄像头，人多拥挤，主要是其他去收租的人给出了一些不利于韩红兵的证词，不过他们的证词之间，也存在矛盾之处。"

　　韩梅听了个大概，怯怯地问："所以说，我爸的案子还是有希望的，对吗？"

　　尹律师说："势头不错，具体的情况还是得去会见一下当事人，再去现场取一下证，最好能找到案发过程的目击者。"

　　打铁趁热，陈晨看了看表，说马上就和尹律师去一趟看守所。

　　韩梅马上问："我能去见我爸一面吗？"

尹律师挠挠头，说道："侦查阶段只有律师能会见，韩小姐有什么话，我们给带一下吧。吃的用的里头也能买，先给他存点生活费。"

陈晨看不得韩梅失望，沉吟半晌说："这么着，咱们分头行事，尹律师您去走走公安那边，试试取保。会见的事儿让我来安排。"

尹律师苦口婆心道："陈律师，别感情用事。现在跟以前不一样了，管得很严呢，看守所没看见律师证和所函都不放人。再说了，家属去了也不管什么用，到时要是面对面哭起来，有什么好看的？"

陈晨不说话，他明显也是知道情况的，不过不想让韩梅失望，他说道："无论如何先办好委托代理的文件吧，有了三证才能进看守所。"

尹律师摇摇头，想说美色害人。

韩梅却懂事地退让了："会见我还是不去了，省得打扰了你们工作。"

陈晨搂紧了韩梅的肩，对她轻松一笑："你觉得我像搞不定的？"

韩梅摇了摇头，双眸定定地看入他眼中，说道："不是你搞不定，只是……你去看他，和我去是一样的。"

陈晨心头不可遏制地一荡，因为这句交托背后的深信不疑。

陈晨看着韩梅坐上回家的车，才和尹律师一道出去忙。

等从看守所回来，尹律师先走了，陈晨却一头扎进材料里。

等韩梅打电话过来，他才恍然发觉快十点了。

他合上眼，按压酸涩的眉心，享受电话里韩梅的啰唆："你怎么还在忙？铁打的人也得先吃饭吧。"

他说："行，我马上回来。"

黑漆漆的办公室里，落地玻璃窗外，汽车尾灯点亮了一条回家的路，他的心中忽然涌出一股焦灼，脚步不自觉地又加快了一些。

他下了出租车，凭着记忆步行到韩梅家所在的大楼，沿着狭窄的楼梯找到了那道锈迹斑斑的铁闸。他敲开门，看到记忆中的花地砖，洗得发白的沙发套，和椅子不配套的餐桌，仍旧热热闹闹地挤在小客厅中。

韩梅上来接过他手中的提包和大衣，动作身姿也与午夜梦回时的影像重合。

他有一瞬发愣，直到韩梅呼唤，才回过神来。

他接过韩梅递来的拖鞋换上，问："阿姨呢？"

"她头疼，我让她吃了点药先睡了，你今晚就住我房间吧，床单被子我都换成新的了，我和我妈睡一屋。"

陈晨点点头，安慰道："下午去见过叔叔了，他身体还行，精神头也不错。我和尹律师谈完，晚上整理出来了一份法律建议书，把事故的其他可能方向，还有证词中的矛盾之处都指出来，打算明天一早就交过去，看能不能先取保，把人捞出来再说。"

"谢谢你。"韩梅低下头，声音里有哽咽。

陈晨拍拍她的头，像大人安慰小孩子。

韩梅尴尬地拭去鼻边的湿意，很快整理好情绪，问道："你饿了吧？咱们简单吃点行吗？"

"你也没吃？"

"我等你一道吃。"韩梅利索地系上围裙就朝厨房走。

陈晨尾随她过去，靠在门边朝里看。

蔬菜早就洗净搁在盘子里备着了，韩梅三两下把黄瓜切断拍碎放进了玻璃碗里，锅里的水一开，她撒进两把盐，将发开的云耳扔进去。

水汽蒸腾而上，将她笼罩在一片白雾之中。

一时之间，他仿佛觉得二人回到了以前同居的日子。

陈晨忍不住从后面抱上她的腰，在她颈侧深深呼吸。

韩梅被他的动作吓了一跳。她拽住他的手腕，心中又软又胀，问道："你怎么了？"

"想你了！"

韩梅觉得好笑，拍拍他的手背说道："你才从看守所回来，先洗了再吃吧。我帮你拿换洗的衣服。"

韩梅将晚饭端到客厅，把地方让给陈晨洗澡。

门才关上，陈晨搁在桌上的手机就响了。

韩梅听着门后响起的水声，怕耽搁他事，便帮他接起来："你好！"

没听见回应，韩梅又问了一声："你好？"

那头犹豫了好一阵，开口居然是英文："是柳女士吗？"

韩梅本能地否认。

正要说是不是打错了，对方继续问："这是陈晨的号码吗？"

韩梅愕然："他正在洗澡。"

她说完才觉出不自然来，那不是电视剧里小三的标配台词吗？

对面的男声居然笑起来了："那你肯定是柳女士了。"

"我说了不是！"这人什么毛病！韩梅气呼呼地直接挂了电话。

陈晨洗好出来，饭桌上已经摆满了吃的。他扔了擦发的毛巾，捞起面条就往嘴里送。之前只顾着忙没觉得，闻见香味他才知道自己饿疯了，虽然她说吃简单点，可还是挺丰富的，除了一碟黄瓜拌木耳和一碟煎肉饼，他的面条里还卧着一个剥好的茶叶蛋。

他边嚼边赞："这茶叶蛋味道不错！"

韩梅瞥了他一眼，停了翻搅面条的手，放下筷子又帮他剥了一个进碗里，说道："这是我妈自己卤的，用亲戚家自养的土鸡蛋。"

"好吃！"他点着头又赞了一次。

韩梅眼光偷偷地溜到他光溜溜的手指头上，想起回家前两人那通对话，又想起刚才错接的电话，终于忍不住问："刚刚你朋友来电话，我帮你接了。"

"是吗，谁？"陈晨埋头大吃，好像一点不介意电话被她接了。

"我怎么知道，他一开口，就说要找柳医生！"

"找谁？"陈晨抬起头，面上的震惊不像作假。

他皱着眉翻开手机上的通话记录，发现是他在美国的旧同事，说道："怎么可能！他们俩根本不认识。"

她心中的质疑和怨怼像是被碰倒了的水壶里的水，"哗啦啦"地向陈晨倾泻过去："我怎么知道！他确认完这是你的号码，就说我一定是柳女士！"

陈晨突然嘴角抽搐，原本准备回拨确认的手也放下了。

韩梅弄不懂他为什么态度大变。她一脸迷惑地看着他执起筷子，施施然又低头吃了两口，才指使她："哎？我戒指忘记戴了，你去帮我看看是不是落在浴室的镜箱里了。"

这话题也岔开得太生硬了吧！

韩梅闷了一肚子的气，又不知道怎么发火，站起来瞪了他好一阵，才转身去了。

她气呼呼地走进湿气弥漫的浴室里，打开小镜柜。

她眨了眨眼，半旧的塑料皂盒上方，放了两枚同款的情侣戒，头靠着头，静悄悄地依偎在一起。

男款的就是陈晨戴着的那枚了，本以为平淡无奇的铂金戒，脱下来一瞧，才发觉有巨钻不动声色地镶在了内圈。

多出那枚女款戒圈要小上几号，可纤细的铂金圈上豪气地顶起一颗小指甲盖大小的火油钻。

她被一种莫名的熟悉感攫住，急忙将多出来的一枚拿到眼前仔细辨认。

橘黄的钨丝灯下，宝石中蕴含的亮光像是风中摇曳的焰心，随着角度变换，闪烁出异样的光彩。

她不敢相信地捂住了嘴巴。

"明明是你说的，情侣戒还是要一双一对才像样。"陈晨不知什么时候站在了浴室门外，头斜靠在木质的门框边笑着看她。

他慢慢走上前，从后面搂住她的肩："我满以为你会一眼认出来的。结果呢？你居然跑来问我这是不是毕业戒指。这当然不是毕业戒指。"

她脑袋低垂，让人看不清表情，那颤抖的双肩却已泄露了她的情绪。

陈晨将她的脑袋搁到自己的胸前，长长地呼出一口气："蹉跎了这么久，这戒指终归回到你手上了。"

陈晨拿过戒指想帮她戴上，说道："自始至终，我最爱的只有你。"

韩梅抬起发红的双眼，仍旧放不下警惕，问道："没有之一？"

陈晨哭笑不得："你以为谁是柳女士啊？"

韩梅一愣，外国朋友发的"Liu"当然是没声没调的，她呢，一直发的是第三声，而此刻陈晨却用的是第二声。

她一时之间弄不懂其中的问题。

陈晨看她神色懵懂，终于放弃了能让她明白的想法，说道："没有之一。"

"那他为什么称呼我柳女士？"

陈晨忍不住笑了："乔尼的脑洞。"

"那怎么外国人也叫呢？"

"谁让乔尼每次来，都要在我朋友圈里宣扬一通你的事迹，外国人嘛，也记不住那么长的名字，就称呼柳女士了。"

"天！"韩梅这下连杀了乔尼的心都有了。

陈晨怕她不信，还把自己手机递给她："要不你自己问他？"

韩梅气得推了他一把。

陈晨趁机埋怨她："你就对我那么没信心？"

韩梅眉头有余怒，眼中泛泪意，此刻又被古怪的笑意弄得不舒服，没好气地道："谁知道你去了外国会不会找一堆金发美女！"

"金发美女有什么好的，不都说人鬼殊途吗？"

"谁知道呢，你不是口味复杂吗？"

韩梅气得猛地捶他一下，被陈晨顺势搂进了怀里。

她想起了什么，抬头故意气他："那医院里还传柳医生家要找你当上门女婿呢！"

说起这个陈晨就来气："柳琳他们家那点嫁妆我才看不上呢！"

陈晨头一低，抓住她的手，将指环套进她的无名指，说道："话都说开了，戒指也给戴上了，该答应我重新在一起了吧？"

韩梅软软地将脑袋贴在他的胸口上，说道："陈晨，我足足比你大五岁呢。"

"有啥新鲜的啊？你不是一直比我大五岁吗？"

"你想想，我初恋了，你才读小学呢。"她一想起来就罪恶感深重。

"你这样算不对！"

"怎么不对了？"

陈晨轻抚她的头："算法错了。你想，到我十八岁的时候，你差不多二十四岁了，我是你的三分之二；我现在二十七岁，你三十二岁，我已经是你的六分之五了。你看，虽然你一直比我大，可我们的距离一直在缩小。连上天也在给我们找白头到老的理由。"

韩梅眼中泪意奔涌，她努力地吸了吸鼻子，说道："你不再找找吗？说不定就会碰见比我还好的。"

陈晨笑着替她拭去鼻子下的晶莹液体，说道"不找了。如果真有，也当看不到。"

他长叹着，将宝物搂回自己的怀中。

不是每一颗蒲公英的种子都能找到落地归根处，不是每一艘远航的船都能重返归家的路。他多么庆幸，戒指终于找回了它原来的主人。

亏得陈晨和尹律师一番取证和说明，没过两天，公安局那边就下达终止侦查决定书。

韩梅一家自然欢欣不已。

陈晨问清楚了时间，亲自开了所里的车陪韩梅去接人。

他们到看守所的时候，人还没出来。

两人就坐在车里等，韩梅心里着急，隔半分钟就看一眼手机。

陈晨看不过去，没话找话地逗她。

韩梅这才发现陈晨下嘴唇裂开了一道小口子，连忙掏纸巾帮他擦："你嘴唇怎么裂开了都不知道？"

陈晨伸出舌头一舔，才发现确实有点血腥味。他不在乎地一笑："这儿天气挺干。"

韩梅晓得他是因为爸爸的事儿忙的，这几天脚不沾地，有时一整天下来连水都喝不上一口。

她心疼又感激，从包里翻出一小管润唇膏，说道："别舔，嘴唇越舔越干，来涂点润唇膏。"

陈晨乐得嘟起嘴巴。

韩梅被他的样子弄得有点想笑，用小指厚厚揩了一层准备涂在他唇上。

陈晨还作，嫌弃地往后一缩脖子，埋怨她："唉，你不是打算按《喜剧之王》里张柏芝对周星驰那样给我来一下吧？"

韩梅绷不住笑，使劲摁到他的伤口处，说："不懂你说什么，不爱看那种意识不良的电影！"

陈晨吃痛，斜着眼瞪她："没看过你怎么知道意识不良了？"

他佯作生气，一口咬住她的手指，用门牙轻轻磨着。

韩梅笑得喘不过气来，骂人的话说得跟撒娇一样："呀，旺财！松口。"

陈晨把手指拔出来，宠溺地摩挲着上面浅浅的牙印子，视线晃过空无一物的指根，突然一愣，问道："你戒指呢？"

韩梅把自己的项链从领口拉出来，原来戒指又被她当成吊坠拴在了脖子上。她着急地解释着："那什么，主要是我都没来得及跟爸妈说咱们的事。"

韩梅心虚地觑着他的脸色，说道："你还叫他们叔叔阿姨呢，突然间连戒指都戴上，会吓到老人家的。"

"无端端得了这么个好女婿，他们烧高香都来不及，有什么好惊吓的！"

韩梅被他的厚脸皮气笑了："这不正事儿多嘛，爸爸要出来了，他们突然又听见家里老大难问题要解决了，高兴得晕过去了怎么办？反正等我爸的事一了，我就立即跟他们讲。"

陈晨还想表达不满，不远处突然响起铁门打开的嘎吱声。

韩红兵步履蹒跚地从门后出来。

才过几天，他仿佛一下子老了十岁，鬓边长出了白花花的胡楂子，眼里也布满了红血丝。

韩梅连忙下车，胸中存了千言万语，才迎上去，眼泪就扑簌簌地往下掉。

看着父女俩抱头痛哭，陈晨跟着上前，拍着二人的背安慰："没事了，上车吧，咱们先回家！"

高玉兰早就在家中准备好了迎接韩红兵的一应物事。

听到门铃响，她赶紧把备好的火盆端到门前，指挥归来的韩红兵跨火盆去晦气，又捧来了新衣服，让他去洗澡。

高玉兰对着陈晨千恩万谢，拉着他的手，说要请他下馆子。

陈晨已经自觉地改了口，笑说："该我来请，给叔叔庆祝一下。"

高玉兰哪里肯，陈晨这番忙前忙后，又是出钱又是出力，她怎么过意得去？

韩红兵归来，高玉兰恢复了她的麻利劲儿。她立刻让韩梅去餐厅订餐，还吩咐要把亲戚都叫上！又专门嘱咐不要忘了二婶。

韩梅刚开始还不情愿，听见高玉兰说"你不打我自己来"，这才撇撇嘴去了。

陈晨不懂两人眼里的意思，只等韩红兵准备完毕，便驱车将三人带到了酒楼。

陈晨不能吃辣，高玉兰特意寻了家新派的川菜馆。

到了地儿，她才发现刚好有人包下了一半的场地在办婚宴，只剩下靠窗的几桌用来招待散客。

韩梅站在大门口朝里张望了一眼，回头就跟妈妈说嫌这儿吵，提议要换一家。

高玉兰皱眉道："哪里吵了嘛，就是要热闹才好去晦气。而且已经通知好大家了，临时换了找不到好麻烦嘛。"

他们才坐下没多久，亲戚们便陆续到了。来人除了之前和陈晨碰过面的大姨和她丈夫，还有韩梅寡居的二婶以及姑姑姑父。因为怕吓到老人家，韩红兵这事儿没敢让韩梅在农村的爷爷奶奶知道。

点菜的时候，韩梅特意挑了骨头多的水煮鱼、辣鸡爪，谁知还是堵不上二姊的嘴。

她看不起高玉兰生了个女儿，一直拿这个说事儿。韩红兵被抓起来的时候，二姊就上纲上线，叨叨说家里没有个男人不行，把高玉兰气得肝疼。因此韩红兵一没事儿，高玉兰就把人请过来了，以当面示威。

谁知二姊还是那番说辞："不是我说，市场里头的人为啥子要合起伙来欺负大哥？还不是晓得你们俩没得儿子撑腰。要是实在是没得儿子，来个女婿也像回事嘛！照我说老大屋头的姑娘也不小了，还拖着不肯找对象，那就是不孝顺。"

韩梅听得一脑门黑线，说道："二姊，这两件事情没啥子关系的。"

"咋个没关系嘛！二姊跟你讲，你先头进来的时候外头的婚宴看到了吗？那个新郎官儿看起来至少四十吧，旁边新媳妇儿最多也就大学刚毕业嘛。男人三十一枝花，女人三十就是豆腐渣了哦！"

就知道她要拿婚宴说事儿，韩梅没好气地道："也不一定，现在的化妆师技术都特别好，说不定新媳妇儿只是不显老。"

"显不显老还是其次，再拖下去，娃儿都要生不出来了！"

高玉兰被说到了忧心处，也想起旧怨来了："你们看她作嘛！之前好不容易大姨妈的朋友有个儿子也在申市工作，介绍她去相亲，结果她第一面就把人家气走了。你们看她啥子时候把我气死了，她就高兴了。"

没想到公审大会来得如此突然！韩梅忙搂住了妈妈说道："今天是爸爸的好日子，您老人家好歹给我点儿面子嘛，就不要在陈晨面前拆我的台了嘛。"

"小陈也不是外人嘛！"高玉兰自觉失态，可还是愤愤不平地对陈晨嘟囔，"你说阿姨说得对不对？"

陈晨听懂了个大概，此刻却一点挡箭的意愿都没有，淡淡一笑："这也没什么，女大当嫁嘛！"

陈晨的附和仿佛一石激起千层浪，几个大妈争先恐后发表意见。

她大姨忧心忡忡地拍着韩梅的手背道："听说申市剩女多得很，

个个周末都有人拿照片在人民广场相亲，队伍里头，男女比例是三比七！"

高玉兰拔高了音量，一副恨铁不成钢的模样："她不就仗着将在外军命有所不受嘛！反正趁她回来，你们就加油给她安排。我也不要求大富大贵，你们看到差不多的就行。"

"妈！我自己会找的！"

"由着你个人找，连吃屎都赶不上热乎的！"

二婶就等着这句话呢，她点开了手机相册就给旁边的高玉兰递过去："刚好我一个牌搭子的儿子也是单身，屋里头有钱得很，是做茶叶生意的。"

高玉兰是直肠子，一看照片就皱眉："这人这么丑哦，看起比梅梅起码大十岁哦。"

大姨也凑过来看，忍不住认同地点点头："就是就是，长得跟电视上那个演二人转的差不多了。"

"长得帅有啥子用嘛，又不能当饭吃。大点儿的才晓得疼人。"二婶理直气壮地催着高玉兰把手机给韩梅递过去。

"你也不要嫌弃人家是离过婚的，人家屋里头可是有房有车的，娃儿也小，你嫁过去从小就带起，娃儿还能不拿你当亲妈啊？你要是觉得可以，我明天就安排你两个约起见个面。"

韩梅死不肯伸手，倒是陈晨接过去了，他低头看一眼，鼻子里发出一声闷笑，才把手机递到韩梅面前，说道："看看吧，像宋小宝也算是明星相，这买大的送小的，保证你过门就当妈。"

韩梅嫉恨地看着叛变的陈晨。他看戏一般把脑袋搁在手掌上，脸上似笑非笑，就等着她什么时候坐不住，主动跟大家坦白恋情呢。

逆反心起，她更加不愿意在这时候坦白了。

她能赚钱养活自己，为啥会因为没有男人就受人欺负？

她也知道，直接把陈晨搬出来，能立时堵上她们的嘴。可这治标不治本呀。

等说她完自己有男友，她们就会转而问什么时候结婚，等她结婚了，她们又会追问什么时候生孩子。

三姑六婆总会在这里，无休无止地东拉西扯。无论她户口本上婚姻状况是未婚还是已婚，永远能被她们找出"槽点"。

有人心理不平衡，看见有棱有角的人，就恨不得拿锉刀磨平了，直到对方变成和自己一样，或者更不幸。

高玉兰可不晓得韩梅内心的波动，她虽不是很满意二婶介绍的对象，却还是劝她："二婶那么热心，你好歹去看一下嘛！"

二婶也听出陈晨话里的讽刺了，她不急不慢地教育小辈："陈律师，你是男的，当然不晓得紧张咯。我们梅梅可不小了，她去相帅小伙子，哪个身边不是围一群二十出头的小姑娘？谈谈朋友倒是没得啥子，但是咋个可能真心想和她一个三十岁出头的女的结婚嘛！小龚就不一样了，小龚这样的就是奔着组织小家庭去的。而且你想，他是二婚，我们梅梅一个黄花大闺女嫁给他，他自己都觉得矮一截，到时候梅梅还不是样样都把他拿住了。以后他们两个要是还想要小孩儿，可以让他跟你们姓韩。"

谁家的亲戚啊这都是！韩梅都要气晕过去了："难道我是市场里没人要的剩菜吗？我就是丢在那儿，也比遭猪拱了好！"

二婶不悦地把筷子扣在了桌上，说道："你咋个这样跟长辈说话呢？我也是好心好意的，你简直就是狗咬吕洞宾！"

韩红兵心里是想给韩梅打圆场的，话却得反着说："现在的小年轻不晓得好歹，她个人的事情，弟妹你别去管她了。"

高玉兰是个不会看眉高眼低的，她习惯性地和老头子对着干，又是事关韩梅的终身大事，便皱着眉小声埋怨："哪个说只是她的事情嘛，我们两个老的现在逢年过节，都不敢走亲戚见朋友！"

韩梅觉得自己简直四面楚歌。

陈晨把搭在韩梅椅背上的手忽然换到她的肩上，然后凑到韩梅耳边，说着足以让所有人听见的悄悄话："看我说什么来着？早让你把咱俩的事儿跟爸妈交个底了。"

韩梅正要喝水呢，就被呛了一口。

陈晨施施然地拿起自己的餐巾，替她擦掉了面上身上的水渍，说道："看把你高兴的。"

她这是高兴的样儿吗？韩梅转头瞪他。

咱俩？爸妈？韩红兵两口子也面面相觑。

一片沉默里，只有大姨弱弱的声音响起："你们两个……"

陈晨轻轻拍了一下韩梅的手臂，说："戒指呢？拿出来给大伙儿瞧瞧。"

这下还有什么可怀疑的？在座的人可都听明白了。

韩梅脸红得快要滴出血来，只好害羞地对二老点点头。

高玉兰对陈晨真是没有更满意的了，学历高，人品好，本事大，不仅让老伴有惊无险，还把家里的老大难问题解决了，哪怕给他立长生牌位也愿意啊。

都说丈母娘看女婿，越看越满意，她乐呵呵地给陈晨夹菜倒酒，问长问短，直到韩红兵咳嗽了一声，才不耐烦地转头看他一眼。

韩红兵板着脸，面无表情地对高玉兰说："话那么多，吃饭！"

这下子，一桌子的人都看出韩红兵不高兴来了。

一群人各怀心事地在沉默中吃完了饭。

各奔东西时，韩红兵见外地没肯让陈晨送，他说："陈律师，我们就不打扰您工作了，自己打车回去就行了！"

陈晨干的就是和各色人打交道的事情，哪可能看不懂韩红兵的抵触来？

他好不容易搞定了韩梅，还以为至此就是康庄大道，谁知又突然来了一只拦路虎。他可算知道韩梅的倔脾气是打哪里来的了。

幸亏，韩梅虽然没说话，可身体还是很诚实地站在了自己旁边。

陈晨沉住气，面露微笑地帮他们拦了车，还殷勤地拉开车门："叔叔才是不用跟我客气，别说您现在还是我的客户，论交情，我当年病了，您和阿姨可是把我当家人一样照顾的。"

韩红兵被说得不好意思了，尴尬地清清嗓子，转身就坐进了副驾驶座，等了一会儿不见人来，又伸出头去，高声催促高玉兰娘儿俩上车。

高玉兰摇着头嘀咕他是死脑筋，却还是坐进了出租车。

韩梅完全没料到爸爸这样反应，看着忽然甩脸的父亲，又看看陈晨，忧心忡忡、手足无措。

陈晨护她过去，用微笑安抚她的踌躇不安："叔叔今天也累了，让他好好休息，到家给我打电话。"

韩梅盯着他的眼睛，确认他没生气，这才松了口气。她感激地点点头，等车子开出好远，还是忍不住回头看。

高玉兰是大内总管，在外头给男人面子，等到家了就大发"雌威"："老头子吃错药啦？"

韩红兵直截了当地表明态度："我不看好他们！"

高玉兰不能理解，说道："人家哪里不好吗？才劳神费力地把你救出来，你反倒好意思对人家不满意！"

韩红兵憋红了脸，好久才吐出一句："那我也不能把女儿卖了！"

韩梅觉得应该解释，开口道："爸爸，你不是卖女儿，我们俩是真心喜欢对方的。"

韩红兵眉头紧皱："梅梅，结婚是过日子，不是过家家，讲究的是门当户对。女娃娃好高骛远是要吃大亏的。"

"哪里好高骛远了？我们还算大学的同事呢！"

"他屋里头住啥子地方，我们家又是啥子情况？他自己就是律师，就算他不说啥子，他那个老爹看得起一个蹲过牢狱的亲家？"

高玉兰迟疑地道："你都放出来了嘛……"可底气还是禁不住弱下去。

"爸爸，他不会介意这个的，他要是介意，就不会主动来帮忙了。"

韩红兵长叹了口气，说："梅梅，你记不记得你小时候觉得画报上的芭蕾舞裙漂亮，就兴冲冲地说也要去学跳舞？谁知你才上第一节课，立脚尖就把脚指头儿磨破了。你现在是大人了，网上有句话怎么说的？自己选定的路，往后跪着也要个人走完的。当豪门媳

276

妇儿可不比立脚尖轻松。爸爸晓得你不过是一头热，可我宁愿当这个泼冷水的坏人，也不想你以后后悔。"

"爸爸，我不是一头热，陈晨也不是。"韩梅蹲到父亲前面，手轻轻扶在他的膝盖上，眼睛上蒙上了一层光，"你说得对，选了他，我也不晓得以后会不会后悔；可是不选他，我现在就会后悔。"

第十七章
在手指上的思念

　　陈晨和韩梅的假不多。等韩红兵的事办好了，他们便赶着晚班的飞机要回申市。

　　高玉兰匆忙之下，还是准备了好多吃的用的。

　　韩梅嫌重，这个那个都不肯带。

　　陈晨赶紧说自己的箱子里有位置，让高玉兰都放到他那儿，高玉兰直夸他懂事。

　　韩梅翻了翻白眼，拿了证件去领登机牌。

　　陈晨见来送行的只有高玉兰一个，问："叔叔没什么不舒服吧？"

　　高玉兰稍稍有些不好意思："他身体没得啥子毛病，就是越老啊那个脾气越古怪，他只是有点儿想不通，慢慢儿来就好了。"

　　陈晨心里头其实早就跟猫挠一样难受，作为一人见人爱花见花开的优秀未婚男青年，还刚刚对未来老丈人施以援手，究竟是哪里招了人恨呢？可他还是识趣地没继续这个话题，而是体贴地把自己和尹律师的电话都留给了高玉兰，说道："你们好好保重，有什么事直接给我打电话。"

　　高玉兰高高兴兴地收下了，又给陈晨塞了个塑料袋，说道："你们到申市也不晓得几点了，给你们带点东西在飞机上吃。"

他打开一看，里头是俩饭团，还热乎着呢，用保鲜纸包着，一看就知道是家里做的。

陈晨本想说机上有飞机餐呢，抬头看见高玉兰关切的目光，心中一暖，喊道："谢谢阿姨。"

看韩梅办完手续过来，高玉兰又特意嘱咐："你们俩好好儿的哈，出门在外要互相照顾体谅，晓得不？"

韩梅无奈地道："还当咱俩小孩儿呢，又不是第一次离开家。"

陈晨给高玉兰塞了打车钱。她不肯要，被陈晨拍了拍手背："别让梅梅不放心。"

到哪儿找这样贴心的女婿啊？她欣慰一笑，把钱揣进兜里，这才一步三回头地走了。

韩梅坐在飞机上，一路上不怎么说话。她腿上虽然搁着本打开的杂志，可是双眼放空，心思明显不在这上头。

陈晨替韩梅从空姐那儿接过一罐冰可乐，顽皮地贴到她脸上。

韩梅被冻得一激灵，气愤地打了他一下："就爱捉弄我！"

陈晨笑道："你很不对劲啊韩梅，这么入迷，在想别的男人呢？"

"对！还是个大帅哥！"

"除了你爸，敢说别人我可跟你急！"

韩梅果然愣了一下。

陈晨顺着话头，把积蓄在胸中的问题问出来了："叔叔是不是对我有什么误会呀？"

"也没什么。"

她低下头想装傻，被陈晨不依不饶地盯住了："韩梅，你是很认真地打算一辈子同我在一起的吧，往后都要这样藏着掖着？"

韩梅叹了口气。她是怕陈晨不高兴，才忍住了不说的。

之前那场谈话，她没能说服韩红兵。

她怎么说服他？韩红兵是对的，她也是对的，两辈人各自凭着自己的人生阅历说出真心话。

她不生气，她只是觉得郁闷。

可她不知道该怎么跟陈晨解释才能不伤害他。

她低头看着叠放在膝盖上的双手，声音也是低低的："我爸吧……他这人挺倔的。"她开了个头，却又不知道怎么接下去。

陈晨等了好半天，才见她尴尬地又动了动嘴巴："他吧，不是很赞成我们在一起。"

终于得到了确认，陈晨转过头，把侧脸留给了韩梅。

韩梅急忙补充道："他也不是不喜欢你。他一辈子堂堂正正，突然遭了事，可能……心理上还没转过弯来。"

"就因为这个？"

"他还担心我高攀不上，当不了豪门媳妇。"

陈晨愣了一下便笑了："那你就没表一下决心，说愿意穿个内增高什么的？"

都什么跟什么啊？！韩梅没好气地瞪他。

他一双黝黑的眼珠子，在夕阳的镀金下，愈加显得幽深，甚至奇异地带了一种安定的力量："高攀不上也没什么，不就是亲你的时候要低头弯腰嘛，我不嫌累！只是往后七老八十了，我要是弯腰驼背，你给算个工伤。"

韩梅红着脸冲他翻了个白眼，心想这人嘴巴怎么那么贫呢，却又忍不住嘴角朝上，笑道："那你别亲呗！"

"那不成，"陈晨笑着攥过她的手，十指紧扣地搁到自己的肚子上，说道，"好不容易抓住了个冤大头，我肯定是要赖一辈子不放的。"

等飞机平稳落地，两人取完行李，到达候机楼已经九点多了。

韩梅正准备往公交车站走，陈晨伸手拉住她："这么晚了，你还要倒几趟车回去？这个点到长途汽车站都没班车了吧，坐那些小黑车我可不放心。"

韩梅取笑他："什么年代的小黑车，现在地铁都能直达大学城了好吧。"

陈晨愣了愣。出国的时候，申市的地铁网络还不完善。从市区回大学城，要么地铁换长途客车再换公交，要么就坐那种等满人了才肯开走的小黑车。

他差点忘了大城市早发生了日新月异的变化。他逃过了它大兴土木满布烟尘的蜕变期，直接迎来它陌生而美丽的新面貌。

陈晨默默看她一眼，心中忍不住庆幸：幸亏她还在原地，坚守着初心。

陈晨亲了韩梅的额头一下，拥着她朝的士站走："咱们先去吃点东西，我家附近开了家日料店，那儿的茶碗蒸特别地道。"

韩梅疑惑地道："我妈的饭团你还没吃饱？"

陈晨撒娇："再陪我去再吃一点嘛。"

韩梅掏出电话看时间："再晚宿舍都要关大闸了。"

狼外婆在这儿等着她呢，不动声色地就露出了他的大尾巴："晚了就别回去了呗，我那儿又不是没地方。那什么，阿姨给的东西还在我箱子里呢。"

韩梅转头看他一眼，见他不动声色，又坚持盯住了，直把他看得忍不住笑了。韩梅轻轻地戳了一下他的肚子："真饿了？"

他嘿嘿笑起来，展开双臂死死搂住她，嘴巴凑到她耳边，声音热烘烘地呼进她耳朵："嗯，真饿。"

等两人倒在床上，韩梅把头搁在他的肩膀处，脑袋还有挥之不去的轻微的眩晕。

她轻喘着气，有微微的汗水沾在皮肤上，如花瓣上洒了一层晨露。

风从窗口吹进来，她打了个冷战，忍不住往他臂弯里缩。

韩梅这才有精力去观察他的房子，市中心的物业，两百来平方米的复式高层，装修简约舒适。

韩梅不禁感叹："你真是狡兔三窟啊！不住云间区的小别墅了？"

"那个是用老头的钱买的，这儿是我自己买的。"

罕有地听他谈及父亲，韩梅不说话了。

陈晨见她定定地看着自己，那些久压在心中的话，终于有了倾吐的欲望。

"别看他在人前一副彬彬有礼的样子，我爸对我，从来使的都是强硬的那一套，为了逼我出国，什么损招都敢往我身上使！你简直想象不到！"

她攥紧了他的手。

陈晨回握过去，话说得又轻又慢。

陈晨想起了从美国辞职回来，陈瑜恨不得撕了他的模样。

陈瑜的怒不可遏斗不过他的先斩后奏，他翅膀硬了，逼着陈瑜只能退而求其次。

陈晨把思绪从回忆中抽回，又低头看了韩梅一眼："我原来觉得我爸很强大，我那些恶作剧、小伎俩，仿佛不过是孙猴子在如来手上撒的那泡尿，最多只能让他恨一恨烦一烦，要是闹狠了，五行山一压下来，我就一丁点儿也动弹不了了。我后来才知道，我强大了，他就再也操纵不了我啦。"

他回想自己的整个青春期，甚至青年期，都为推翻父权而拼命抗争，可没想到，看到父权的溃败，并没有让他觉得好受，甚至还有些兔死狐悲的意兴阑珊。

韩梅抬头看他，只见他的视线定在了虚空中的某处，光影打在瞳仁上，仿佛是暗室里的老菲林。

韩梅没有经历过其中的种种，但是她愿意用自己的感情去理解和温暖他。她从被子底下伸出手来，感叹地摸摸他的头："小弟弟是真长大了呢。"

陈晨愣了一阵，低下头，似笑非笑地看了她好一会儿。

她以前不知道，原来清晨的高速公路那么畅通。

陈晨今天没课，可还是开车把韩梅送回大学城，才又掉转车头回市区上班。

韩梅有点心疼他，下车时主动亲了他的脸颊一口，却被抓过去狠狠吻了一通才放行。

晨跑的学生还没起，韩梅拎着行李包，轻手轻脚地开锁推门，还以为神不知鬼不觉，谁知一放下东西，就被人从后面搂住了肩膀："哟，崔莺莺小姐回来啦？"

韩梅吓了一跳，抚着胸口转头，见手拿口杯的黄宝儿咧开了嘴笑，对她露出一口的牙膏沫。

韩梅怎么不知道西厢会情郎的典故，红了脸问黄宝儿："你怎么知道？"

黄宝儿指着她的脸道："看你这纵欲过度的黑眼圈！还有这娇艳欲滴的肿嘴唇！"被韩梅瞪了一眼，她才笑着补充道，"而且我刚才从窗口看见陈老师的车了。"

韩梅无奈地推她去换衣服："行了大侦探，你不是要跑步吗？再晚太阳就出来了。"

"别扯开话题，说吧，你们打算怎么谢我这红娘呢？"

韩梅笑道："怎么你又是红娘了？"

韩梅这会儿才得知，原来和罗工吃饭的事就是黄宝儿抖搂出去的。这怎么是红娘？简直是甫志高啊！

黄宝儿表示只有美食能抚慰单身人士脆弱的心灵。

韩梅闹不过她，被催着给陈晨打了电话。

陈晨欣然认宰，当即就让秘书在黄宝儿慕名已久的会所订了桌，下班后又亲自开车接了二人过去。

谁知三人刚落座，陈晨电话就响了。

他笑嘻嘻地聊了两句，捂着话筒问韩梅和黄宝儿："不介意多一个人吧，有人专门要来请吃饭呢。"见二人摇头，他才笑着跟电话那头说，"你快点，咱可是饿着肚子等你呢。"

"谁无端端地要来请吃饭？"女士结伴上洗手间的时间里，黄宝儿忍不住问。

"好像是乔尼呢。他也是咱学校毕业的，上次义卖会他也来捐款捐物了。"

"富二代？"

"是吧，好像在他爸爸家的公司当甩手掌柜。"

"这人长什么样？"

"白胖，反正挺有福气的。"

韩梅在社交平台上找到了乔尼的主页，他更新倒是勤，可发的照片不是耍帅的就是炫富的。

黄宝儿每得她一句答案，就从化妆包里多掏出一样东西来，很快洗手台上摆满了遮瑕膏、粉底液、眼线笔、唇膏，这些都是黄宝儿的相亲装备。

韩梅被萌生的荒诞猜测吓了一跳："你突然化什么妆？"

黄宝儿面上都是隐秘的笑意："谁能料到姻缘突如其来，待会儿乔尼哥哥来了，要多说我好话知道不？"

韩梅难以置信地看看手机上乔尼傻乎乎的自拍，说道："你这是当淘宝呢？看个照片就一见钟情。"

"剩女嘛，三秒钟就坠入情网，不奋斗就老了。反正我看他五官挺端正的。"

"五官是端正啊，可背景里的柱子都是歪的嘛。"

"哎呀，反正器官齐全就行了呗。人都会变老变丑！这男人给女人的安全感，不是光看力气和脸的，很大程度还来源于他是不是可靠。按我说，不好看更好呢，能少些狂蜂浪蝶。"怕不被认同，黄宝儿又不忘补充道，"难道你跟陈律师在一起就很放心？"

韩梅嗫嚅道："我有什么好不放心的？"

"你心可真大！学校里多少女生觊觎他呢！咱学校阴盛阳衰你不知道？法学院男女比例都一比五了。我那天去健身房，还碰见个男生跷着兰花指教育身边的女孩：减肥你吃苹果啊！人体消化苹果消耗的热量比苹果本身的热量还大呢。可就是这样的也有女朋友。陈老师每天被莺莺燕燕环绕，不就跟肥肉掉进了狼窝里一样？"

"怕也没用啊！有千年做贼的，还有千年防贼的呀？"她回忆自己两次功败垂成的相亲经历，说道，"我觉得你的心才大呢！你到底是怎么凭一面之缘来确定和自己过下半辈子的人的？"

"谁能一下子就能决定呀？相亲只是个开始好吗？先使用排除法，过滤掉所有不想见第二面的。然后那种小气得连一杯奶茶也不肯多请的男人，就不用见第三次了。不是我爱占便宜，女性在家庭里的付出本来就比较多——追你时都舍不得下本钱的男人，他对你的诚意估计也持续不了几十年。"

韩梅笑道："也不能这么武断吧？也有看走眼的呢。"

黄宝儿白眼一翻，说道："当然可能有例外，可我又不是包青天明察秋毫、明镜高悬，我就是个小股民，为了能保障投资不打水漂，宁枉勿纵。"

她还煞有其事地讲她们学校一女同事嫁了个抠门男，两人婚后连给儿子买礼物都是 AA 制的。

两人一番东拉西扯，磨磨蹭蹭，等回座位，乔尼已经来了。他今天西装革履的，乍一看，还挺人模狗样的。

乔尼一句"韩老师"才出口，就被陈晨嗫嚅地更正了："你可以叫嫂子！"

乔尼哈哈大笑，伸出手指猛点他："行啊，隔了那么多年，可算叫上了。"

韩梅懒得搭理这俩光会拿自己取乐的无聊的家伙。

乔尼起身给女士倒茶，一边招呼服务员送上餐牌："嫂子，这顿你随便点，当我酬谢你带挈我赢了钱呢。"

见韩梅一脸诧异，乔尼才笑着解惑："跟朋友早早有了赌约，说陈晨在外头天高皇帝远，肯定就不回来了。我下重注呀，心想就是为了嫂子，这厮也得回来啊！后来一次，我去美国公干，住在他家好几个星期，发现这厮居然喝醉了会撕你俩合照。我都要吓死了，谁知他一醒过来，就委委屈屈地又把那些碎片从垃圾桶里捡回来，拼拼贴贴塞回钱包里。这不是睹物思人是什么？果然，这风筝飞得再高，线还是抓在您手里的！"

韩梅听着乔尼的话，想起了陈晨藏在钢笔里的那张志愿表，有点开心，又突然有点心酸。

陈晨把餐牌递给韩梅，打趣说："看我说什么来着，咱们在一起，对国民生产总值也是一大贡献！"

韩梅被哄乐了，顺势把餐牌转给黄宝儿。

黄宝儿却一反平常爽快的性子，翻来覆去、犹豫不决。

陈晨客气地提醒："你不是说好了要敞开了撮一顿吗？看见喜欢的就点！"

乔尼附和道："对，想吃点什么使劲点啊。"

只有韩梅知道，黄宝儿这是怕在相亲对象面前暴露自己的好胃口呢。

韩梅三番五次想把话头朝黄宝儿身上带，可惜乔尼都不怎么接茬儿。

乔尼扬手让服务员上了酒，先倒满了一杯自己喝了，才掏出个大红信封递给陈晨。

陈晨被上面的双喜图案吓了一跳："你要结婚？"

韩黄二人都愣了一下。

乔尼面上没有准新郎该有的欣喜，他端起酒杯敬陈晨："来干一杯吧，悼念哥们儿即将迈进爱情的坟墓！"

这语气，怎么听都不像是高兴话啊！

陈晨打开请帖看一眼，迟疑地道："新娘不姓崔？"

乔尼怅然一叹："我爸放话了，我要是继续撵着崔家女儿后头跑，就要把我扫地出门，谁让他们俩是死对头呢，她也老是不远不近地钓着我。现在这个是相亲相回来的。"

"那也挺好。"

"就这样吧！我是不像你啊，能一条道走到黑。还是我妈说得对，选老婆还是得找个能让自己好过的。"

他说出口，才察觉自己失言，急忙想把韩梅从话里摘出去："我没说嫂子是条黑道啊！"

所幸韩梅的关注点不在这上头。她尴尬地看了黄宝儿一眼，只见她在经历了一开头短暂的吃惊后，很快便恢复理智，闷声不响地把准备离开的服务生又招了回来，重新要过了餐牌加菜。

黄宝儿狠狠撮了他一通，还是不解气，在回程的车上，一路不停地数落乔尼，说他"一脸蠢相，一看就知道是花花公子"。

韩梅也不戳穿她之前说的长相不好能提高安全感的话。

黄宝儿说："所以说我最怕的就是相到妈宝了，年轻富二代还不如白手起家的中年人受欢迎。"

陈晨听见主语从乔尼换成了"富二代"，忍不住说道："俗话说得好，臭猪头自有烂鼻子闻，说不定他们就能好呢。本来爱情也没什么道理可讲的，什么时候来，碰见什么样的人，设想好的条条框框，碰见命定的人后都得无条件让步。"

他说完这句，还透过后视镜和后座的韩梅对视了一眼。

一触即分的视线，在二人的脸上留下甜蜜的余韵。

被秀一脸恩爱的黄宝儿忍不住打了个冷战，愤而投诉道："韩梅，你男朋友真的很不要脸，连这么小的机会都要抓住博好感！"

黄宝儿咋咋呼呼地，不顾二人尴尬，又一手拍在前座的靠枕上，说道："陈老师，刚才那顿不是你掏钱，那么算，你还欠我一顿饭啊！"

陈晨顺水推舟道："一顿饭算得了什么？我要是结婚了，谢媒礼肯定小不了！"

"送什么？iPone X？"

"你说了算。"

黄宝儿笑嘻嘻地一指他："你说的！"

"我说的。"

韩梅看不得两人当着面就把她卖了，正要发威，车子已经到了宿舍区外面。

黄宝儿先跨出车外，差点把门甩到了准备出来的韩梅脸上。她吃惊地重新拉开门问："你也下来？"

韩梅推了推她道："否则让我去哪儿？"

小男友

看着她和陈晨挥手告别，黄宝儿随后跟上道："你们还要遮遮掩掩的？"

"没有遮遮掩掩，我本来就要回来休息的。"被黄宝儿不吱声地看着，她只好笑着坦白了，"毕竟还在同一个地方工作，能低调就低调一点呗。"

"合着我刚才跟你说的话，你都没听进去。"黄宝儿推心置腹地劝道，"作业本也得写个名字呢，无名无分的，你就不怕大宝贝被人捡走吗？宣誓主权懂不懂？咱们那些90后女学生，拍拖第一天就会让男友把微信头像换成两人的合照。"

韩梅虽觉得好笑，可她还是感激黄宝儿为自己着想，亲热地挽上了她的手臂，对她发宏愿："放心吧，我会为你的谢媒礼奋斗的。"

明明日程还是跟往常一样，可韩梅分明觉得日子过得不一样了。

仿佛门前种起了大树，夜路上亮起了灯，他只需要存在，就能让她觉得踏实和温暖。

她如常地学习、上班，周五晚去给成教班上课。

下课的铃声，仿佛是催眠试验的闹钟，让原本垂头耷脑的学生都醒过神来。

还没等韩梅宣布下课，已经有人合上了书本。

韩梅给大家布置完作业才喊"下课"。

等给学生答完疑，她看表，晚上快九点了，手机屏幕上是陈晨的短信，说正在校门外等着她。

她走出大楼，才发现外头下着细雨。被霓虹夜雨装点过的路面，像是泼上了浓墨重彩。夜色遮掩下，校门两侧的各色名车也低调了起来。

她打伞出去，好不容易找到目标车子，弯腰朝里一瞧，见陈晨双臂抱紧，脑袋一点一点地，居然睡着了。

他最近一个案子正到了要紧处，已经连着加班几个通宵了，好不容易才盼来了周末，还等了她那么久。她好一阵心疼，轻敲车窗将他唤醒。他擦了擦迷蒙的双眼，赶紧打开了中控。

她坐上车子道歉："对不起，有几个学生问问题，你等急了吧？"

陈晨倒没什么，说道："可惜餐厅的预约时间过了，要不咱们回家吃吧，然后看碟片？"

当然他怎么说怎么好。

原本还想去尝尝他家附近新开的日料店，韩梅对没吃上那道茶碗蒸耿耿于怀。

陈晨却一笑："这有什么？"

要不是亲眼看着他打蛋，煮汤，调和，滤汁，再混合洗好剥净的虾仁和蛤蜊，倒入有盖日式茶碗里蒸熟，她简直不敢相信面前摆盘紧致入口即化的小食居然是他的作品。

韩梅吃得舌头都要吞下去了。

吃饱喝足，两人躺倒在沙发上看电影。

客厅的灯光被故意调暗了，屏幕一帧一帧的白光打在相拥的二人身上。

韩梅看得聚精会神。

陈晨笑眯眯地把韩梅的身子掰转过来，食指诱惑地在她的锁骨上来回滑动："你说，咱们什么时候公开？否则咱们整天困在小房子里约会，很容易擦枪走火。"

这人可真会打蛇随棍上，她觉得好笑，说道："你舍得公开吗？你现在可是校园论坛里评选的十大黄金单身汉哦，还是之首。"

"我整个人都是你的呢，还有什么舍不得的？"

"那为了我的生命安全，咱还是再考虑考虑吧。"她开玩笑地说，"万一一公开，我被万千老中青妇女的嫉恨目光杀死了怎么办？"

韩梅看陈晨沉稳地笑了笑，居然没像当年一样，因为一点点的拒绝就显得多思敏感。

他把这个当成是交换的筹码，亲热地跟韩梅商量："那要不咱们走远点，周末去自驾游？去趟苏杭什么的，你不是喜欢看雷峰塔

小男友

吗？"

　　她突然把学姐的婚宴想起来了，说道："我这周末是有事情的。我要去喝喜酒。"

　　第二天，韩梅换上裙子，化了淡妆，也没让陈晨送，按同学群上通知的地址坐地铁到达商场。

　　这地方她第一次来，找了一会儿才找到直达酒店宴会厅的电梯。门刚要关上，就被人从外面摁住了。

　　她抬头，看着随后迈进来的人，一脸目瞪口呆。

　　陈晨面上是真假难辨的讶异，他又看了一眼电梯按钮，才扭头对韩梅说："呀，好巧，你也在这儿喝喜酒？"

　　韩梅呆呆地回应："新娘是我学姐……"陈晨"噢"了一声，点点头说："那真巧。"

　　她沉默了一会儿，回过神来，问："你呢？"

　　"我也喝喜酒呀。"他低头整了整袖扣，说道，"男家亲戚。"

　　她一挑眉，顿时不说话了。

　　她跟在陈晨后面出了电梯，憋着坏笑等他穿帮。

　　迎宾桌前，陈晨当然是掏不出请帖的，他一脸镇定地对小姐妹说："怎么办呢？好像落在车里了。"

　　小姐妹赶紧说不要紧，并十分体贴地主动替他查找宾客名单，好一通忙乱，也只找出一个姓陈的，是八十岁高龄的新郎他老舅。

　　韩梅故意打趣："看不出您辈分这么高！"

　　小姐妹挺认真，转身就去找男方的亲戚来帮忙。

　　陈律师什么风浪没见过？自己撒的这谎，再说上千百个也要圆过去。他都想好要怎么编了，一抬眼就看见了大门上的结婚照。从看见联姻告示时起就萦绕在他心头的那股怪异的熟悉感，终于在此刻找到了缘由。

　　小姐妹找的帮手来了，隔着老远就大声招呼："这不是陈晨吗？"

　　陈晨觑见来人那锃亮的光头，问韩梅："这是你堂哥的婚礼？"

韩梅忍不住了，哈哈大笑，对光头说："来，叫舅舅。"

听得光头一脸的黑人问号。

陈晨干脆地把红包递过去："写上吧，陈晨韩梅伉俪。"

光头指着二人，大大地"嘿"了一声。

等新人和上一拨宾客合完影，两人终于被光头带过去打招呼。

新娘进去补妆了，只有大苏站在宴会厅前迎宾。

大苏对二人一起来似乎并不惊讶，相反地还慨叹道："没想到，她最终还是把你等到了。"

陈晨没什么好脸色，他还记恨着当初在瀛洲之旅中，大苏给韩梅献殷勤的事呢。

回程的车上，他硬是用行李把后头的座位塞满了，才成功把大苏堵在了前排座位上。

大苏显然也没忘。小黑车上，他琢磨了好久才想出个递水的借口，谁知一转身就见韩梅靠在陈晨肩上睡着了。

行驶中那一闪而过的路灯光，短暂地掠过她柔美的脸颊，让他没错过她面上全然的放松和幸福的微笑。

而陈晨正低头欣赏韩梅的睡脸，眼里有温暖的光。

他尴尬地转回头，拧开矿泉水瓶猛灌了一口，把面上收不住的惊诧连同踢到铁板的郁闷一起咽了下去。

就是在那一刻，大苏决定放弃的。

谁知道陈晨居然一声不响地就消失了。

正如他此刻一声不响地出现。

大苏对韩梅说："你确定这个小屁孩长大了？要不还是站我旁边得了，捧花和新郎都是现成的。"

这句一听就知道是开玩笑的话，却把陈晨听得脸都黑了。

陈晨举起和韩梅十指交扣的手说道："谁爱捡现成的？梅梅就爱玩养成！"

韩梅还忍不住笑他："这么认真干吗？大苏跟你开玩笑呢，他们两口子还是我介绍认识的。"

果然新娘子一回来，就和韩梅拥住了，两人好一通喋喋不休。要不是迫于后面还有人等着，都不舍得让他们进去。

韩梅笑话陈晨："看，闹笑话了吧？我就是怕你吃醋才不告诉你的。你还后不后悔自己手伸那么长？一声不响地来突袭我。"

陈晨理所当然地道："恋爱不就是跟吻一样吗？谁还提前招呼一声？"

韩梅脸稍稍红了一下才反击："那我被吓到了可以一口咬下去吗？"

陈晨还装，捂着嘴巴"呜呜"了两声，道："你不会，你怕我痛。"

"幼稚！"话出口，韩梅还怕陈晨不高兴。

谁知他坦然得十分嚣张："如果这是幼稚，那你喜欢我的幼稚。"

韩梅愣了一下。

巨大的鲜花拱门下，她要抬头才能仰望他。

他眼里一闪一闪的光，仿佛是从天幕漏下来的星光，明朗而温柔。

陈晨面带微笑。

作为只给最亲密的人看见的那一面，他似乎也喜欢它映照在韩梅眼中的样子。

他终于像个大人一样，能和自己的弱点握手言和，而非强迫症那样忌讳这个关键词，姿势丑陋地把它藏到屁股底下。

像曼德拉说的，勇敢不是无所畏惧，长大也不是无所不能。

隔了一会儿，他补充道："再说，我来都是为了你好。"

韩梅这就忍不住"呵呵"了，问道："还有我的好处啊？"

"当然，你没听过怀璧其罪吗？从今往后，你和新娘可算是敌人了，要不是我在，你们会这么其乐融融吗？带上我，你就跟得了免死牌似的。"

韩梅听得想笑："你说这话不脸红？"

这人的曝光欲，像是狐狸尾巴，一寻着机会就急不可耐地露出来。

幸运的是，他得到真相了。

韩梅主动握上他的手。如果这曝光欲是源于他幼稚，那她喜欢他的幼稚。

双春年的红色炸弹跟接力赛一样，一棒接着一棒。被大苏和学姐炸出来的血还没止住，没过两个星期，便又迎来了乔尼大婚。

两位主角都是富二代，即使不想高调，也简单不了。

据说新娘子本来还想去外国办海岛婚礼，考虑到手续麻烦，才移师到海南操办。

虽然距离近了，可飞机一来一回，光路上也得花个小半天。

韩梅才请过假，稍微动了不去的念头，就被察觉了。陈晨在她面前卖惨，说什么幸亏两人和好了，否则孤家寡人去祝福别人成双成对很惨，让她感觉要再不答应就罪大恶极，这才勉为其难地挤出一句："机票钱你出！"

陈晨如愿以偿，得逞的微笑才慢慢转为认真。他轻拍她的脑袋说："别担心，你出现在我的身边，只需要做回你自己。"

韩梅愣了一下。她知道，和大苏的婚宴不同，这次会碰见的，除了陈晨的朋友，还有他的亲人，她没有将心中的不安说出口，没想到陈晨早猜到了。

韩梅看着自己的心，像玻璃制品一样被放进铺了软垫的盒子里，用保鲜膜层层包裹，贴上易碎品的标签。

她终于放宽了心。

韩梅郑重其事地置了装，又做了头发，打扮一新地陪陈晨出席婚礼。

宴会还没开始，新郎新娘还在准备，众人的视线很容易就落在了伴郎之一的陈晨身上。

他身穿一身挺括修身的白色礼服，手臂上挂着韩梅，脸上是温软的笑意，在阳光照射下，一口白牙简直亮得发光。

众人虽不知韩梅为何许人也，可光凭她能将陈晨俘虏，便被高看一眼。

几个女宾不知在聊什么，看一眼韩梅，又朝另一头偷瞄一眼，便不约而同掩了嘴笑。

韩梅顺着几人的视线看过去，才惊呼出一句"柳医生"。

站在男方亲友团里的柳琳骄矜地同二人点点头，嘴角几不可见地一扯，视线与陈韩二人一触即分，找不到任何交流的欲望。

韩梅扯住陈晨的袖子，惊诧地低声发问："柳医生怎么也在？"

陈晨道："我没说过吗？她是乔尼的表姐呀。"

韩梅满脸尴尬："当然没有！那我不成了来踢馆的了？"

他还得意地指着自己的鼻子道："是啊，快来抢，战利品是我。"

这人居然还有心思开玩笑！

她瞪他一眼，要是早知道会碰见柳琳，韩梅打死也不来啊。

他用手心的暖意去摩挲她被海风吹冷的手臂："你想想，我这么受欢迎，你得快点学会享受别人的嫉妒啊。"

这人真是越来越不要脸了！

陈晨哈哈大笑。他真不在乎别人的目光。他带着她去招呼敬酒，都神色如常。

韩梅却做不到如此心宽。

她才知道原来目光也是有声音的，那些探究和打量，交织成一片闹哄哄的人声，将她置于喧闹的街市之中。

她不知如何应对，只好借尿遁走。

幸好酒店的洗手间明亮宽敞，清洁芬芳，她站在洗手池前磨磨蹭蹭还觉得挺自在。

旁边的两个女孩洗完手居然也不离开，还过去主动套近乎。

她依稀记得是新娘子那边的亲戚，也不好意思拒人于千里之外。

话题不出所料，很快地过渡到陈晨身上，还问她怎么和陈晨认识的，拍拖多久了。

一番摸底后，两个女孩一脸神秘地凑近她道："新郎那个表姐，之前猛追你男朋友来着？"

韩梅听得一脸尴尬，矢口否认："应该没有吧。"

女生 A 说："她那么高调，全世界都知道了。"

女孩 B 又说："听说她软硬兼施穷追猛打，却被陈晨当着两家父母的面拒绝了，是不是真的？"

韩梅更得装傻了："是误传吧，柳医生条件这么好，我觉得她应该看不上陈晨。"

两个女孩还以为能挖到什么猛料，见她居然还替对方说话，顿时觉得没意思极了，对视一眼，便悻悻地走了。

韩梅才松出一口气，忽听身后的厕所门发出"嗒"的一声响。

她从水池里一抬头，就从镜子里看见从里头走出来的柳琳本人。

明明没干什么对不起柳琳的事，她还是下意识地把头低下去了。

水声哗啦哗啦的，她等待对方慢悠悠地洗手，擦干，整头发，然后扭身离开。

柳琳明明已经走到了门边了，却又停了下来。

"对他好点吧。"柳琳半侧着身子，突然对她说。

韩梅意外抬头，对上了柳琳的眼睛。

对方下巴高抬着，突然笑道："毕竟他眼瞎！"

韩梅呆呆地看着她转身出去，好久才反应过来：呃……她这是被损了？

等婚礼结束，月亮已近中天。陈晨没去陪大伙儿闹洞房，偷溜出去陪韩梅到私人海滩边踢水玩。

韩梅玩得高兴，赤脚踩进柔软的细沙里，还会有不畏死的小蟹爬上脚面。

她这才想起把在厕所里发生的事儿告诉陈晨。

陈晨捂着肚子笑了好久，捧起她的脸说："你看，这下连情敌都承认我们了。"

这很明显是否认才好吗？韩梅拍着沾到脸上的细沙，忍不住扔给他两颗卫生球。

以前没能成功将恋情曝光的他，这次学会了用水滴石穿的慢办法。

他们早就约好，往后为了避嫌，在学校里打电话，都不互相称呼姓名。

可韩梅没想到，语气里的甜蜜总是遮掩不去的。

假后她回校没多久，就有个女同事信誓旦旦地宣传，说一看就知韩梅是"老铁树开了花了"，又说"也不知采蜜的是个什么鸟"。

陈晨偷偷翻了个白眼，就是本鸟！

他当场不发作，等转头碰见韩梅跟那个女同事在聊天，就故意走到办公室门口，大声问："韩梅，你看看是不是漏接了咱妈电话，我刚才正好上课，她打到我手机上了。"

韩梅一时间没反应过来，看了看手机说："啊？我发短信问问看。"

他扔下一句"行"，转头就走了。

那女同事大大地吓了一跳，一转头，当然就把这消息继续散播出去了。

韩梅其实也没想故意撇清，有时候陈晨落下点什么东西，让她给送去，她也是没二话的。

这样一来二去，没过多久，同事间挺多人就闻见味儿了。

韩梅抱着破罐子破摔的心情，有时下了班，还会坐到陈晨在学院的办公室里，等他批完卷子一起去吃饭。

她坐在他对面的位子上，先是无聊地玩了一阵手机游戏，又刷完了当天的新闻，百无聊赖之下四处张望，竟发现陈晨身后的柜子上，突兀地放了个粉红色纸袋。

这里一贯是不放杂物的，突然多出来这么个女性化的东西，韩梅不可能注意不到。

她走过去拿起来，问道："这是什么？"

陈晨毫不在意地抬头看一眼，说："哦，别人送的。"

韩梅打开来，里面的东西却让她的内心翻起了轩然大波！

那不是搞卖物会时她被错卖出去的那条围巾吗？怎么会出现在这儿？不好的预感在她心里慢慢滋生，直让她嘴里泛酸。

"谁送你的？"她问。

"一个女学生，"陈晨头也不抬道，"看在是手织的分上，就勉为其难收下了。"

韩梅心中有一万匹野马狂奔而过！

她慌不择路，开始胡言乱语，眉宇间都是愤愤不平："你怎么能乱收学生礼物呢！要被人知道了……被说收受贿赂怎么办？"

陈晨莫名其妙地看了她一眼："那怎么能是受贿呢？我还回请她吃了饭的。"

他还请她吃饭？！

这人真是对自己的桃花体质毫不自觉！

早两天她还听人议论呢，说他上课讲起自己在外国经历的消防演习，还要学人工呼吸，下面立刻有人提醒："快晕倒！"

她越想越觉得不爽，将围巾翻了出来，说道："什么破围巾，边角上都发黄了。"

陈晨凑过去瞧了一眼，还真是。

韩梅得了鼓励，迅速而准确地在边角处找出了一个小洞，手指还穿进去动了动，说道："你看！这儿还漏针。"

陈晨一脸钦佩，问："还有吗？"

韩梅一愣，正要再找，忽然听见了旁边的喷笑声。她抬头一看，陈晨已笑得上气不接下气。

他一把将她拉到了腿上坐着，整个人都笑倒在她的怀里。

韩梅一脸不知所措。

他好不容易喘过气来，揩了揩眼角的泪水，逗她说："张嘴我看看！"

韩梅皱眉："干吗？"

他点一下她的唇："这么爱吃醋，不怕倒牙？"不等她回答，他又说，"不过你总算有点女朋友的自觉了，从这一点上说，我还是挺欣慰的。"

韩梅的脸色红了又白，说道："你故意耍我的是吧？"

"那你还卖我东西呢。"

"这怎么是你的东西？"

"这不是给我织的围巾吗？"

他真的什么都知道了？韩梅一时间羞愤欲死。

陈晨笑道："难道你还以为，每次偷偷往我身上比尺寸都没被发现？幸亏它丑得这么有特色，才让我时隔多年还是一眼就认出来了。"

陈晨把围巾递到韩梅面前，笑眯眯地逼问："说老实话，这发黄的是你的口水痕迹吧？"

"才不是！"韩梅急死了，为方才自揭疮疤的行为后悔不已，"那是放柜子里受潮了……"

陈晨拿着长围巾，绕着两人的脖子就缠了一圈。他吸了吸鼻子道："好像没有霉味啊，要不拿出去晒一晒？"

韩梅觉得好笑，说道："破围巾有什么好晒的？"

"那要不……晒个恩爱？"陈晨将下巴往围巾里一钻，借着被遮住了下半张脸上，嘴唇就贴上她的。

韩梅觉得自己好像被传染了他的笨，可是又止不住很开心很开心。

他们俩像是躲在石头后面的接吻鱼，记忆只有七秒，所以不断地碰触，再碰触，要分享心中那快要漫溢出来的爱意。

▶ 第十八章
痛是成长的方式

如果那样的时刻是甜品时光，那他生活中的主食还是忙碌。

特别是最近，几个客户像是约好了来找碴，给出的东西来来回回地要修改。加上他最近又接了个新案子，为了配合美国客户的时间，这个月就没早过半夜两点到家。

他打开房门，看见韩梅睡熟在自己床上，才想起今天是周六。

她上半身沉浸在月色里，睫毛的影子随着绵长的呼吸缓缓抖动。

他坐到床边，看着她一呼一吸，只觉得原本急躁的心也顿时沉静了下来。他外套也不脱，头一低，将上半身蜷进她的怀里。

他被她身上暖融融的香气包围着，就好像躲在了羽翼里。

他的手是一贯的不安分，偷偷摸摸地就探进薄被里，在她的腰上轻轻摩挲了起来。

他突然指尖湿滑。

陈晨整个人一愣，吓得猛地坐了起来。

昏暗中，他拉开被子，然后便看见一摊红红的湿腻从韩梅的裤子蔓延到床单上。

他倒吸一口凉气，来不及思考，打横抱起韩梅就往外跑。

韩梅惊醒了，还擦着眼睛问："嗯？你回来了？"

黑暗中，韩梅只听他都带了哭腔："别怕，咱们马上就上医院！"

　　韩梅还没意识过来，声音懒懒的："什么上医院啊？"

　　陈晨往前又冲了几步，才愣愣地站住，差点把落地灯也带倒了。

　　他说："你流血了。"

　　"我流血？"韩梅仍然被公主抱着，她扭头顺着他的目光看床上，又摸了一下自己的裤子，顿时尴尬得不行，"我好像侧漏了！"

　　陈晨整个人就好像被剪断了线的木偶人，脱力一般跌坐到地上。发胶都没撑住他刘海的重量，厚厚地垂坠下来，后面是他精疲力竭的声音："你吓死我了！"

　　韩梅有点尴尬，又有点想笑，她赤脚落了地，被地板冰得踮起脚跑回去穿了拖鞋，才拿了换洗的东西，捂住屁股跑进卫生间。

　　等她弄干净了自己，出来却发现陈晨不见了。

　　她上楼转了一圈，只在阳台上发现喝空的酒瓶和烟灰缸里还在冒烟的烟屁股。

　　她不知道他还会抽烟！

　　夜风吹来，她抱了抱手臂，心中却突然涌出一股难言的不安。

　　韩梅没想到陈晨反应这么大。他是后半夜才回来的，第二天又早早回了所里加班。

　　原本买好的电影票，也只好便宜黄宝儿了。

　　黄宝儿还是大大咧咧的性子，一见面就劝她说："这有什么好惊吓的？他又不是牛，看见红色就要发疯。"

　　韩梅说不清自己的不安，问道："他平常都不抽烟的，你说我要不要想个法子哄哄他？"

　　黄宝儿"嘁"了一声，道："那有什么，男人的脾气不就跟偏头疼一样吗？睡一觉就好啦！"

　　韩梅脸红红地给她一个白眼。

　　"那要不花九块钱送他个红本本？"

　　韩梅愣住了。

实话说，黄宝儿不是唯一提这事儿的人。

韩红兵化险为夷之后，高玉兰终于下定决心，拿着韩梅给的卡，加上小商品市场退的订金，贷款在邻区换了个两室一厅的二手房。

她想着女儿出嫁，起码得有个像样的地方。

等忙过了新屋的事情，高玉兰便在电话里跟她催婚。

高玉兰有话也不直讲，东拉西扯说在杂志上看见了陈晨。

韩梅还以为是陈晨以前的什么花边新闻被挖出来了。

幸亏她往下听，妈妈声音高高兴兴的，一副与有荣焉的模样。她妈说把杂志拿去给二婶看，把二婶都酸着了，二婶说："还不是因为是你女婿高兴？"

妈妈借这个话来跟她打探："你们商量好了吗？到底啥子时候把事情办了？"

韩梅回头去阅览室找来一看，才知道是陈晨在法律年会上发言的照片被登出来了。

韩梅心中一时充满感慨。

从娱乐版到法治版，他一路走来，付出了多少艰辛。

她似乎看到那从风花雪月走过来的小男友，把脱下来的衣服又一件一件穿了回去。

说到迈前一步的话题，韩红兵当然是个阻碍，另一个，她觉得自己也没准备好。

黄宝儿有些吃惊："你难道不是已经认定他了吗？"

"我是认定了这个人。可毕竟婚姻是两个家庭的事呢。你没听说过吗？婚姻就是一个福袋，看着挺合算，往往买下了打开来你才发现里面都是些用不上的。而且我妈现在那么忧心，我都不敢想象要是不小心离婚收场，她会是什么反应。"

"这辈子当过律师夫人，你也不亏好吗？你看你们院那个外教老头，离婚后，不还整天戴着个尾戒到处跑吗？人到某个年纪，连失败的婚姻都是炫耀的资本，看不起的旧情人统统成为谈资和阅历。三十年前我妈买台缝纫机还真打算传给我当嫁妆呢，现在你买台电脑，难道还准备要用过保修期？这年头，谁发喜帖的时候能担保这辈子就收你一次份子钱呢？男人嘛，合则过不合则换。我一个失婚妇女都没怎样，你哪来的那么重的阴影！"

她心中满满的震动。屡败屡战的黄宝儿，心中还能充满希望，她为什么就要就要故步自封？

当她坐在看台上，看学生们在校运会赛场上挥洒汗水，往日给陈晨偷偷打气的情景便再次浮现眼前。

七年过去了，她似乎还无甚长进。

韩梅沉浸在自己的思绪里，等站起来松松筋骨，才发现身后一半观众都不见了。

韩梅自己也当过学生，碰上些不爱体育运动的学生开溜，她都是睁一只眼闭一只眼。

没想到有两个女生都走到楼梯口了，却被陈晨堵住了："这就走啊？我还想请大伙儿吃冰淇淋呢。"

两个女生立马就站住说不走了。

陈晨笑眯眯地从钱包里数出几张钞票递给她们："多买点好吃的，给大家分了，帮咱院打打气。"

女生们高兴得叽叽喳喳就去了。

韩梅摇头想笑：还有这样收买人心的？

陈晨施施然坐到韩梅身边。

她看着他笑问道："你怎么来了？校运会不是不用上课吗？"

"来探班！"

韩梅忍不住笑了："我又没比赛。"

"其实是来摸鱼的！"他凑过去小声说，"好歹案子要告一段落了，我立马就来拍拖。"

陈晨陪她看了会儿比赛，上完厕所回来又要找水喝。韩梅就把自己的可乐递过去了。

陈晨还不乐意，说等着俩女生买咖啡回来。韩梅便只好撇撇嘴，顺手把可乐搁到脚边。

他们的注意力很快投入到比赛之中，看到紧张处，还会站起来给大家鼓气加油。

他们正聚精会神看比赛呢，却忽听前排有个男生举着一瓶可乐大声叫了起来："这是哪个要向我告白？！"

韩梅定睛一看，差点要被自己的口水呛到了。

他手里拿的不正是自己准备递给陈晨的那瓶写了字的可乐吗？

她再瞧一眼脚下，大概是喊加油时动静太大，将它踢落到前头座位上去了，又被刚回座的男生乌龙地当成是特意给他的。

陈晨哪会想不明白，他促狭地看了韩梅一眼，趁着男生大吼大叫，把韩梅的手揣进兜里，悄悄地带着她离开了。

他小声问："你这是……拿我的旧梗来吊我？"

韩梅怨念地一跺脚，说道："那你还不接招！"

"谁知道你突然转性了？"

他还笑？韩梅瞪他一眼。瞧那眉眼舒展的样子，如果他有尾巴，此时一定高高地翘起来了。

"谁让我就你一个参照物……"她撇撇嘴，又斜他一眼，"这下你可高兴了吧？"

"还行吧！"陈晨回味了一下，忽然回过神来，说道，"哎？你上头写的到底是 I love you（我爱你）还是 Marry me（娶我）？"

哼！她才不告诉他呢！

陈晨转身就要将瓶子拿回来，羞得韩梅赶紧拉住了他。

陪韩梅去取了自行车，两人慢慢地推着车往办公室走。

陈晨突然问："听说市里的优秀辅导员评选，你被人刷下来了？"

韩梅一愣，马上知道又是黄宝儿告的密，问道："她怎么什么都告诉你啊！到底谁才是她闺密！"

按照往年的惯例，市里的辅导员评选，学校上报的都是当年的校奖获得者，偏偏今年的人选换成了别人。

官方的说法是，鉴于韩梅还比较年轻，学校想让她再锻炼一下看看。

老彭也为这事儿来安慰她，说她年轻，机会多得是，眼光要放长远些。

可还是很快有传言出来，说是校委会收到更高层的压力，要故意为难她。

韩梅无法得知这说法的真假。

幸亏她对奖项这东西，抱着的也是可有可无的态度，毕竟她也是收了工资做事情的，得奖不过是锦上添花。

可就像应了"福无双至"那个成语，在不久前她的博士论文答辩时，有个评审专家抓着她文中没提到的一个文献，硬是没让她过。

她本想据理力争的，谁知那评审反弹得厉害，最后碍于导师的眼色，她才没有强辩下去。

同学们给她支着儿，让她订个高级点的地方请专家组吃饭。

她都有点心动了。跟奖项比，论文可是她的亲生孩子，多年心血呀！

韩梅担心得嘴角都起了燎泡，见陈晨最近忙，才忍住没跟他倾诉。

陈晨稍一沉吟，说道："肯定又是我爸在作祟。"

他这段时间的焦头烂额，都赖客人的故意找碴。而出问题的，又无一不是陈瑜关照来的生意。

用脚指头想，他都知道是谁在作怪。

幸亏他已经羽翼丰满，不必靠着老爸的关系混饭吃。

韩梅听得眉头紧皱，主动拉了他的手说道："最多这饭碗我不要了。"

陈晨心中欢喜，推着车慢悠悠地走："办法也不是没有。"

韩梅眼睛一亮："什么办法？"

"你想想看，我爸那样要面子的人，儿子的女友丢个学位他不痛不痒，可肯定不愿意自己儿媳妇是无业游民呀。"

韩梅一愣，撇撇嘴，又忍不住想笑。

陈晨晃晃她的手，说道："你想想是不是这个理？"

韩梅突然站住了，闭上了眼睛。

陈晨深感奇怪地停下步子，问道："你干什么？"

"防止你用美色影响我理性思考。"

陈晨忍不住笑了。

她却喊："别吵！"

她认认真真地闭上眼，把他的话在脑子里转了好几遍，翻来覆去细细分析，才得出了结论：居然说得非常有理，简直让她无言以对！

于是这事就这么愉快地定下来了。

婚事韩梅妈妈是早就盼着的，主要的障碍还在韩红兵。

韩梅特地给爸爸打了电话，叽里呱啦说了一大通，韩红兵还是一言不发，等到最后才问了一句："你都想好了？"

韩梅连声应"是"。

韩红兵不答应，也不拒绝，把电话塞给高玉兰就转头走了。

高玉兰接过来，笑眯眯跟韩梅说："你别着急，我看你爸的心思有些松动了。"

听妈妈一说，韩梅才知道陈晨之前飞过一趟山城了，专门去给韩红兵做思想工作。

这么着再过了两天，高玉兰就来电话了，说韩红兵发了话，让他们找个日子一起回家去拿户口本。

韩梅正在做饭呢，迫不及待地熄了火，敲响浴室门，立即把这个好消息告诉了正洗澡的陈晨。

陈晨衣服也来不及穿，光着身子湿淋淋地就冲出来了，他顾不得头发还在往下滴水，抱住她连亲了好几下。

陈晨兴冲冲地说："摆酒席不着急弄，咱们明天就回你家一趟，把证扯了，免得夜长梦多。"

韩梅一愣，问道："那你爸呢？他不同意咋办？"

"谁要他同意啊，国家承认我们就行了。"

她抬起眼睛，里头亮晶晶地映着灯光，问道："你是怎么说服我爸的？"

他神秘地一笑："他跟我说你虚岁都三十三了。"

"嗯，你怎么回答的？"

陈晨低头亲了她一口，道："我说那正好是玛丽莲·梦露拍《热情似火》的年纪呀。"

他们相视笑开了，就这样抱着对方，傻兮兮地左右踏步转圈。

陈晨突然打了个喷嚏，却还是不肯放开，把头又搁回韩梅的肩膀上。

她忍不住用手心去暖他的背，说道："咱们就这样抱着吗？我不做饭了？你不穿衣服？"

陈晨斩钉截铁地说："不穿！"

他们第二天起了个大早，请了假，打飞的去韩梅家，拿着她的户口本直接去山城民政局。

等安安静静地完成了人生大事，两人才在朋友圈里昭告天下。

乔尼第一时间就从欧洲发来贺电。

他还捶胸顿足道："哎呀，你怎么步哥哥后尘了呢？"

陈晨"呵呵"两声："谁是哥哥？"

乔尼当没听明白一样，自顾自地抱怨开了："鬼才知道我这两个星期是怎么过的，我大概结了个假婚，什么蜜月假，光给她当苦力了！"

陈晨听得忍不住笑出声来。

乔尼大叫："你还笑，你这是刚结婚还没觉出来。天底下的老婆都是一个样的，烦人是她们的职业病！围城心态你听过没？外面的人想进去，里头的人想出来。"

陈晨笑话他："你一个文盲，居然还知道钱锺书。"

"我怎么文盲了？我可是有大学毕业证的。"

陈晨不跟那个婚后抑郁症患者纠缠，有那个时间，他还不如和新婚妻子亲热一番。

唉！他也是有主的人了，怎么一想起来就那么激动人心呢？

"反正你准备好礼物吧，别的没什么，我先挂了。"

陈晨在山城又跟韩梅的亲戚们吃了顿饭，才和她坐上了回程的飞机。

陈晨想起韩红兵刚说的话，这才来质问韩梅："咱爸说，你跟他讲，说即使这条路不能走到最后，你还是不后悔和我结婚。"

"嗯。"有什么问题？

她居然还敢冲他点头？陈晨挑眉："你也太过分了，这是想好了要离，才准备跟我结的？"

她笑道："做最好的准备，做最坏的打算嘛。"

她是真的一点也不怕他呀，一边说一边还在啃红油凤爪，嘴唇都辣肿了，亮晶晶的，让人垂涎欲滴。

她"咝咝"地不断倒吸气，油星溅到镜片上，她狼狈地用手背一揩，就低头继续啃。

陈晨说要帮她擦，才凑过去哈了一口气，韩梅就警觉地躲开了。她看了一眼周围的乘客，说道："你不是想学上次那样吧？"

"哪样？"笑意爬上了他的嘴角。

韩梅忍不住也笑。

"看穿别说穿啊！"他捧住她的脸，果断给了新婚妻子一个香辣味的吻。

决定做得太匆忙，马上摆酒席是来不及了，蜜月却是等不及的。

下周一在邻省有个研讨会，陈晨拉着韩梅周五晚上就上了火车，打算连上周六周日先凑出一个寒碜却甜蜜的长周末来。

第一次携眷出差，之前错过的分分秒秒，用此刻的秤不离砣补回来。

车厢里人不多，稀稀落落的。

韩梅昨晚睡得不好，就靠在他肩膀上闭目休息。

中间某个站停车时间有点长，陈晨坐在靠窗的位置，隐约见月台上有几个身形高大的人上了这节车厢。

滑动门打开，中间一人被壮汉们簇拥着过来，径直坐在了陈晨对面那组空座上。

来人在他意料之外，又在情理之中。

陈晨看一眼还在睡的韩梅，没叫醒她。

他低声叫了声："爸！"

陈瑜面容冷肃，看了二人好久，才问："你还当我是你爸？"

陈晨挑挑眉。

"你以前鬼混，我睁一只眼闭一只眼也就算了，如今要拿自己后半辈子开玩笑？！"

陈晨不紧不慢地道："我像在开玩笑？"

陈瑜气得发抖："你这是打定主意要跟我对抗了？"

陈晨声音疲惫："爸，我不是五岁小孩，不再会为了吸引你的注意而故意吃坏肚子。我七年前就跟你说过了，我是真心想和她过一辈子，只是当时你不信。"

陈瑜目光深沉，胸口急剧起伏。

再开口，他的声音里都是恨铁不成钢："男人最忌手软，女人最怕心硬。你知不知道这女人打过你的孩子，这样的女人，配得上你的喜欢？"

车厢里陡然安静下来，呼吸声仿佛都停了下来。

陈晨感觉肩上突然一抖。

他还以为她睡着了。

"我知道。"陈晨平静地说。

他只是没料到，真相会以这么猝不及防的方式浮出水面。

面对陈瑜凌厉的眼神，他深吸了一口气，声音显得遥远又沉痛："手术的时候，我就站在手术室外面！"

感觉到手里的柔荑一僵，他早有准备地握紧了她的手。

当时他被"打包"送到外国，全程叫人看管住了，连护照都被收走了。

他知道来硬的不行，只好耐住性子找寻机会，好不容易等到开学，他借口说想办住宿才成功拿到了护照，靠变装躲开了监视他的耳目，直奔机场而去。

他怕韩梅也被人监视着，直接联系会暴露了行踪，下了飞机用公共电话打到了乔尼女友手机上联系到乔尼。

乔尼很快开了车来接他。

陈晨还在吹嘘自己一路如何如何惊险呢，好久才反应过来乔尼一言不发，脸色凝重。

陈晨看了看窗外的路，不是熟悉的景色，难不成他也被老爸策反了？

"咱这是去哪儿？"他问。

"你睡一会儿吧，到了我叫你。"乔尼开了两个多小时的车，将车子一路开出了省道，停在了一个小医院前面。

陈晨一脸疑惑。

乔尼拉开车门，吞吞吐吐地道："我一直找不到你，收到韩老师的消息，也不知道你是怎么个想法。"

陈晨心一跳，二话不说跑下去，看到门口站着个来接应的医生。

那人面无表情地将他们领到了妇产科手术室的门口，说："你女朋友人在里头呢，人流手术挺成功，你看要不要等她出来。"

陈晨整个人都蒙了，像猛然被人拍了一板砖，整个人都晕乎乎的。

"什么手术？"他嘴里这么重复着，身体却像是早就听明白了，有眼泪哗哗地夺眶而出。

他瞪住那个医生，想说你知不知道什么叫职业道德，怎么可以乱开玩笑，却哽咽着说不了话。

他像个倒霉的考生，因为迟到被逐出了考场，就要承受他不敢想象的结果。

他想不明白事情怎么会成了这样，所以手足无措，浑身发抖。

他千辛万苦地回来，难道为的就是这么个结局吗？

她用这么残忍的方式惩罚他的失联。

他委屈地站在那里，被路过的行人轻轻一碰，便摔倒在地上。

明明是个好消息，却硬生生酿成了悲剧才叫他知悉。

他趴在门上，知道一切都晚了。两人此刻的物理距离只有几十米，却比在美国的时候都要遥远。

他声嘶力竭地大哭，仿佛希望里头的她能听到，又害怕出现在她的面前。

手术室灯灭的一刻，他像是突然被人拿鞭子抽了一下，慌慌张张、手脚并用地爬了起来。

他擦着脸上的泪水，闷头从医院往外走。

他觉得自己的心像被穿了一个洞，申市的高气压让他喘不过气。

再回美国，他感觉更像一种自我放逐。

正在发疯寻人的保镖们看见他又出现在家门前，都大大吃了一惊。

他以为自己能逃开噩梦，可他并没有。

他开始整宿整宿地失眠，不喝酒睡不着。

朋友说旧的不去，新的不来，硬是拉他去酒吧。

他一眼就看到了那个坐在吧台的背影，只因为那个女孩有着和韩梅一样的黑色长马尾。

他坐到她旁边，轻轻地"嗨"了一声，像是怕惊醒了这个梦。

可当女孩把脸转向他，他的这个梦还是醒了。

女孩突然着急地扶住他的肩问："你怎么哭了？"

他说："没有啊？"一摸脸，却满手都是泪。

悲痛被种在他的每一个细胞里，让他无论看见什么都能想起她。

他去朋友家，当朋友的小孩跑过来伸手要抱抱时，他突然就崩溃了，躲进人家厕所里大哭。

他知道，自己可以再有婚姻，再有家庭，可他不会再有爱情了。

他把所有爱情都给了她，在他还相信爱情的时候。

他只能醉生梦死，喝了吐，吐了喝，直到在医院醒过来。

护士说他喝醉了倒在路边，有小偷想乘人之危，正好被路过的警察发现了，察觉他口吐白沫，把他送到了医院。

幸亏抢救及时，他没有大碍。

什么叫没有大碍？他觉得自己五脏六腑都像有火在烧，浑身上下没一处不疼。

医院里罕有地响起了欢声笑语，他留意周围的装饰，这才想起当天是圣诞节。

他受不住处在热闹之中的那种孤独，艰难地从床上爬起来，换回自己的衣服要出院，却在瞅见镜里人的一刻突然愣住了。

那个眼中布满红丝，胡子拉碴，落魄得像流浪汉一样的人，真的是自己吗？

他忍不住笑了，自言自语："看韩梅把你弄成什么样了！"

他当然恨过她！

凭什么他要活得那么惨？

"我恨她的不信任，恨她的狠心。我掏心掏肺，却被一再辜负。"

他努力变成人上人，让她对自己刮目相看，再反过来求着要和他好。

他在那边一分钟都恨不得掰成两分钟用，甚至接受陈瑜的安排和帮助，为了走一条最短的路，焕然一新地回到她的身边。

"可是看见她第一面，我就明白了。那些怨恨，都不过是我安慰自己的借口罢了，我从来都舍不得她。"

她是他心心念念的星球玫瑰，也是教会他爱情的狐狸，他早被驯养了，再也离不开她。

"我当然也恨过你，要不是你从中作梗，我们不至于经历这些。痛苦的时候，我甚至想，你也配当人父？我妈走的时候才四十出头，我的孩子甚至没看一眼这个世界，你是有多么讨厌我，以至于要叫我三番五次地痛失至亲。"

他看着陈瑜瞬间惊痛的脸，心中那丝报复的快感，很快又被痛苦的潮水淹没。

原来他从来没忘过那种痛，它如闪电，只要提起，瞬间就跨越时间的长河，猛击他的心脏。

"我恨你棒打鸳鸯，恨她冷酷无情，可其实我早就清楚，我最该恨的是我自己。我的弱小和自以为是，早已为结局埋下了伏笔。"

都说少不读《水浒》，老不读《三国》，每一个年龄段，有每一个年龄段该读的书。

大四时的他，还没有成熟到能耐下性子去读懂韩梅眼角眉梢的不安。

他自以为她比他大，就应该包容他的一切。

他隐瞒自己的付出，理所当然地以为她应该了解。

都说当局者迷，是离开后的思念才让他真正读懂了这个他深爱的女人，她说的每一句话、每一声叹息，都被他放在心中咀嚼。

这里面有那么多的信息，他为什么之前从没发觉？

她没有安全感，是因为他没能给她安全感。

本来就岌岌可危的信任，让他的离开变成了压倒骆驼的最后一根稻草。

后悔，愧疚，悔不当初，可也无可奈何。

女人是男人的学校，他从她那里毕业。他的成长，用了她的痛苦和血肉作代价。

他这才明白了，人只有在承认自己幼稚的时候，才算真正成熟了起来。人有了直面过去的勇气，才能知道前路要怎么走。

"我们俩都为当年的不懂事付出了代价。可是如果这个过错是为了让我们不再错过，我只好认了。"

车子停站太久了，车厢中渐渐有不耐烦的喧闹声。

父子俩却仍旧在沉默中对峙。

陈瑜看了看儿子，又稍稍挪动视线，落到这个法律上已经成为自己儿媳的人身上。

他叹一口气，记不清上一次父子俩心平气和对话是什么时候了。

自从他妈过世，陈晨就再也不服管了，他愤世嫉俗，顽劣不堪，用周身的刺来掩盖内心的敏感。

陈瑜从来没有花时间去管教，只会用铁血手段去压制驯服。

是这个他一根头发丝都看不上的女人，让桀骜不驯的儿子和自己和世界做出了妥协。

报站声中，陈瑜缓缓站了起来，扔下一句"我怎么生了你这个蠢货"就在众人拱卫中下了车。

车子缓缓开动。

陈韩二人仍旧维持之前的姿势坐着。

陈晨看着窗外渐渐远去的背影，渐渐感觉到肩头的湿润。

他微笑着轻拍她的头："你怎么睡觉还流口水呢？把我半边肩膀都打湿了。"

韩梅没说话，她把头埋得更深了。

陈晨笑着把她搂进怀里，亲她的头发、额头、眼睛，温柔地亲吻，像是在亲吻二人的伤口，却偏还要插科打诨："也是，对着这么个大美男，不流口水才怪呢。"

本来十分期待的小蜜月，被这么一打岔，周游的兴致就败了。

陈晨觉得韩梅郁郁寡欢忧思沉重，好像连影子都有了重量。

可他仍然当什么事都没发生过一样，给她买好玩的，带她吃好吃的，绞尽脑汁用俏皮话来逗她。

有什么东西她才想起要，他就递到了手边。

韩梅心中有话。她正坐在床上收拾两人的衣物，眼看着旅途快要结束了，两人马上就要动身回申市，见陈晨打完电话从阳台走进来，她突然开口说："你能坐下来吗？我有话想跟你说。"

陈晨见她满脸严肃，放下了手机，这才坐在对面的梳妆椅上。

她攥着他的手，低下头："你离开之后的事，我想跟你说说我的版本。"

这是她第一次敢直面自己的痛苦，仿佛在掀开自己的伤疤，她每字每句都说得不易。

"你突然离开之后，我总做梦，"透光的窗帘将她衬托成一个被暮色包裹的侧影，单薄得像要融进里面一样，她说，"有成功等到你回来的，也有梦见你要一刀两断的。可是梦醒了，你还是不在。有时候我在想，是不是我跟美国天生不对盘，怎么每次都输在它手上。

等我发现大姨妈不来了，那一刻，我简直觉得天都要塌下来了。

　　"我开始在回忆里寻找你消失的蛛丝马迹，比如你不声不响地就去跑马拉松，还有去瀛洲前失联的那一段，一次一次，都像是最终消失的预演。悲伤中，我心中又有一种果然如此的感觉，你就是我宿醉后的头痛，狂欢后的报应。我也知道出国念书好，谁不知道大树底下好乘凉呢，我不恨你走，恨的是你无声无息，好像、好像怕我就此会缠上你。

　　"我手里拿着模糊的 B 超报告，不知道该拿它怎么办，我在宿舍里发呆，连室友进来都没发觉，等她凑过来问我拿着的是什么，我才吓得整个人跳起来。我随口胡诌是上课用的幻灯片，自己也不知她信了多少。

　　"我终于明白为什么阮玲玉说人言可畏。我怎么生下他？我怀的是学生的孩子，我还有父母要奉养，我还会因此丢掉工作。我并不是因为恨你才打掉孩子的，我实在是因为害怕。这就像我心头已经被人插了一刀了，而我自己还得往身上补一刀。可我没办法不自私。我偷偷摸摸在网上搜打胎的资料，半夜三更躲在被子里看，被那些血淋淋的照片和视频吓得吐在了被窝里，还得跟室友撒谎说是吃坏了肚子。

　　"我越等，心中越是不舍，终于我一个人收拾东西，买车票，订酒店，挂号，等叫号，动手术。我到现在还能记得躺在手术床上时，耳边那些器具碰撞的声音，它们进入我的身体，又被随手扔在铁磁盘上，发出一阵冷冰冰的声音。

　　"我跟自己说：不怕，痛不过是人成长的一种方式，像长身体时骨头会痛。我把咱们的回忆和着血肉碾碎了，是为了轻装上阵，迎接痛过后的新生。因为打了麻药，我当时没觉得痛，就是冷，发抖，像是腹泻后虚脱。我一直没有哭，直到我被护士扶着坐起来，看着从腿上蜿蜒而下的血，那一瞬间，我忽然意识到，那血不是我的——那是孩子的，然后我才突然听见了自己的哭声。

　　"我走不远，就在医院几十米外一家快捷酒店订了房。疼痛这时候才袭击了我，我一晚上睡不着，像熟虾一样蜷缩在被子里，脸上分不清是汗水还是泪。我手里攥着那张B超报告，这才想到，我连他的骨灰都没有，以后，这个就是他的遗照了。

"听着隔墙传来的撞击声和喊叫声，我又想起白沙湾里那个昏暗的船舱，我抱住你问：如果我有了要怎么办？你笑眯眯地说：那他会有和你一样的眼睛。

"我努力想从照片里找那双眼睛，可是发觉根本找不到。

"我把你弄丢了，我把孩子也弄丢了，我再也看不见那双让我欢喜让我忧的眼睛。"

陈晨心痛得无以复加，伸出双手将她抱进怀里，一下一下地捋她的头发，像是在抚慰一只刚受伤的幼崽："都过去了，我回来了。"

"我躲着你。我害怕你会发现真相。我打算一辈子守着这个秘密。你不知道，就不会受伤了。"

她不知道，原来陈晨早就知道了。所以那天晚上才会被床上的血吓到。

韩梅抱紧了他："我瞒着你，我害怕你会因此厌弃我！"

"傻瓜！我恨不得待你更好。"

他敞开胸膛，接受自己的悔和痛，连同韩梅的恨和泪。

幸亏伤痛早已经过去，时光将会治愈一切，最重要的是他们已经找回了对方。

韩梅没顾得上悲伤太久。

因为生活的齿轮不会为了心情的转变而慢下，回到学校不久，就是她的第二次答辩了。

韩梅紧张得不行，除了学习和工作，还被高玉兰催着确定婚宴的细节，三座大山压下来，让她遇到一点点小事就很容易抓狂。

在学校对着学生同事她忍了，到了家就忍不住发脾气。

她进门看见一桌的外卖盒子，忍不住一声虎啸："陈晨！"

陈晨连忙从房间里奔出来，问："怎么啦，宝贝？"

韩梅一边收拾，一边骂骂咧咧："又顾着玩游戏，吃完的外卖盒子也不晓得收一下，摊在这儿招虫子吗？"

　　陈晨赶紧过去抱住了她："行行行，我来清这个。"

　　他又指了指自己的嘴巴："你来亲这个。"

　　韩梅被气笑了。她眉虽是皱着的，但还是在他嘴唇上亲了一下，然后看他像个被按了键的机器人，乖乖地开始收垃圾。

　　她坐在沙发上坐了好一会儿，火气才消下去了。

　　韩梅有个特别好，又特别不好的地方，就是爱自我反省。她这时候才觉得自己脾气暴，忍不住从后面搂上了陈晨的腰。

　　陈晨一愣，哭笑不得地扶着她的手臂道："你不是让我收东西吗？这样叫我怎么弄？"

　　感觉生活从她身上剥夺的那份撒娇的勇气，又由陈晨给了她。她用额头蹭在他的背心上，说道："那什么，你最近觉不觉得我特别容易生气吗？"

　　陈晨故意打趣："不选真心话，我大冒险行吗？"

　　这笑话真冷！韩梅气不过，使劲拍了他一下，才又将脑袋贴回他的背上，说道："我最近不知道怎么了，因为一点点小事就很容易恼火。昨天咱们吃全家桶，我看见你把最后一个鸡棒槌吃了，突然间火冒三丈，连灌了两大口可乐才控制住没发脾气。"

　　陈晨笑道："那你干吗不说？以后全部的鸡棒槌都是你的。"

　　她抬头看他一眼，突然叹了口气："你会不会觉得我很讨厌？"

　　陈晨赶紧转过身来，抱住她的后腰，手指点点她的鼻子，说道："都说女人有多可爱，要看男人对她有多宠爱。小脾气就是我为你置办的第一件东西，然后是坏习惯，还有小肚腩。"

　　韩梅抗议道："我才不要小肚腩！"

　　陈晨笑而不语，再偷偷看一眼她的肚皮，最好还有一个眼睛像他的孩子。

　　韩梅终于被他弄顺毛了。她搂住他的脖子，决定再亲亲那张会说话的嘴巴。

她由着他继续收拾，转身进房去翻明天答辩的战衣。

　　陈晨收完垃圾顺便在吸尘，干到一半又听见韩梅在喊。

　　他进房一看，床上摊了一堆的衣服，韩梅左右手各拿了一件在身上比画："哪件好？"

　　陈晨指着一条连身西服裙子道："这件吧。"

　　韩梅换上后在镜子前转了个身，还是觉得不得劲，这儿揪揪那儿扯扯，说道："你看我是不是胖了，怎么好像撑得厉害？"

　　陈晨一只手帮她把柜门关上了，说道："都说女人的衣柜里永远缺一件衣服，来吧，咱现在就去买新的。"

　　"才不要，我都没什么机会穿正装，浪费钱。"

　　那怎么办？

　　陈晨灵机一动，道："我觉得你腰围最少再胖个十厘米才好呢。"

　　他从后贴上韩梅，两手插进她外套的衣兜里，扯着衣服的下摆在她小腹处交叠出一个小包，说道："那些专家组成员一看，哟！原来是个孕妇！他们还好意思不让你过吗？"

　　韩梅气得白眼一翻。

　　当然，此刻的他们并不知道，这句玩笑，在无意之间已言中了事实。

　　1990 年，陈晨出生，韩梅五岁。

　　2000 年，读中学的韩梅第一次接触言情小说，被里面的爱恨情仇感动得稀里哗啦。而上小学三年级的陈晨，班里漂亮女娃的小脸蛋，只有他看不上的，没他亲不上的。

　　2010 年 1 月 15 日下午 3 时，发生了二十一世纪持续时间最长的日环食，月亮的影子将火热的艳阳变成了天幕上瑰丽的圆环，如同挂在天边的一枚定情金戒。可惜金风玉露一相逢，这日与月的相拥，只不过维持了十一分钟，便匆匆分离。

同年，二十岁的陈晨碰上了二十五岁的韩梅，他们命定般相遇、相亲到分手，再轰轰烈烈难舍难分，也不过是一年多时间里的故事罢了。

　　2017 年，陈晨终于找到了回到韩梅身边的路。种种过去，最终以她的一声"我愿意"画上句号。
　　三十二岁的韩梅挺着孕肚，领到了她的博士学位证。

　　2019 年，产后复工的韩梅，如愿担上了教职。
　　陈晨从学校离开，专心发展律师事业。
　　韩梅戳着他的心口问："老实说，你来教书，就是为了来追求我吧？"
　　陈晨一手搂娃，一手抱老婆："当然，比起教书，我从来更爱育人。"

　　2020 年，迈入高龄产妇行列的韩梅顺利诞下了二胎。
　　精灵古怪的大女儿凭借她跟外婆学的广场舞，配着小奶娃震耳欲聋的魔音，成功吸引了爷爷的全部注意力，根本没顾得上给丑媳妇脸色看。
　　陈晨悄悄教育韩梅说："看，让你别担心吧，核心竞争力从来都不是金钱美貌，而是在关键岗位有自己的人。"
　　那年，他三十了，她刚好三十五。

　　你问往后吗？
　　爱情有了，包子也有了，他们说好了，用除法过一生，肩并肩地一起走下去。

▶ 番外 1
沿路有你

哪个女人没有幻想过盛大的婚礼呢？

在一个华美明亮的所在，身穿手工缝制的繁复婚纱，手捧还沾着晨露的鲜花，在万众瞩目下，脚踏血红地毯，走到他的身边。

可做梦嘛，费点时间就好了。

到了现实中，场地的租金、衣服上的珠片，甚至缠绕鲜花的缎带，可都是要花钱的。

虽说婚礼一生只有一次，可这辈子后头还有那么长呢。

况且，她已经得到了最好的不是吗？每天睡醒，一睁眼，就有让她会心一笑的理由。

更何况，她还要忙事业呢。

她一大早进办公室就听两个老师在聊天了，A 说去办无犯罪记录证明的时候，人家上来就给她递了个纸杯。

A 还一愣，以为人家叫她喝水呢，谁知那大姐看她呆呆站着，喊了一句："站着干吗？去验尿呀！"

她还奇怪呢，怎么还验孕呀？最后一看，才知道原来人家是验毒呢。

　　她们俩笑完，A就让韩梅也试试去。

　　韩梅心头突然一跳，问："试什么啊，验尿？"

　　两人忍不住又一阵大笑。B说："让你也去申请那个公派的访问学者，A那是马上要出国了，去弄签证材料呢。"

　　韩梅这两天都觉得有点低烧，晕晕乎乎到了家门前，摁响了门铃，才想起陈晨出差了。

　　她本来还想着吃点感冒药的，早上被人这么一打趣，才想起例假差不多该来了，当下就没敢吃。

　　等吃好饭，她在药箱里一通翻找，才终于翻出来一根验孕棒来，是买卫生巾时送的。

　　弄好后，她比照着说明书一看，上头虽然颜色有点浅，可还是能看出第二道杠来的。

　　她无奈地看了一眼那包没打开的卫生巾，这下好了，赠品用完了，这正品也用不上了。

　　她立刻给陈晨打电话，谁知连着两次都没人接听。

　　九点多快十点了，他大概还在跟人谈事情呢。

　　她定了定神，心想也没必要过分紧张，一来这赠品也不知道靠不靠谱，二来都说晨尿才是最准的，要不就等明天再验一次吧。

　　等陈晨回电话，都快十点了，背景音里还是一帮人的唇枪舌剑。陈晨问："在哪儿呢？今天忙什么了？"

　　"也没什么，就上班下班。你呢，还在忙？"

　　"嗯，在准备明天的报告。"

　　等了好久没听到吱声，陈晨担忧地问："怎么了？"

　　韩梅想了想，还是跟他坦白了："我跟你说一个事儿，你别紧张。"

　　陈晨："嗯。"

　　她深吸一口气，道："那个，我好像怀孕了。"

　　这下轮到那头没动静了，她又"喂"了一声。

　　陈晨居然挺平静地说道："嗯，是吗？太好了，那你好好休息吧。"

　　她闷闷地"噢"了一声，说了句"那你也注意休息"就任手机挂掉了。

她躺在床上怎么也睡不着，坐起来又看了会儿电视，还是有点郁闷。他这也太平静了吧，算怎么回事？她忍不住，又给陈晨打了过去。

谁知那头居然关机了！

再打，还是一样！

韩梅被惹毛了，直接打到了陈晨助理的手机上。

那头像是还在开会，男助理说："陈总接完电话，抓了钱包就不知道往哪儿去了。大家还以为他下楼买东西了，谁知都一个小时了还没回来。"

韩梅隐隐有点担忧："那要是他回去，麻烦你让他给我回个电话。"

她也不敢睡，开着电视就坐在床上等消息，不知不觉就眯着了，听到开门声，才一下子惊醒了。

她难以置信地披衣而起，走到客厅。

大半夜的，那人居然飞越一千多公里，回来了！

他脚上还穿着酒店的白棉拖鞋，眼中有泪光，上去就把她拥住了，嘴里喃喃着"谢谢你"。

韩梅听得眼泛泪光。

没人比她更清楚这句"谢谢你"后面隐含了多少辛酸和悔恨，又包含着多少感激和期许。

她搓着他的手臂道："傻瓜，你外套呢？外头不冷吗？"

陈晨像是才想起来一样，说："好像是有点冷。"

"你回来怎么也不跟同事们说一声，他们还以为你下楼买东西去了。"

"我没说吗？"

晕！

"你明天一早不是还要作报告吗？"

"老子还管那个？哈哈哈，我要成真老子了。"

韩梅给气笑了："要是那个赠品验得不准怎么办？"

小男友

　　"哈哈哈，那就让它跌停！"

　　结果？

　　跌停当然是开玩笑的，本来还不急办酒席，马上就被提上日程了。

　　高玉兰说："你不会想大着肚子办酒席吧？还不赶快趁还看不出来去把婚纱照拍了。"

　　韩梅想，是呀，奉子成婚又不是值得炫耀的事。

　　她上网去看人家的筹备攻略，越看心里越没底儿。

　　要定日子，要看场地，她一边要上班，一边要养胎，一边还要筹备婚礼，怎么忙得过来？

　　幸亏陈瑜是公务员，规定了不许大办。可光采买和通知就够她喝一壶的了。

　　偏偏陈晨生怕别人不知道他要当老子了，看见邻居爸爸推着个小胖娃，上去就问人家吃什么奶粉。

　　在学校，韩梅又跟那些已育女同事打听什么牌子的有机护肤品和防妊娠纹乳霜比较好。搞得那些刚吃完喜糖的，又来问她什么时候请吃红鸡蛋。

　　韩梅在网上约了婚纱照。她还不显怀呢，摄影助理帮她挑了条深 V 领包臀的鱼尾长裙。陈晨一看就说不好，让她选那种腰线高的蓬蓬裙。

　　她气得瞪他："那都是八九个月才穿的，我现在才一个多月，用得着遮肚子吗？"这么早就高跟不让穿，拖尾裙不让穿，这还让不让人活了？

　　他说道："你不信试试，穿那个忒老气。"

　　"真的假的？"谁知道她换上后一看，还真的只能承认他的眼光好。

　　韩梅高高兴兴去化妆了，却听见他跟摄影师打听："哎？你们有没有给小孩拍满月照的套餐？"

　　婚纱照连着拍了两天，好不容易回到家，韩梅边泡脚边拿出

iPad上淘宝，却被陈晨伸手夺走了："怀孕了别看那么多电脑，有辐射。"

怎么以前不知道他那么烦呢？"那事情谁干啊？喜糖还没买呢，请帖还没买呢！"

"就不能交给我吗？"

"你？你有那个时间吗？"

"肯定得有啊，我手下还那么多人呢，工资难道白领呀？"他捧着她的脸"啵啵"了几下，"我把时间空下来，就给你一个人干活。哦，不，"他又低下头，吻在了她的肚皮上，"给你们俩。"

他居然还真把筹备婚礼的任务承包了。

他嫌韩梅做事毛躁，从高玉兰那儿学了熬汤，亲自做汤给她喝。

他每天收集微信上的各种偏方，比如吃苹果孩子能皮肤白，喝红枣水能预防黄疸之类，不时地给她转发过去。

看人家说吃核桃好，他怕外头包装好的有添加剂，就让同事从家乡带了自家种的山核桃，给她剥好了分成一小包一小包放进包包里，预防她饿了有零嘴。

饭后，他还监督她散步。韩梅有时看着路上的小狗，觉得两人之间就差一根牵狗绳了。

陈晨早早就给孩子琢磨名字。

她撇撇嘴："太早了吧？连是男是女都不晓得呢。"

"头脑风暴一下嘛，反正闲着也是闲着。"

"那……"韩梅吞了吞口水，说道，"叫陈皮梅怎么样？"

陈晨："你想吃了？"

"对。"

陈晨从口袋里翻了翻，居然还真带了！

"要我说，应该用毗邻的'毗'，说明咱俩连体呢，多象形。"

"像个头！"

婚宴举行的时候，陈皮梅在肚子里已经五个多月了，已经会吐泡泡吮手指了。

这像是一场精心准备的礼物，未必是最贵的，但都是最舒适的。

婚纱料子是最柔软的绸布，鞋子是最舒适的款式，捧花是代表"不变的爱"的洋桔梗，天空是透净的蔚蓝，阳光温暖而明亮，窗外是漫山遍野开得正好的油菜花田。

门被轻轻敲响。

她知道，门打开，会有一条长长的地毯，一直通到花田深处的小亭下。

那儿会有她的至亲好友，陈晨站在正中央，等着她到来。

婚姻不是结束，婚姻只是一个开始。往后的路，有他牵着她的手，一直走下去。

▶ 番外 2
《大浑蛋》

如果有人问陈晨最喜欢美国什么，那他一定会说，那儿的公路。

比起市内的拥堵繁华，他更喜欢一个人把车开到洲际公路上。

不管到哪儿都好。

路上没有红绿灯，没有人声，就这么笔直地荒芜着，仿佛一直朝前走就能到世界的另一边。

毕竟，比起被陌生人簇拥、搭讪，这才更像是流放。

哦，还有酒也是好东西。

他试过喝醉酒和别人发生口角被揍得七荤八素，也曾因为忘了吃过安眠药，再喝酒口吐白沫倒在纽约街头被送到医院。

乔尼还专门飞过来探病："你怎么还是这副倒霉模样？"

他胃已经很疼了，一想脑仁更疼，闭上眼没应他。

乔尼叹了口气："趁早放下吧。"

怎么放？他忍不住冷笑，像听人问"何不食肉糜"一样。

刀拔掉了，血就能自己不流了？

这种痛甚至没外伤，连医生也治不好。

灯红酒绿的确冲不淡无力感，可至少能麻醉他的神经。

他忘记在哪儿看了个广告，讲一只玩具小熊被丢弃后千辛万苦要找回主人身边。广告卖的是什么他都忘了，可他忘不掉小熊躺在垃圾桶里的画面，毛都结成缕了，作为眼睛的黑纽扣被扯了出来，半掉不掉地垂坠着。

他好多次从噩梦中醒来，梦中他自己就是那个躲在垃圾桶里瑟瑟发抖的玩具小熊，因为不能说话，所以没有人会发现它的痛呼。

他又醒过来的时候，发现自己醉倒在酒吧的长沙发椅上，然后突然听到了一声"嗨"。

他抬眼一看，面前是个金发女孩，大红唇，烟熏妆，长长的眼线遮挡不住底子里的稚嫩，目测大概也就刚过二十的样子。

她的卷发垂到了他的脸上，挠得他面上一痒。

"你还好吧？"她歪着脑袋问。

"我就喜欢躺着喝，醉了不容易摔。"他用英语回答。

"那我没妨碍你吧？"女孩儿眨着碧眼问，"我叫简，你呢？"

他听着背景音乐，突然笑了，指了指说："这歌就是唱我的，《大浑蛋》。

女孩媚笑着。

为什么不呢？互相取暖罢了。

反正都是烂人，高兴就烂在一块。

他拿过酒杯，一口喝光了里头的半杯酒，就跟着她进了洗手间的隔间。

陌生人摩擦生热，互相取暖，不需要负任何责任，像外头迪厅里那些热舞求欢的人。

他脑中突然闪过他生日聚会那天的迪厅里，自己挤开人群往外追的画面，韩梅一下子甩开了他的手，说："你就是想跟我这样？"

陈晨整个人突然一抖，临到最后关头，下意识地往后一缩。

女孩一愣，抬头望他："你还好吗？"

他的意识忽然回到了此刻。

他捂着脸，身子贴着墙往后退，声音低低地道"对不起，我不行。"

乔尼问过他："既然放不下，就别放下啊！一通电话有多难？"

他当时说什么了？

他好像冷笑了一声，说，凭什么？

乔尼像是早就看穿了他，摇摇头不说话。

恨只是伤心的保护色。

更多的，他是害怕。

打通了，他又能说什么呢？

此刻的他，跟两个月前那个站在手术室门前的自己，又有什么区别？

他翻开通讯录，好像生怕自己会退缩，一接通就问："她有没有男朋友？"

那头的人一愣："陈晨？"

乔尼才刚睡醒午觉。他很快就意识到陈晨在问谁，他说："好像没有吧？"

"嗯。"陈晨挂了电话直接往停车场走。

高速公路上的车子，绕原路掉了个头。

既然放不下，那就不放下！

陈晨开始接受现实后，很快就发现了一样比酒更好的东西：忙碌。

人起码忙起来的时候，是能把伤心忘掉的，虽然等什么时候被提醒，就会被蜇一下。

但起码，这比喝酒的副作用小。

他好长时间不敢接触孩子，也有过触景伤情跑进厕所号啕大哭的经历。

可是朋友的老婆突然要生了，大儿子没人照顾，直接往他门前一扔。

小男孩叫 Dexter，十岁了，据说刚分手，所以酷酷地不爱说话，直到他看见了陈晨家的大屏幕投影和 X-BOX（游戏机）才发生了改变。

男人的友情都是这么建立起来的，在游戏里一起扛的枪也凑合算人生四大铁之一。

　　知道 Dexter 的小女友移情别恋了，陈晨就想安慰他："我们中国人有句话，天涯何处无芳草，你很快会忘记她的！"

　　"我才不要，她是最好的！"那小子居然瞪他一眼说道，"妈妈说了，只要我多喝牛奶，很快也会长那么高的。等我长得很高了，我就再向她表白。"

　　陈晨一愣，笑了，摸了摸 Dexter 的头，对呀，既然是心爱的，再表白就好了！

　　等乔尼再见陈晨，是快两年之后了。

　　他还记得上次去陈晨家，见里头乱七八糟满地是酒瓶子。

　　这次听说陈晨考到了纽约的律师执照，他在电话里就打趣："花多少钱请的枪手？"

　　陈晨说："去你的！"

　　等看见陈晨开车时戴上了眼镜，等看见陈晨家的满地垃圾变成了书山卷海，乔尼才吃惊地问："真是你自己考到的？"

　　乔尼几乎认不出陈晨了，陈晨居然有主动打电话让陈瑜帮忙介绍实习的一天。

　　陈晨上了班后，乔尼约他在附近小聚，陈晨一坐下就点了两个巨无霸，狼吞虎咽地说这是他当天的第一餐。

　　乔尼把送来的啤酒推给陈晨，说道："你有必要这么折磨自己吗？又不是等开饭。"

　　陈晨一愣，那不是韩梅劝自己读书时，自己的回答吗？

　　他笑眯眯地擦了擦嘴角的酱，说道："那是哥们儿有追求。"

　　他的追求在远方。

　　成熟不是成功，是能接受自己的失败。

　　他从前看《哈利·波特》，觉得里头的赫敏真傻，拿着能回溯时间的表，大可以让历史重来，去拯救哈利父母啊，那样哪还有后头伏地魔什么事啊？

要是有那块表，他想，他就让一切重来。

是时间让他慢慢想明白的，如果不分开，他永远不会知道她有那么多的忧心忡忡，永远都不会弄懂她口中的关于两人的差距是什么东西。

没人喜欢生病，可要是一场病能让人更珍惜健康，他何必继续纠结感伤。

如果现在他得到那块表，大概他也会像赫敏那样，用它去多听几堂课，多干点活。

他会时而把时间调慢点，让地球背面的她等等自己，时而又让时间走快些，让他早些回到她身边。

幸亏他腿脚不错，两个物体在同一直线上追及，只要方向一致，他总会追上她的。

拿回韩梅的戒指以后，他又专门找人按着同样的款式设计了一枚男戒，戴在了自己的左手中指上。

古罗马人说，戒指是承诺、禁戒，是不自由。给自己戴上戒指，像是《大话西游》里孙悟空戴上了紧箍，然后说了那段有名的关于"爱你一万年"的话。

不过……他嫌那个土，他要给她的女孩唱 Damien Rice 的《大浑蛋》。

我让你哭过笑过
我让你睁开双眼不是吗
我帮你张开双翅
以及其他不是吗

我是不是你了解的大浑蛋
你不能忘记的那个唯一
我是不是你一直在等的真相
还是我再一次幻想着一些更美的梦

小男友

当一切结束
一些可能　一些误会
一些强迫　一些假装
我从未想过让你失望

但放手也并不相同
当推开某人
就请不要假装

请不要假装
你并不爱我
因为我知道你做的事
我知道……